KB268101

에세이집

어머니의 종교
(斷髮爲書)

저자 김흥렬

새미

어머니의 종교

(斷髮爲書)

저자 김흥렬

시작하면서

어머니는 세상에서 가장 위대하신 분이다

어머니는 누구에게 있어서나 삶의 보람이며 희망이며 꿈이다.

어머니란 존재가 없었다면 인류의 역사는 상당히 바뀌었을지도 모른다. 동서 고금을 막론하고 어머니의 손길은 가장 부드럽고 따듯한 채찍이며 생의 목표이다. 신비한 의술을 지닌 의사의 손이며 마술사의 손이다. 죽음도 이긴 사랑이며, 마음의 평화이며 안식처이다.

위대하건, 아니건, 많이 배웠건, 못 배웠건, 잘 났건, 못 났건, 아름답건, 아니건 간에 어머니는 그 무엇과도 비교할 수 없는 위대한 존재이다. 어머니는 그저 자식이 잘만 되면 된다. 생의 최고 목표이며 가치이다. 이런 간절한 소망을 가진 것만으로도 어떤 어머니 건 존경받아야 되고 위대함을 인정받아야만 된다.

어머니는 자기 자식을 위하여 자신의 하나뿐인 생명도 기꺼이 내놓을 수 있는 분이시다. 어머니의 가슴은 언제나 사랑으로 뜨겁고 화산처럼 식을 줄 모른다. 이런 뜨거운 자식 사랑이 어머니의 종교인 것이다. 때문에 세상은 늘 아름답게 존재한다

자식들은 어머니가 영원히 살아 계실 줄 알고, 어릴 때는 물론이고 어른이 되어서도 진정한 그 사랑을 느끼지 못 하다가, 아니 혹 알았다손 치더라도 해도 내일 내일하며 미루다가 어느 날 갑자기 돌아가시면 그때서야 불효를 깨닫고 서러워 울며 후회를 해 보지만 이미 때는 늦고 마는 것이다.

나 역시 이런 어머니의 고귀하고 숭고한 사랑을 기리고자 불효의 부끄럼을 무릅쓰고 후회하는 마음으로 이 글을 쓰는 바이다.

2002 년 가을

저자 中 石

차　례

제 3 부

제 1 부

1. 천생연분

　해내미에서 용바우를 지나 집으로 오는 길은 꽤나 먼 길이였고 토끼 길처럼 빠끔히 뚫린 길은 계곡을 따라 생긴 한적한 오솔길이었다.

　옥같이 맑은 물에는 송사리며 중투라지가 생명의 위협을 느끼지 않는 듯, 한가롭게 놀고 있고, 산 속의 고요를 깨며 흐르는 물소리는 너무도 맑고 고왔다. 논두렁 밭 두렁에는 벌써 달래가 파란 댕기머리를 바람에 휘날리며 아지랑이 처녀를 기다리고 있었고, 산자락 양지에는 진달래가 환한 함박 웃음을 토해내기 시작하였다.

　용바우는 커다란 용 한 마리가 하늘로 비상 할 듯 머리를 쳐들고 있고, 꼬리는 땅을 박차고 일어 설 것 같은 형상을 하고 있는 커다란 바위가 있어 붙여진 이름이다. 어쩌면 그 옛날에 천년이나 묵은 구렁이가 용이 되려는 순간 웬일인지 하늘의 진노를 사서 그대로 바위로 굳어져버린 것인지도 몰랐다.

　산 속 어디선가 산비둘기의 울음소리가 배가 고픈 듯, 임이 떠난 듯 처량 맞게 들려오고 잔솔가지 밑에는 허기에 지친 산새 무리가 날아다니며 먹을 것을 찾고 있었다. 하늘높이 솔개 한 마리가 빙빙 돌고 있는 것으로 보아 산 꿩 한 마리라도 발견 한 듯 싶었다. 아랫마을로 심부름을 다녀오던 소녀는 그 용바우에 앉아 잠시 생각에 잠겼다.

　"나도 역시 이 산골동네를 못 떠나고 담배 농사나 짖고, 콩 밭이나 매면서 땅 두더지 마냥 흑이나 파먹고 살겠지!"

　소녀는 답답했다.

'여자 팔자는 뒤웅박 팔자라고 남자 만나기 나름이라는데 내 팔자는 어떨는지'

돌멩이 하나를 냇물에다 던졌다. 허기진 송사리 떼가 먹이라도 떨어졌나하여 여기저기서 몰려들었다.

소녀는 자리에서 일어나 냇물에 손을 담가본다. 물이 차서 뼈 속까지 시려왔다.

그 동네에는 서당에서 한문 공부나 했다는 똑똑한 소년이 있었다. 그러나 똑똑하면 무엇하나, 농사나 짓고 흙에 묻혀 살 것을. 일본 놈들 세상이니 꿈을 꾼들 무엇하리. 이룰 수 없는 꿈인 것을...그들 눈치보고 비위 맞추며 사느니 차라리 무식한 백성으로 농사지으며 사는 게 더 나을지도 모른다는 생각마저 들었다.

소년은 삽을 들고 논두렁을 고치러 가는 길이었다. 이때 마침 용바우서 올라오던 소녀와 마주치게 되었다. 어릴 때부터 한 동네서 자랐기에 모르는 바는 아니지만 요즈음은 머리가 커져서 내외를 한답시고 말도 한마디 건네지 않으며 못 본 척 지나치고 있는 것이다. 산골 마을은 10여 호가 여기저기 흩어져 있는 작은 마을로, 그나마도 마을 사람들이 논밭으로 일을 하러 가고 보면 그야말로 산촌은 사람 사는 것 같지 않은 몹시 한적한 마을이 되는 것이었다. 가끔씩 대문 밖 양지 녘에서 쏟아지는 낮잠을 못 참고 깜박 깜박 졸다가 도둑이 왔나싶어 살짝 실눈을 떠보던 강아지가, 심심했던지 아니면 단잠을 깨워 화가 났던지 코앞에서 알짱대는 죄 없는 닭을 잡아먹을 듯이 쫓아가고 그때마다 놀란 닭들이 꼬꼬댁거리며 도망가는 소리가 산촌의 적막을 깰 따름이었다.

거짓말 좀 보탠다면 개미가 기어가는 소리도 들릴 정도로 조용한 마을이 산촌의 하루인 것이다 그때만 해도 여자가 길에서 남자를 만나면, 여자는 가던 길을 멈추고 다소곳이 길 한쪽으로 비켜서서 남자가 지나가기를 기다렸다가 가야만 했던 남존여비의 고루한 사상이 지배적이던 시대였다. 당연히 길을 비켜 줄줄만 알았던 소년은 길을 딱 가로막고 비켜줄 생각을 않는 소녀 앞에서 당황하지 않을 수 없었다.

남녀 칠석 부동석이라 하여 얼굴도 제대로 못 쳐다보던 때에 다 큰 여자애가 사내 앞을 가로막고 서서 하는 말이 "남자가 길을 비켜서서 연약한 여자가 안심하고 먼저 지나갈 수 있도록 배려를 해야 마땅한데, 글께나 읽었다는 사람이 그만한 생각도 못한단 말입니까? 내가 먼저 길을 갈 테니 옆으로 비켜 서 주면 좋겠습니다" 하는 것이었다.

듣고 보니 말은 도리에 딱 맞는 말인데 얼결에 당한 일이라 무어라고 대꾸할 마땅한 말도 번뜩 생각이 나지 않아 할 수 없이 길을 비켜 주고 나서도 소년은 저 만큼 가고 있는 소녀의 뒷모습만 바라볼 뿐, 무엇인가 개운치 못하고 한방 얼어맞은 기분이 든 것도 사실이었다. 때마침 이름 모를 새 한 마리가 체통 구긴 남자를 비웃기라도 하듯 〈꽤액〉소리를 지르며 앞산 숲 속으로 날아갔다.

어느 때고 꼭 갚아주리라 마음먹고 있었다.

"계집애 한번 야무지다. 못 배운 무지랭이 인줄 알았더니 제법일세."

그 후로도 몇 번인가 마주 쳤지만 별다른 문제는 발생하지 아니하였는데 그것은 서로가 서로의 마음을 읽기라도 하듯 잘 피해 다녔기 때문이었다.

세월은 흘러 어느덧 처녀의 모습이 갖춰지던 어느 날, 그러니까 16살이 되던 이른봄 저녁나절이었다. 4월이라 하지만 산촌의 봄은 아직도 바람이 찼다. 양지 녘에는 냉이며 꽃다지 같은 나물들이 송골송골 머리를 내 밀며 따스한 햇살을 더 많이 쬐려고 다투어 나오고 있었다.

그 시절 춘삼월은 배고플 때였다. 황소 눈알 만한 산골 논 다랑 이에서 얻은 쌀은 아끼고 아껴야 간신히 겨울을 넘길 수 있었고, 그나마도 조상 제사 때 쓸 양만큼 미리 떼어놓고 나면 김치나 나물 죽을 쑤어 먹지 않으면 안될 형편이었다. 감자, 고구마 옥수수 등으로 배를 채워도 이른봄부터 양식이 다 떨어진 집은 햇보리가 나올 때까지 정말로 허리띠를 졸라매고 물로 허기진 배를 채워 야만 할 정도로 어려웠던 시절이었다.

처녀는 햇나물을 한 바구니 뜯어 가지고 집으로 와서 삽짝 문을 열고 들어가 보니 어머니 신발 외에 낯선 짚신 한 켤레가 댓돌 위에 놓여 있었다. 옆집 아주머니가 놀러 왔나싶어 무심코 방문을 열려고 하는데 안에서 나는 소리에 짐짓 놀라 가만히 귀를 방문에 갖다 댔다.

"나이 열 여섯이면 충분해요. 좀 빠른 것 같기는 해도 혼처가 나타날 때 해야지 지금 혼기를 놓치면 어떻게 하려고 그래요?"

"글쎄 나이는 된 것 같은데 아직 철부지라서… 배운 것도 없고, 잘 가르친 것도 별로 없고…"

어머니의 말씀에 처녀는 직감으로 자기의 혼담이 오감을 알 수 있었다. 그 나이면 혼담이 오갈 때긴 하지만 〈시집간다〉는 생각을 한번도 해 본적 없는 그녀는 얼굴이 화끈거려 방문을 열고 들어 갈 수가 없었다. 얼른 자리를 피해 마을 앞 냇가로 달려가 찬물에 얼굴을 씻었지만 그래도 얼굴은 화끈거리고 홍당무처럼 빨개졌고 가슴도 콩닥 콩닥 뛰었다. 나이가 찼음인가 ?

그날저녁 처녀는 어머니 앞에 앉아 이런 저런 이야기를 하던 끝에 혼사 얘기를 들었다. 상대는 한 동네 사는 그 총각이었다. 마을에서는 공부 많이 하고, 키도 크고, 잘생기고, 몸가짐도 항상 바르고 하여 어른들로부터 늘 칭찬을 듣고 있는 젊은이였다. 그는 관공서 일 뿐 아니

라, 대부분이 문맹였던 산골 마을에서 글 모르는 이를 위하여 편지 써
주는 일은 물론이고 관혼상제 규범의 예절까지 두루 익힌 터라 글로
하는 일이라면 동네 일을 거의 도맡아 놓고 해결하는 청년이었고, 집
안 어른 모심에도 조금도 소홀함이 없는 효자이기도 했다. 그런 청년
이 청혼을 해 왔다니 싫지는 않았다.

　그러나 내놓고 좋다고 할 수도 없고 하여 슬쩍 속내를 감추고 싫다
고 하였다. 이유는 한 동네 산다는 것 때문이라며, 지금까지 싸우기도
하고 욕도 하며, 볼 것 못 볼 것 다보고 컸는데 어떻게 부부의 연을 맺
을 수 있느냐고 하였다. 사실이 또한 그렇기도 하였다. 사실 자신은 먼
곳으로, 하다 못해 원주나 충주쯤이라도 도회지로 나갔으면 했다. 이
산골짜기가 정말 싫었다. 그러나 양가 어른들이 이미 정혼을 해놓은
처지이니 거절해야 아무소용이 없었다. 양가의 가장들은 이미 오래 전
부터 같은 동네에 살고 있는 절친한 친구 사이로 아들과 딸을 낳으면
서로 사위 삼고 며느리 삼자고 농담 반 진담 반으로 이야기를 해 왔는
데 실제로 각각 아들과 딸을 낳았던 것이다. 커가면서 양가어른들은
'우리사위' '우리 며느리' 하며 귀여워하기도 했고 그 바람에 동네 애
들한테 놀림도 많이 받았었다. 말이 씨가 된다고 지금 실제로 혼담이
오가고 있으니 이것은 이미 하늘이 짝지어놓은 천생연분였든것이다.
그런데 묘한 것이 혼담이 오간 다음부터는 당당하던 그녀가 오다가다
그를 만나면 얼굴을 돌리고 몸둘 바를 몰라 했다. 저 만큼 앞에서 보
기만 해도 다소곳이 한쪽으로 비켜서 있는 꼴이 요조숙녀 같은 모습이
었다. 옛날의 말괄량이처럼 억세고 사내 같던 모습은 어디서고 찾아
볼 수가 없었다.

　그 해 가을 추수가 끝나고 마을에선 조촐한 혼례식이 있었다. 일가
친척들과 마을 사람들이 모여 축하를 해 주었고, 열 발자국도 안 되

는 거리지만 가마를 타고 왔다. 동갑내기 신랑은 글공부를 많이 해서 그런지 상당히 어른스러웠다. 천자문도 못 익힌 자신에 비하면 대단한 것이긴 해도, 한학의 대가만큼 대단한 실력을 갖춘 것은 아니라 하더라도, 뉘 집 숟가락이 몇 개인지 다 알 정도로 속속들이 알고있는 조그만 산골 마을에서는 그래도 꽤나 돋보이는 존재임에는 틀림이 없었다. 어려서는 소꿉장난하며 신랑 각시놀음을 했었는데 진짜 부부가 되었다. 좀 커서는 놀리며 싸우기도 했는데 이제는 어엿한 부부가 되어 백년해로를 약속하는 것이다. 어른들이 밤 대추 던져주며 아들 딸 많이 낳으라고 할 때는 부끄럽고 어찌 할 바를 몰라 얼굴만 빨개지기도 했었다. 신랑은 어리지만 지아비로서의 위엄도 있었고, 의젓했다. 결혼 후 3년이 되던 해 시어머니가 죽고 나자, 새파란 새댁이 안살림을 도맡게 되었다. 부인을 잃고 난 시아버지는 허전함을 달랠 수 없어서 그런지 매일 술로 살았다. 집안에서는 조용하지 않은 날이 더 많아졌다.

그 당시 시골서 큰 황소 한 마리면 엄청나게 큰 재산이었는데 시아버지는 장날 이 소를 팔러 가면 일주일이고 열흘이고 집으로 돌아오지를 않았다. 그 돈이 다 떨어져야 휘적휘적 집으로 돌아오곤 하였다. 그럴 때마다 타는 가슴 치솟는 분함을 참지 못하고 남편한테 분풀이를 하면 남편은 미안해서 어찌 할 바를 몰라했고, 부모님 하시는 일을 자식이 어찌 참견하겠느냐 하면서 이해를 시키려고 무던히도 애를 썼다. 시아버지는 허전함을 술로 달래며 사시었다.

"이제 머잖아 애들이 딸릴 테고, 그 애들이 이 산골에서 우리처럼 흙 파먹고 살게 하지 않으려면 알뜰살뜰 돈 모아 가지고 도시로 나가야 되지 않겠어요?"

"왜 나라고 싫겠소? 허나 나는 아버님보고 술 끊으시라고는 못 하겠소. 그 대신 내가 술을 절대 안 먹으리다. 내 술을 입에 대면 성을 갈 겠소.”

 아낙은 남편을 달달 볶아 댔다. 손바닥만한 논밭 전지는 한 사람 몫 도 안되고 아끼려야 아낄게 없는 살림이었다. 이른 새벽 별을 보면서 들에 나가, 그 별이 다시 뜰 때까지 열심히 일을 한다 해도, 또 일년 농사가 아무리 잘 된다 해도 세네 식구 입에 풀칠 할 정도 밖에는 안 되었다. 그러나 열심히 일한 덕분에 살림은 조금씩 늘어나고 어느새 애도 하나 생겼다. 결혼 후 6 년만에 얻은 첫째 아들은 건강하고 영민 하였다.

 “김씨네 가문을 이어갈 장손으로 태어난 녀석은 역시 다른 데가 있 어야지…”.

 “장손은 아무나 되는 게 아니다. 장손은 그만한 책임과, 자라면서 그 릇의 크기도 달라야 하겠지만 장손으로서의 면모도 갖추고, 제 구실도 제대로 할 수 있게 만들려면 잘 가르쳐야 되리라.”

 자식에 대한 첫 정은 누구나 마찬가지겠지만 정말 잘 키워서 큰 인 물을 만들고 싶었다. 녀석은 어려서 누구 한테고 지는 법이 없었고 싸 움도 잘 했으나 그것은 큰 흠이 되지 못하였다. 오히려 남자다운 성격 을 지닌 것 같아 내심 흐뭇하기도 했다.

 “남자는 싸울 때는 싸우고 누구한테고 져서는 안 된다. 이겨야 한 다. 그러나 절대 비겁한 방법으로 이겨서는 안 된다.”

 못 배운 그녀에게는 이기는 것이 정의였다. 큰아들은 커 가면서 마 을에서는 꼬마 대장 노릇을 하였다. 하기야 동네 애들 다 합쳐봐야 대 여섯 명밖에 안되어 별건 아니긴 했어도 매 맞고 들어오는 것 보다 야 낫지 않은가?

 큰애가 네 살 되던 늦은 봄 어느 날 이었던가? 산골짝의 논은 거의 모두가 천수답이라 이때나 저 때나 하늘만 쳐다보고 있었다. 마을 사람들은 벌써부터 흉년이 들을까 근심을 하고 있었다. 그러던 날씨가 아침부터 잔뜩 찌푸리더니 저녁나절부터 비가 내리기 시작하였다. 제법 굵은 빗방울이 떨어지고 도랑물 내려가는 소리가 조용한 산촌을 울렸고, 때를 만난 개구리와 맹꽁이들은 제 어미 묘가 떠내려 갈까봐 빗방울이 떨어질 때부터 울어대기 시작하더니 밤이 지나 날이 샐 때까지 기를 쓰고 울어댔다.

조용하던 산골 마을은 개구리 어미의 장례식장처럼 통곡으로 가득했고 비를 흠뻑 맞은 채 산짐승도 산새도 이 광경을 지켜보고 있었다. 나뭇잎도 풀잎도 하루저녁 봄비에 쑥 자라 있고, 논 다랑이마다 물이 그득 하였다.

이른 새벽부터 모내기 준비에 집집마다 부산해 졌고, 자기네가 먼저 심으려고 안달이었다. 온 마을 사람들이 함께 모여 모내기를 하면 4~5일은 족히 걸려야 하기 때문에 때를 놓치지 않으려고 서로들 욕심을 내는 것이다.

"오늘은 저 아래 동철네 모를 심고, 우리 집은 내일 심기로 했으니 그리 알고 일꾼들 먹을 점심과 새참을 잘 준비하도록 해요." 남편은 부인이 알아서 잘 할 일인데도 괜스레 한마디 해 본다.

그 날로 그칠 줄 알았던 비는 오다말다 해가며 만 하루를 더 내렸다. 이제 물 때문에 논농사 망칠까 근심은 안 해도 되었다. 물 한 바가지라도 더 받으려고 안달하던 야박한 인심은 사라지고, 넘쳐나는 도랑물 만큼이나 이웃간에는 마음이 넉넉해 진 것이었다. 저녁을 먹고 재롱을 피우던 꼬마는 어느새 잠이 들었는지 색색거리며 자고 있었다. 그런데 가끔씩 꿈을 꾸고 있는 것처럼 몸짓을 했다. 낮에 놀던 짓거리를 하는 줄 만 알았다.

　그러나 그 날 저녁 늦게부터 깜짝 깜짝 놀라기에 이마에 손을 얹어 보니 열이 펄펄 끓었다. 금방 사지를 뒤틀더니 파랗게 질리며 죽어 가고 있는 게 아닌가. 대충 짐작컨대 새벽 두 세시는 된 것 같았다.

　"얘가 왜 이래? 애, 정신차려. 여보, 애가 불덩이 같아요. 산 넘어 의원한테 좀 가봐야겠어요."

　다급해진 아낙은 애를 들쳐업으며 남편을 깨웠으나 남편은 피곤한지 일어날 생각을 하지 않았다. 놀란 아낙은 시각을 지체 할 수 없어 혼자라도 다녀와야겠다는 생각에 불덩이 같은 자식을 업고 산 넘어 의원을 찾아 달려가기 시작했다. 비 온 뒤 산길은 왜 그리 미끄러운지, 몇 번씩 넘어지고, 늘어난 계곡 물에 빠져 허둥대기도 하였다. 칠흑같이 어둔 밤에 느닷없는 인기척에 놀란 노루가 후닥닥 도망가는 소리도 들렸다. 남편을 억지로라도 깨워서라도 같이 올걸 그랬다고 후회도 해보았다. 1시간 여를 달려와 의원집 문 을 두드렸다. 동네 개들은 큰 도둑이라도 온 것 마냥 짖어 대기 시작했고, 고요하던 마을은 삽시간에 악머구리 끓듯, 이 집 저 집 개 짖는 소리로 가득 찼다. 개 짖는 소리에 잠을 깼는지, 아니면 문 두드리는 소리를 들었는지 안에서 인기척이 나더니 누구냐고 물었다.

　"거, 밖에 누구요? 곧 나갈 테니 잠깐만 기다리시구려!"

　"어르신, 우리 애가 죽어가고 있으니 빨리 좀 나와 보시고 살려 주세요."

　여인은 다급한 목소리로 애원을 하였다.

　헛기침을 서 너 번하더니, 한참만에 문이 열리고 의원이 나왔다. 의원은 어린애를 진맥하더니 너무 염려 말라고 하였다. 놀라서 경기를 한 것이니 침을 맞고 약을 먹으면 곧 나을 꺼라고 했다. 여인은 겨우 안심이 되었다. 침을 맞고 난 녀석은 곧 정상으로 돌아 왔다. 의원이

지어주는 약을 받아들고 고맙다는 인사를 몇 번인가 했다.

애가 잠드는 모습을 보고서야 여인은 놀란 가슴을 진정시키며 날이 훤해 질 무렵에야 집으로 돌아왔고 남편에게 이런 사실을 이야기하였다. 남편은 멀쩡한 애를 보고서 대수롭지 않다는 표정으로 밖으로 나갔다. 남편이 들로 일을 하러 나간 후에 아들한테 차근차근 물어봤다.

한잠을 푹 자고 일어난 그 녀석은 이제 정신이 들었는지 전처럼 똘망 똘망 한 것이 별다른 근심을 안 해도 될 정도로 완전히 정상으로 돌아왔다.

"너 어제 누구한테 혼난 적 있니? 아니면 놀란 일이 있니? 괜찮으니 엄마한테 사실대로 말해."

"응, 엄마 저 아래 사는 키 큰아저씨가 날 놀래줬어. 내가 낮에 자고 있는데 호랑이 소리를 지르면서 내 볼 따귀를 때렸단 말야, 얼마나 아팠다고……"

이 말을 들은 여인은 화가 머리끝까지 치밀었다.

원래 성격이 급하고 괄괄한 편인데, 금이야 옥이야 기른 자식이 그 사람 때문에 죽을 뻔한 일이 발생했으니 그냥 있을 리 만무였다. 따귀 한대 맞았다고 그와 같은 일이 꼭 생겼다고 단정 할 수는 없어도 원인 제공만은 한 것 같아 앞뒤를 가려볼 틈도 없이 벌떡 일어났다.

내일 일꾼들 먹을 반찬을 준비하던 여인은 찬거리를 옆으로 밀쳐놓고 밖으로 나갔다.

그 길로 아래 녘 논에서 모내기를 하고 있는 곳으로 달려갔다. 아낙이 지나가는 길에서는 찬바람이 쌩쌩 일었다. 도착하자마자 치마 자락을 허리춤에 걷어 올려 꽂고, 팔을 훌훌 걷어 부치고 논으로 들어갔다.

마을 사람들이 웬 일이냐고 물었지만 아무런 대꾸도 없이 성큼 성큼 들어가 그 남정네의 따귀를 보기 좋게 올려 부쳤다. 순간 큰 고목이 쓰러지듯 장승 하나가 쓰래질 해 놓은 논에 콱 쳐 박혀 버렸다.

　모내기하던 사람들은 무슨 영문인지 몰라 말문을 닫아 버렸다. 얼결에 얻어맞고 논바닥에 쳐 박혔던 장승이 물에 빠진 생쥐꼴이 되어 일어났을 때는 이미 여인은 논두렁을 벗어나고 있었다.

　여인은 속이 후련하였다. 우습게 보면 큰 코 다친다는 엄중한 경고였다. 아니 어쩌면 체면 때문에 늘 양보하며 점잔 빼고 사는 남편의 겉치레가 못 마땅했는지도 모른다. 얼결에 보기 좋게 얻어맞은 그 남자는 정신이 멍하였다. 창피스럽기도 하고, 억센 여인의 손맛이 맵기도 하였다. 그러나 어쩔 도리가 없었다. 이미 엎질러진 물인 것을 …

　애가 하나 있긴 해도 아직은 새파란 새댁이, 그것도 모르는 사람도 아닌 동네 남자를 한방에 쓰러뜨리는 광경에 사람들은 말문이 막혀 버렸다. 그 날 저녁 남편한테 남편의 체면을 엉망진창으로 만들어 놓은 대가는 톡톡히 받았지만, 그래도 마음은 시원하였다.

　이런 일이 있고 난 후 얼마 안되어 부부는 미륵산에 있는 조그만 암자로 놀러 간 일이 있었다. 눈 코 뜰 새 없이 바쁘긴 해도 보리타작 끝나고, 모심기가 끝나고 나면 그래도 조금은 짬이 나기에 큰맘먹고 놀러 가기로 했던 것이다. 모처럼 나들이에 즐겁기만 했었다. 미륵산 한편에는 수 십 길 낭떠러지에 깎아지른 듯 한 바위가 있고 그 바위 중간에 미륵부처 상을 새겨놓았고, 그 밑에 조그만 암자가 있었다. 그 미륵부처의 크기가 엄청나서, 코 크기만 해도 커다란 징독 항이리 하나 붙여 놓은 것 같고, 귀 크기도 커다란 멍석을 말아 붙여 놓은 듯 싶었다. 그 코를 만져보면 아들을 낳는다 하여 인근의 손이 귀한 집 아낙네들이 찾아와 죽기 살기를 마다 않고 코를 만져보려고 애쓰는 곳이기도 했다. 코를 만져 보려면 밧줄을 타고 내려가던지, 사다리를 만들어 타고 올라가야 할만큼 높은데 있었는데, 아들이 뭔지 아들하나 얻자고 얼마나 많은 여인들이 쓰다듬고 만져 댔는지 미륵부처님 코에 까맣게 손때가 묻어 있었다. 자비의 미륵 부처가 수난을 당하고 있었던 것이다.

어느 때 누가 조각했는지는 몰라도, 대단한 작품이었다. 전설에 의하면 이곳이 바다였을 때 배를 타고 지나가던 사공이 부처님의 꿈을 꾸고 이곳을 지나는데 꿈에 본 그대로라, 삿대로 바위를 찔러보니 밀가루 반죽처럼 물렁물렁하여 삿대를 이용하여 꿈에 본 미륵 부처를 그렸다고 했다.

부부는 미륵부처님께 기원하였다. 귀한 아들 잘 커서 훌륭한 사람되게 해 주시고 하는 일마다 잘되게 해 달라고 빌고 또 빌었다.

여인은 10여 년 전에 어머니를 따라 이곳까지 나물을 뜯으러 온 기억이 있었다. 사실 어머니는 그때 나물을 뜯을 목적으로 이곳까지 온 것은 아니었다.

"엄마, 집 근처에도 나물이 많은데 무엇 하러 여기까지 와요?"

"여기 나물이 맛있거든."

말씀은 이렇게 하시나 실은 미륵부처님한테 가정의 소원을 빌러 이곳까지 왔던 것이었다. 바위에 새겨진 저 그림을 누가 어떻게 그렸는지 신기하기도 했지만 미륵부처님은 모든 소원을 다 들어주신다는 어른의 말씀에 철부지 어린것은 무엇인가 진지하게 빌고 있었다.

"미륵부처님 저는 이 산 속이 정말 싫습니다. 제가 커서 시집가면 이곳 남자말고 도시 총각한테 가게 해 주십시오."

그런데 오늘 와 보니 미륵보살께서 소원을 들어주신 것이 아니었다.

그래도 미륵 보살은 그때 소원을 기억하고 계실 것만 같은 생각이 들어 다시 한번 기원을 하였다.

"부처님, 전에 제가 드린 말씀 기억하시지요? 그러나 이왕 이렇게 되었으니 앞으로 도시로 나가 살게나 해 주십시오."

이상한 것은 그때나 지금이나 똑같은 길, 똑같은 거리인데 전에 왔을 때는 멀고 힘들더니 지금은 반대로 가볍고 즐거운 것이다. 마음먹기에 따라 이렇게 다른 삶이 된다는 것을 처음으로 알게되었다.

참으로 행복한 하루였다. 작은 행복이 삶의 큰 의미를 부여해준 날이었다. 이때 두 부부의 앞날을 예비하신 듯 미륵부처님은 알듯 말듯 한 미소를 짓고 계셨다. 사람이 어찌 그 크신 뜻을 알기나 할까 만은, 그래도 부부는 많은 위안을 얻게 되었다.

큰아들이 여덟 살이 되던 해에 소학교에 입학을 하려 했다.

그런데 이름을 일본식으로 바꾸지 않았다고 곤란하다고 했다. 물론 당시에는 창씨개명을 한다는 것이 무식한 산골 사람들에게는 무엇인지도 잘 몰랐고, 혹시 알았다 해도 집안의 혈통과 가문의 명예를 더럽히는 것이라 생각하여 거부하고 있는 사람들도 많았기 때문에 대부분의 애들이 이름을 바꾸지 않고 있었다.

우선 입학부터 하고 나서 바꾸자고 말은 해놓고 시간을 끌 참이었다. 입학을 하고 나서도 큰애는 공부를 싫어했다. 특히 일본말 배우는 것을 아주 싫어했다. 툭하면 일본 애들을 두들겨 패기가 일쑤요, 공부에는 별 흥미를 느끼지 아니하였다. 큰일이다 싶어 저녁이면 남편보고 한문이며 한글을 가르쳐 주라고 했다. 자신도 잘 모르시만 너듬너듬 아들을 가르쳤다.

당시 일본 놈들은 곡물수탈에 눈이 뻘겋게 돌아다녔다. 일본 놈들은 앞잡이를 내세워 공출을 해갔다. 같은 민족이면서도 그들의 앞잡이 노릇을 하는 놈들이 더 나빴다. 벼룩이 간을 내먹지 쥐꼬리만 한 농사에서 무얼 뺴갈게 있다고.

　전쟁물자조달을 위해서 그들은 집에서 쓰고 있는 놋그릇도 심지어 제기(祭器)까지 거둬 갔다. 얼마 전에는 산 넘어 큰 마을에 처녀들이 잡혀갔다는 소문도 나돌았다. 일본 공장에 취직시켜 돈도 벌게 하고 공부도 시켜준다고 꼬시어서 데려 갔다는 것이다. 나중에 알고 보니 모두 정신대로 갔다고 했다. 처음에는 정신대가 무엇 하는 곳인지도 잘 몰랐으나 입소문을 통하여 한참 후에나 알게 되었다. 나중에는 학교 선생까지 나서서 처녀들을 공출해 가는데 앞장섰다고 했다. 그 당시는 나라 잃은 설움도 컸는데 여자가 제 목숨만큼이나 소중히 여기던 정조를 그놈의 가난 때문에 속고 속아 이국까지 끌려와 강제로 빼앗기고 있으니 하늘이 무너지는 참담함을 어찌 형언 할 수 있으리. 불쌍한 백성들이었다. 누구를 원망하랴. 그 당시 어른들은 혹시라도 몰라서 조혼을 시켰다. 열 두어 살만 되면 혼처를 찾아 나섰다. 딸을 뺏기지 않으려면 방법이 없었다.

　남자들은 강제징용을 당해갔다. 남편은 용케도 피해 다녀 화는 면하였으나 늘 불안하였다. 그런 가운데 이삼년이 지나갔다. 그러던 어느 날 해방을 맞이하였다. 이제는 일본의 눈치를 볼 필요도 없었다. 일본어를 배우려 애쓰지 않아도 되었다.

　서른 여섯이 되던 해였다. 집집마다 태극기를 가지고 나와 만세를 불렀다. 광복의 기쁨 태극기의 물결이었다. 이때 처음으로 태극기를 흔들며 만세를 불러 보았다.

2. 노다지

산골의 세월은 다람쥐 체 바퀴 돌듯 똑 같은 일의 반복이지만 산골
짝 물 흐르듯 빨리도 흘러가고 어느새 3남매나 두게 되었고 농사도 잘
지어 해마다 산비탈의 황소 눈깔 만한 작은 자갈밭일 망정 하나씩 사
들인 덕택에 그 마을에서는 먹고 살만한, 괜찮은 집이라는 소리를 들
을 만큼은 되었다. 막내를 낳기 1~2년쯤 전이었을까, 먹고 살만 해 지
자 남편은 무슨 바람이 들었는지 노다지를 캔다며 금광을 찾아 이리저
리 돌아다니기 시작했다. 그러나 세상천지에 노다지가 어디에 있겠는
가. 돈 벌기가 그리 쉬운 일은 아니었다.

당시에는 일본인들이 모든 광업권을 쥐고 있던 때라 조선인이 금광
을 한다는 것은 터무니도 없는 말이었다.

고생 끝에 찾은 것이 일본 사람들이 하다가 금이 안 나오니까 내버
리고 간 폐광을 찾아내서 떼 부자가 될 것이라고, 그곳에서 일한 경험
이 있는 인부 몇 명을 데리고 금을 찾기 시작하였다.

금이 나올 리가 없었다.

없는 금을 찾자니 자연 집에 오는 회수가 줄어들고 그럴 때마다 아
낙은 은근히 남편을 의심하기 시작했고, 남편이 집에 무관심하나 보니
의심을 받는 것은 당연한 일이었다. 틀림없이 바람이 난 것 같았다.

금광을 한다고 하니 속 모르는 사람은 돈 꽤나 있는 줄 알 테고, 잘
생기고, 유식한 남자가 혼자 있는데 어찌 여인들이 꼬리를 치지 않고
그냥 놔두랴 싶었다. 먹이가 풍부하면 고기떼는 모여들기 마련이다. 꽃

이 화려하게 피면 뭇 나비가 찾아들고, 꿀이 많으면 벌이 찾아 드는 것은 당연한 이치며 어쩌면 세상의 순리요, 세상을 살아가는 지혜라고 생각 할 지도 모른다. 사랑은 질투심을 불러일으키고 그 질투심은 세상 무서울 것이 없게 만든다. 상상은 상상을 낳고, 겉잡을 수 없는 상황으로 몰고 갔다. 그냥 있을 리 만무한 아낙이었다.

어느 날 코 흘리게 어린 딸애를 데리고 50여리나 떨어진 금광을 불쑥 찾아갔다. 딸을 데리고 간 데는 다른 이유가 있는 것이다 .만약 엉뚱한 일, 예상했던 일이 발생했으면 첫째는 귀여운 딸을 보고 남편이 맘을 되돌리기를 바라는 것이고, 둘째는 이 남자한테는 부인과 자식이 있으니 일찌감치 손떼고 헛물 키지 말라는 표시 겸 계산된 시위이기도 했다.

남편은 느닷없는 모녀의 출현에 당황하긴 했어도 이내 아내가 찾아온 이유를 알게 되었고, 내심 의심한 아내가 못 마땅하긴 했어도 자신에게도 일말의 책임이 있다는 것을 알았다, 바람을 피워 집에 안간 것은 아니었기 때문에 떳떳하긴 했지만 가정에 소홀한 미안한 생각을 떨칠 수는 없었다. 아내는 아내대로 남편을 의심한 것을 스스로 미안해 하면서 집으로 돌아왔다. 다람쥐 체 바퀴 돌듯 반복되는 생활이지만 어느덧 반년이 지나가고 있었다.

여름밤, 하늘에선 무수한 별 빛이 쏟아지고 있었다. 마당 한쪽에는 모기를 쫓느라 생풀이 타면서 독한 연기를 내뿜고 있고, 깊게 패인 지붕 위에는 하얀 박꽃이 더욱 여름밤을 아름답게 장식하고 있었다.

동구 밖 숲에서는 초저녁부터 소쩍새가 처량 맞게 울고 있고 문밖 논에서는 개구리와 맹꽁이의 사랑 찾는 소리가 요란하고 풀 섶에서는 이름 모를 풀벌레가 이에 질세라 더욱 애절하게 노래를 해대며 짝을 찾고 있었다.

‘지금쯤 남편은 어디서 무엇을 하고 있을까? 애들도 보고싶고 집 생각도 나겠지’ 여인은 남편이 새삼 그리워졌다.

뉘 집 개인지 짖어대기 시작하였다. 옆집 개도 웬일인가 싶어 덩달아 짖는다. 잠시 후 발자국 소리와 더불어 대문이 열렸다. 뜻밖에도 남편이 나타난 것이었다.

결국은 있는 돈 다 까먹고 사랑하는 아내에게 줄 금가락지는 커녕 애들에게 줄 눈깔사탕 하나도 못 사들고 빈 털털이가 되어 집으로 되돌아 온 것이다.

“여보, 어쩐 일 이예요? 하던 금광은요?”

“금이 별로 안 나와서 다른 업자한테 넘겨버렸지.”

나중에 알고 보니 아예 폐광을 해버리고 온 것이었다.

사업도 아무나 하는 게 아니었다. 알맹이는 도둑 맞고, 껍데기만 가지고 무슨 이익이 발생하며, 자기 맘처럼 인부들의 양심만 믿고 있었으니 알짜는 그들이 챙기고 빈 껍데기만 가지고 무슨 사업을 하겠는가? 마치 죽 쑤어 개 주는 꼴이 되고 만 것이다.

우물 안의 개구리가 바깥으로 나와보니 세상이 참 넓기도 하고 먹을 것도 지천이라는 것을 알게되는 것처럼, 남편 역시 세상맛에 바람이 들더니 마음은 늘 허공을 떠 다녔다. 잘만 하면 농사보다는 훨씬 나으리라 생각했다. 눈만 감으면 금덩이가 번쩍여서, 도저히 마음을 잡지 못 하는 것 같았다. 송충이는 솔잎을 먹고살아야 하는데, 잎이 큰 갈잎을 먹겠다고 야단인 것이다. 이미 마음은 돈에 환상이 된 사람처럼 차츰 이성을 잃어가고 있었다.

그러던 어느 날 남편은 말하였다.

“여보, 내 큰돈을 벌어 올 테니 아버님 잘 모시고 애들 잘 키우고 있으시오. 길어봐야 1~2년 걸릴 테니까. 사람들 이야기를 들으니 북간

도로 가면 많은 돈을 쉽게 번답디다. 금광 하다 까먹은 돈 본전치기는
해야지.”

“송충이는 솔잎을 먹어야 된다고 하잖아요? 사업하여 떼돈 벌 생각
말고 아버님 모시고 애들과 오순도순 삽시다. 한번 혼나 봤으면 됐지,
뭘 또 가겠다고 그래요? 다시 한번 더 생각해 보고 가요?”

말해 봤자 소용없는 일이지만 혹시나 싶어 재고를 부탁해 보는 것이
다.

한번 마음먹으면 반드시 실행에 옮기는 남편의 성격을 잘 아는 아낙
은 잡을 수가 없었다. 남편은 떠나갔다. 죽었는지 살았는지 소식조차
끊긴지 1년이나 되었다. 일본 놈들한테 붙들려 전쟁터로 끌려갔는지도
모를 일이었다. 영영 안 돌아올지도 모른다는 생각에 이르자 가슴이
타기 시작했다. 차라리 독립운동이나 하러 간다면 독립투사 집안이라
는 이야기나 듣지, 왜놈들 세상에서 무슨 돈을 벌겠다고 하는지 이해
가 되지 아니 하였다.

새파란 부인은 과부 아닌 과부였다. 생이별의 심정을 사람들은 이해
할 수 있을까? 말 그대로 생과부가 된 것이다.

바람에 창문이 흔들려도, 지는 낙엽 소리에도, 혹시 남편일까 밤잠
을 설치고, 옆집 개가 괜히 짖기만 해도 남편 오는걸 보고 짖나 싶어
대문 밖을 나가서 서성이고, 이렇게 애태우는 아낙의 심정을 누가 알
아주나. 어린것들은 배고프다 칭얼대지, 시아버지는 허구 한날 술이요,
돈 달라고 야단이지, 그야말로 답답하고 울어도 울어도 시원찮을 날들
이 계속되고 있었으니 속은 썩어 문드러지고 있었다.

그때 타버린 가슴은 새카만 재가 되어 아낙의 가슴에 평생을 큰 바
위로 굳어 남아 있었는지도 모른다. 이런 것이 여자의 운명이려니 생
각하면서 어서 하루 빨리 남편 만날 날을 기다리고 만 있었다.

산비탈 밭에서 조 밭 매고, 콩 밭 매고, 나무 짐 지고 산길을 걸을 때 어찌 한탄의 소리가 나지 않을까? 산새 소리가 유일한 벗이요, 물소리가 유일한 위로의 말이었다. 흘러가는 구름이 소식을 갖고 올까, 부는 바람에라도 남편 소식 하나 실려올까? 육체적인 고통도 고통이지만 새파란 여인에게 외로움은 더 큰 고통이었다.

"아우라지 뱃사공아 배 좀 건너 주게,
싸리 골 올 동백이 다 떨어진다.
아리랑, 아라 리요
아리랑 고개로 넘어 간다.

떨어진 동백은 낙엽에나 쌓이지
사시 장 철 님 그리워 난 못 살겠네

아리랑, 아리랑, 아라 리요
아리랑 고개로 날 넘겨주소"

자기도 모르게 이런 소리가 저절로 나왔다.
〈돈〉이 뭐 길래 부부간의 정도 끊는단 말인가? 〈돈〉 때문에 정든 남편을 보내 놓고, 떠나는 그를 잡지 못하고, 그리움에 사무쳐 아낙의 눈가엔 물이 마를 날이 없었다.
1년 반이 지나갈 무렵 남편은 또 다시 빈털터리로 집으로 돌아 왔다. 돈은 아무나 쉽게 버는 게 아니었다. 당시의 사람들은 거의 모두 잘 살고 못살고 하는 게 모두 제 팔자소관이라고 생각했다. 일이 뜻대로 잘 안된 남편은 다시는 뜬구름 잡으러 다니지 않겠노라 약속도 했다. 그리고 2·3년은 조용히 일만 하였다.

그 날도 저녁을 먹고 밤이 꽤 이슥했는데, 옆집 사랑방엘 놀러 갔다 돌아온 남편은 무슨 결심을 했는지 아닌 밤에 홍두깨 격으로 불쑥 이런 말을 꺼냈다.

"여보, 우리 이 고장을 뜹시다. 애들도 커가고 당신 말처럼 이 산 속에서 애들한테 무얼 가르치겠소? 지게 목 두드리며 타령이나 가르칠까. 그러니 우리 논밭 전지 다 팔아 서울로 갑시다. 서울 근처로 가서 농사라도 조그맣게 짓던지… 애들이 우리 희망인데 저것들도 제 부모 잘못 만나, 이 깊은 산중에다 몸뚱아리 또 묻는 일은 없도록 하야잖소? 해방도 되었으니 우리가 노력 한만큼 얻을게 아니겠소. 옛말에 송아지는 낳으면 시골로 보내고 사람은 서울로 보내야 한다고 하지 않던가요?"

반갑고 반가운 소리였다. 그토록 바라던 소리였다. 조상 대대로 살아온 이곳을 떠나 새로운 인생을 시작하고 싶은 아내의 오랜 꿈이요 숙원이었다. 어느 땐 지는 정확히 모르나 조상들이 나라의 큰 난을 피하여 이곳으로 숨어 들어와 살게된지 수 백년, 처음엔 산수를 벗삼아 풍류를 즐겼는지는 모르나 세월이 수없이 지난 지금, 가난에 시달리고 무지함에 설움 받던 그들이었다. 조상이 양반이었으면 무엇 하나? 큰 벼슬을 했다 한들 지금에 와서 무슨 도움이 되겠는가? 재산을 모아 배 곯지 않고, 떵떵거리며 살고 싶었다. 그래야 애들도 제대로 가르칠 것 아닌가? 양반도 먹어야 양반이라 하지 않았던가?

조상 어른들을 모시는 것은 꼭 고향 땅일 필요는 없었다. 시제 때나, 벌초 때, 한식 때 찾아 뵙고 예를 올리면 되는 일이었다. 실로 그 날 저녁 부부는 잠을 이루지 못하였다. 흥분되는 밤이었다. 근심이 아주 없는 것도 아니었으나 그 보다는 기와집을 수 십 채 지었다간 부수고 하는 일이 더 많았다. 김씨 가문에 새로운 역사의 장이 펼쳐지고 있는 순간이었다. 경주 김씨 중 시조 어른의 19세 손으로 자긍심과 아울러 새로운 꿈이 펼쳐지는 순간이었다. 변화를 싫어해서 매일 매일 그렇게 살아가는 사람에게 무슨 희망이 있고 삶의 보람이 있을 것인가? 변화를 두려워하면 발전도, 성공도 없다.

그들 부부는 안개에 가려 보이지 않는 미래를 열기 위해 변화를 시도하고 있는 것이다.

"내일 여주에 있는 처사촌 들 좀 만나고 와야겠소. 이왕 말이 나왔으니 맘 변하기 전에 가서 상의를 하고 올 터이니 그리 아시구려."

그 다음날 남편은 처사촌들이 살고 있는 여주로 향하였다. 여주에는 처사촌들이 두어 집 살고 있었다. 배운 것이라곤 농사밖에 없는데 도시에 나가 해 보지도 않은 장사를 하기란 정말 힘든 일이니 농사나 지으면서 함께 살자는 그들의 권고대로 그곳에 논밭전지 몇 때기를 계약해 놓고 돌아온 남편은 부랴부랴 농지를 정리하기 시작했다. 도시로 나가기로 했다는 소문은 금새 온 마을에 두루 퍼졌고 사람들은 부러워하였다. 서울도 아니고 서울 근처도 아닌데 서울이 가깝다는 이유만으로 이웃들은 큰 도시로 나가는 것처럼 축하해 주었다. 허기사 서울 구경 해본 사람이 아무도 없었으니 이들의 축하가 터무니없는 일도 아니었다.

마침 가을걷이가 끝난 후라 마음은 매우 홀가분하였고 땅도 빨리 팔렸다. 용바우 산사락에 있는 조그만 사갈밭은 친척에게 맡겨놓고 사기로 했다.

산촌의 겨울은 깊어만 갔고 정월도 이미 3분지2는 지나가고 있었다. 그 해 따라 무슨 눈이 그리도 많이 내렸던지. 폭설로 쌓인 눈은 온 산천을 하얗게 만들었고 매서운 추위에 꽝꽝 얼어붙은 계곡은 봄이 영영

오지 안을 지도 모른다는 생각이 들 정도로 단단하게 얼었고, 허리까지 빠질 정도로 많은 눈이 내렸다. 먹을 것이 부족한 노루나 토끼, 꿩 같은 산짐승들이 마을로 내려오기까지 하였다. 홀로 되신 아버님의 생신이 다가 왔고 정든 고향 떠나가면 언제 올지도 모르는데 마침 잘 되었다 싶어, 없는 살림이지만 정성껏 잔치 상을 장만하였다. 동네 잔치를 마련한 것이다.

돼지도 큰놈으로 잡고, 덫을 놓아 꿩이며 산토끼도 몇 마리 잡고, 쌀도 한 가마 풀어 떡과 술을 만들고 3십 여리나 떨어진 장에 가서 동태며 조기 같은 밑반찬도 준비하였다. 아마도 그 마을이 생긴 이래 처음으로 큰 잔치가 벌어 졌을 것이다. 마을에서는 큰 이야기 거리였으며 옆 동네에까지 소문이 날 정도로 자랑거리였다. 먹고살기도 힘든 마당에 동네 잔치를 하다니.

몇 년에 한번 있을까 말까하는 큰 잔치가 벌어졌다.

마을 사람들은 효자아들 둔 덕분에 호강한다며, 시아버지께 칭찬과 부러움이 가득한 말을 하였고, 멀리 가더라도 옛정을 잊지 말라며 눈물을 흘리는 사람도 있었다.

정이란 무엇인지 알 수 없는 것이었다. 함께 살 때는 아옹다옹 하며 싸우기도 하지만 막상 헤어진다 생각하니 서운하고 허전한 것이다. 이것이 정이라는 것일까? 왜 이리 눈물이 나는 걸까? 아쉬움도, 시원함도, 미움도, 용서도 모두 얼싸안고 뒤엉켜서 뒤범벅이 되어 산골짝을 꽉 채우며 흘러갔다.

호사다마라든가? 부친을 위해 동네잔치를 해 드린 지 사흘째 되던 날부터 남편은 몸에 열이 나고 한 축이 나기 시작하였다. 온 몸이 불덩이 같았고 이 약 저 약 써 봤지만 별 소용이 없었다. 처음에는 감기 몸살인 줄 알고 대단찮게 생각했으나 심상치가 않았다. 용하다는 한의

도 소용이 없었다. 소위 돌림병이라는 병에 걸린 것이다. 남편의 병은 너무나 빨리 진행되었다. 큰 파도에 밀려오는 가랑잎처럼 저항한번 못 해보고 천길 낭떠러지로 떨어지고 있었다.

온 동네에서는 야단법석이 일어났다. 결국 한 남자는, 젊디젊은 한 남자는 이 세상에 온 보람도, 목적도, 그리고 자식으로서, 지아비로서, 남편으로서, 가장으로서, 그 책임과 역할을 쉽게 포기한 채 말 한마디 없이, 천 만근의 무거운 짐을 연약한 자기 부인한테 통째로 내맡기고 무책임하게 떠나간 것이다. 사랑도, 미련도 명예도, 꿈도 다 접어버린 채 훨훨 날라 어디론가 가 버린 것이다.

"무엇이 그리 급하기에 벌써 가신단 말이요? 죽는 당신은 편할지 몰라도 산 나는 어쩌란 말이요? 저 어린것들을 두고 어찌 차마 떠나가오? 나 혼자 저것들을 어찌 키우라고, 연로한 아버님을 어떻게 봉양하라고, 말 한마디 없이 떠나간단 말이요? 대답 좀 하구려! 대답을! 꿈이거든 빨리 깨어 이 슬픔 없애거라!"

그 동안의 삶은 한낮 꿈결보다도 더 짧았다.

여인의 통곡은 땅도 울리고 하늘도 울렸다. 절망적인 앞날이 캄캄하기만 하였다. 칠흑 같은 밤일 지라도 이보다는 더 어둡지 않았으리!

"그렇게도 날 사랑한다더니, 여주로 이사가서 행복하게 살자더니 그 모든 게 거짓말이었구려! 무책임한 당신, 얄밉고 야속하오, 낯선 객지, 타향에서 나 혼자 어떻게 살라고….

먼저 갈 바엔, 무정하게 떠나갈 바엔 처음부터 만나지나 말지…그 까짓 것 살다가며 왜 나를 끌어들여 내 가슴에 못을 박소? 있는 정, 없는 정 다 주고 나서 무엇이 못마땅하여 벌써 간단 말이요, 날 버리고 가신단 말입니까? 내가 뭘 잘못했다고…."

어찌 인생이 이처럼 허망할 수 있는가?

"불과 일주일도 안돼서 이렇게 죽다니… 똥오줌 싸더라도 더 오래 살지 왜 죽는단 말이요?"

여인의 나이 38세. 한참 무르익은 과일 같은 젊음이 한 순간에 삭아 버리는 허무. 하늘은 무너져 내리고, 땅이 꺼지는 절망만이 그녀를 덮쳐왔다.

"나보고 연약한 나보고, 이 험한 세상을 어찌 살라고, 그것도 낯선 타향에서 그 무거운 짐을 어떻게 지라고, 모두다 내게 맡겨놓고 떠나간단 말이요? 매정한 당신아! 다시 온단 기약이나 하고 가야지 말 한 마디 없이 어찌 그냥 간단 말이요? 그럴 수 있나요? 여보, 여보 말 좀 해 보구려! 야속한 당신아! 이왕 갈 바엔 정도 가지고 가야지 쓰지도 못할 정은 왜 그냥 두고 간단 말이오? 험한 가시밭길도 양털처럼 보드러운 길도 이 세상 끝 날까지 정답게 손을 잡고 함께 동행해 가자던 당신이 아니었던가요?"

불과 며칠전에 온동네가 떠나갈듯 기쁜잔치를 벌였는데, 그것은 초상집 잔치를 위한 서곡이었단 말인가?

이때 흘린 눈물은 강물보다 많았고, 가슴은 소금에 폭삭 절인 배추마냥, 절고 또 절어 꿈도 희망도 아무런 소용이 없이 꺾여 버렸고, 지은 한숨은 백두산 천지보다도 더 깊게 땅을 꺼지게 했을지도 모른다.

오늘 갈 런 지 내일 갈 런 지 정수 정 망 없는데
맨드라미 줄 봉숭아는 왜 심어 났나

아리랑 아리랑 아라리요
아리랑 고개로 날 넘겨주소

서산에 지는 해는 지고 싶어지나
정들이고 가시는 님 가고 싶어 가나
아리랑 아리랑 아라리요
아리랑 고개로 날 넘겨주소

세월이 가고서 임마저 가면
이세상 한 백년을 누굴 믿고 사나

아리랑 아리랑 아라리요
아리랑 고개로 날 넘겨주소

간다지 못 간다지 얼마나 울었나
송정암 나루터가 한강수가 되었네

아리랑 아리랑 아라리요
아리랑 고개로 날 넘겨주소

누구나 아니 무생물일지라 하더라도 존재했던 모든 것은 사라지게
마련이지만 사람이, 만물의 영장인 사람이 어찌 이렇게 젊은 나이에
허망하게 죽을 수 있단 말인가?
이 세상에 사람으로 태어났으면 한번쯤 영화를 누리고 행복을 맛보
고, 그래야 사는 보람도 있고, 하늘의 뜻 또한 그러할 진대 어찌 이
럴 수가 있단 말인가 ?
그러나 인간 만사 제 뜻대로만 되는 것은 아니었다. 이것이 천리이
며, 순리이다. 인명은 재천이라 하지 않던가? 살아 있는 동안에 잘 살

아 보자고 바가지도 긁고, 푸념도 하고, 미워도 하고 별것 아닌 것 가지고 싸움도 하고, 이런 게 사람 사는 것이 아니겠는가? 밤하늘의 별빛보다도 더 많은 상념들이 쏟아져 내려 마을 앞 냇물을 가득 메우고 흘러갔다.

이 후로 여인의 가슴에는 한이 맺혔다. 외롭게 날아가는 기러기만 보아도, 산 속에서 울어대는 산비둘기의 구성진 울음소리만 들어도, 밤을 새워 울어대는 소쩍새 소리에도 애 간장은 녹아나고, 갓 젓 떨어진 송아지의 어미 찾는 소리만 들어도 모두가 자신의 처지와 똑 같은 것 같아 울며불며 밤을 지새기가 일쑤요, 미친 사람처럼 들판을 쏘다닌 것이 어디 한 두 번이겠는가? 사람은 왜 정을 주고 사는 걸까? 그놈의 정이 무엇이길래 마음을 이처럼 아프게 한단 말인가?

담배 불이 번득여서 님 오시나 했더니
그놈의 개똥 불이 또 나를 속였네

산천이 고와서 되돌아 봤나
임자 당신 보고싶어 뒤돌아 봤지

아리랑 아리랑 아라리요
아리랑 고개로 나를 넘겨주게

여인의 그리움은 강물처럼 흐르고 또 흐르고, 자신의 신세가 너무나 처량하였다. 입에서 나오는 소리는 모두 신세를 한탄하는 타령이 되었다.

살아생전, 남편은 약속대로 시아버지의 〈술〉에 질려 술은 입에도 대지 아니했다. 김씨네 가문이 본래 술을 지고는 못 가도, 먹고는 간다는데, 그는 일체 술을 입에 대지 아니했다. 술을 먹을 줄 몰라서가 아니라, 그 돈을 아껴 모아 술 좋아하시는 아버님의 술값을 대 드리고자 했던 깊은 뜻이 있었기 때문이었다. 아버지에 대한 효심에 감명도 받고, 때로는 남편이 안 돼 보이기도 했지만 아낙에게는 꿈을 현실로 돌리기 위해서 그것쯤은 아무 것도 아니며 오히려 몇 배나 더한 어려움이 닥치더라도 이겨낼 자신을 가져야 할 것이라고 생각했다.

"억세디 억센 아내에게 질린 남편은 때로는 후회를 했을 지도 모른다. 나긋나긋하고 여자다운 아내를 얻었으면 바가지도 안 긁히고 살았겠지"하고 생각도 해 보았다. 그러나 그것은 혼자 잘먹고 잘 살자고 하는 게 아니라, 애들의 장래를 위해서, 가문의 영광을 위해서 부모가 희생하지 않으면 절대로 그 목적을 이룰 수 없다는 확신이 있었기 때문이었다. 철학이며 종교인 것이다.

언젠가 한번(큰애가 두 살 인가 되었을 때) 겨울 저녁, 남편은 깜깜한 산을 넘어 이웃 동네로 마실가는 일이 있었다. 그 후부터 차츰 회수가 잦아지기 시작하였고 집으로 돌아오는 시간도 점점 길어지기 시작했다. 밝은 대낮에도 산을 넘어 가자면 산 짐승이라도 만날까 두려운데, 밤마다 남편이 그 산을 넘어 놀러 가는 이유를 알 수 없었다.

결혼 한지도 7~8년이 되고 보니 권태기가 찾아온 것일까? 아니면 늙은 여우한테 홀리기라도 했는가? 하여간 매일 저녁 나샀나.

여성의 본능은 동물적 본능인가? 이상한 느낌이 들어 하루 저녁은 독한 마음을 먹고 도둑고양이처럼 살금살금 뒤를 밟기 시작하였다. 대낮에도 다니기가 편치 않던 산길을 한밤중에 가고 있어도 무섭지가 않았다. 남편의 사랑을 도둑 맞지 않으려는 일념은 죽음보다도 강했다.

남편은 이웃 동네 사랑방이 아닌 어느 과부 집 사립문을 살그머니 밀치고 들어가더니 "흠"하고 헛기침을 한번 하였다. 뒤를 밟은 부인은 굶주린 사자모양 곧바로 달려들어 남편의 뒷덜미를 잡아 문 밖으로 끌고 나왔다. 얼결에 당한 남편은 '이 여편네가 왜이래?' 하면서 화를 내기도 했지만 그 이상 무슨 변명의 말을 하겠는가? 집으로 돌아온 남편은 끝까지 결백을 주장하여 전쟁은 더 이상 확대되지 않았다.

그 집 여자가 멀리 있는 친척에게 편지를 한 통 써 달라 하여 간 것이지 그 이상도 그 이하도 아니니까 오해하지 말라는 강력한 말에, 아낙은 속아 주는 수밖에 도리가 없었고, 오히려 순진하게도 남편의 인격을 의심한 자신의 경솔한 처사를 미안하게 생각하기도 하였다. 남편은 "내가 누군데 섣부른 짓을 하겠느냐? 술 끊고, 담배끊고, 결심한 나를 어떻게 보는 거야?" 하면서 화를 냈다.

따지고 보면 그 날 저녁 외간 여자의 방문을 열기 전에 뒷덜미를 잡은 것이 얼마나 잘한 일인가? 얼마나 다행스러운가? 기다렸다가, 그보다 더한 현장을 목격했다면 어떻게 되었을까?

그 날 저녁 어떤 일도 눈으로 목격한 일이 없었으니, 남편은 깨끗한 남편이 되는 것이다. 남편의 말대로 순수한 마음을 계속 해서 문제삼는 것도 옳은 처사는 아니라고 생각했다. 그리고 자신에 대하여 깊이 생각해 보았다. 혹시 지나친 행동은 없었는지, 정당한 행동이었는지, 여성다움은 있었는지...

그 후로 남편은 물론 어떤 이상한 행동도 하지 않았고, 마을에서는 이상한 소문도 떠다니지 아니하였다.

시골 장날이었다. 아낙은 오랜만에 시어머니 제사를 준비하기 위해서 몇 가지 팔 것을 가지고 장으로 가던 중이었다. 산을 넘어 그 여자가 살고 있는 집 앞을 지나는데 원수는 외나무다리에서 만난다고 그 여자가 문을 열고 나왔다.

"안녕하세요? 저 산 넘어 사시는 김씨네 댁이시지요? 장에 가시는 길이신가 본데, 저도 장에 가는 길이니 같이 가시면 되겠네요?"

그 여자는 이 여인이 그 남자의 부인이라는 걸 알만도 한데 정말 모르는지 시치미를 떼는 것인지 말을 걸어 왔다.

아무리 철면피하고 바보 멍청이라도 죄 지은 일이 있으면 양심의 가책을 받아 얼굴 붉히며 피해 갔을 텐데 참으로 이상한 일이었다.

생각 같아서는 당장 머리끄덩이라도 잡아채서 길가 도랑에다 콱 처박고 싶지만 확실한 단서가 없는 관계로 끌어 오르는 분노를 참고 있자니 열 방망이가 솟구쳐 오른다.

"똑바로 살아, 이 여편네야! 곁눈질하며 허튼 수작 부리다간 죽는 수가 있어." 이런 말이 목구멍까지 올라 왔으나 꾹 참고 있었다.

남편을 빙 둘러 고압전류가 흐르는 전기 줄을 쳐놓고, 1m이내로 접근하면 감전 되도록 하는 방법이 없을까? 그 고압 전류는 자신이 되는 수밖에 없었다.

장터에 도착 할 때까지 한 마디도 하지 않았다. 잘못 말했다가는 오히려 책잡히는 꼴이 될지도 몰랐다. 그 여자도 낌새를 챘는지, 제풀에 지쳤는지, 뒤로 처저서 혼자 오고 있었다.

그 날 장에서 돌아오자마자 슬그머니 부아가 치민 여인은 남편에게 한마디 던졌다.

"여보, 그 여자가 당신 안부 묻습디다."

슬쩍 거짓말로 남편의 마음을 떠보았다.

"쓸데없는 소리 이제 그만 하고 오늘저녁 제사 잘 지내게 준비나 잘 해요."

짧은 세월 살아오며 질투인지, 사랑인지 분명치 않게 냉전을 치르곤

하던 남편, 이 세상에 온지 불과 38년만에, 그것도 고생이란 고생은 다 해가며 장래를 위해 꿈을 키우던 남편이 이렇게 느닷없이 훌쩍 떠나가고 없으니 너무나 허무했다. 지금 세상이 싫다고 영영 떠나간 것인가, 아니면 예전처럼 또 돈벌러 간다고 아주 멀리 가버린 것은 아닐까?

꿈도 희망도 질투도 사랑도 원망도 의심도 모두 부질없는 것이 되어 버리고 말았다.

3. 십자가를 지고서

들녘에는 밭갈이가 한창이고 겨우내 무너진 논두렁 밭 두렁을 고치느라 가래질이 한창이다. 앞산에는 진달래가 지고 철쭉이 그 자리를 대신하여 마냥 자태를 뽐내고 있었다. 봄이라 하지만 아직은 강바람이 몸을 움츠리게 만들고, 때늦은 오리 떼가 어디론지 날아가고 있었다. 가재 도구를 실은 허술한 뗏목과 그 옆에 조그만 나루 배 한 척이 어린애들과 아낙을 태운 채 강물을 따라 내려오고 있었다.

슬픔과, 걱정스런 모습, 두려운 듯 하면서도 독한 마음을 품은 모습의 여인과, 철부지 어린것들이 새새거리며 장난을 치는 모습이 어울리지는 않지만, 그런 광경이 한 폭의 그림인양 강물을 따라 흘러가고 있었다. 독한 것 같이 보이기는 했어도, 여인의 눈에는 눈물이 가득 고여 금새 소낙비처럼 쏟아 질듯 싶었다.

점점 멀어져 가는 고향 땅, 차가운 땅 속에다 그토록 사랑했던 남편을 묻은 채 홀로 남겨 두고, ‘간다간다’ 해도 대답 없는 남편을 내버리고 떠나오는 여인의 심정, 마음은 천갈래 만갈래 찢어지고 있는 것이다.

“나를 용서하시구려. 당신이 미워 이렇게 떠나오는 게 아니라오. 당신이 죽기 전에 이사하려고 논 밭 전지 다 사 놨으니 난들 어떡하오. 너무 야속타 생각 말고 이해 해 주시구려! 멀리 있어 당신께 자주 가지는 못 할 망정 마음만은 늘 당신 곁에 있을 것이니 외로워도 참으시구려. 내, 애들 부끄럽지 않게 잘 키워 놓을 테니 너무 염려도 하지 말고…."

해가 서산에 걸칠 무렵이 돼서야 그들은 천녕 나루터에 도착하였다. 나루터 주막에서는 저녁밥을 짓는지 연기가 모락모락 피어올라 시장기를 더해 주었다.

등에는 어린 꼬마가 업혀서 배가 고픈지 칭얼대고 있었고 어리기는 해도 말귀를 알아들을 만한 아들 둘과 딸이 열심히 짐을 내리고 있었다. 할 일 없어 서성대던 마을 사람 몇이 다가와 구경거리라도 생겼다는 듯 이것저것 살피더니 어린것들이 안돼 보이는지 짐 내리는 일을 거들어 주었다. 이사 짐이라야, 부엌 살림 몇 가지와 오지 항아리 두 개 질그릇 서너 개, 개나리 봇짐 만한 이불과 옷가지를 싼 보따리, 그리고 멍석, 지게와 같은 농기구 몇 가지가 전부였다.

간장독인지 된장독인지는 모르나 칡넝쿨로 칭칭 동여매서 슬쩍 건드리기만 해도 부서질 것 같아, 보는 이나 짐을 다루는 이나 여간 불안하지 아니하였다.

천녕 나루터에는 사촌오빠 되는 분이 두어 시간 전부터 소달구지를 끌고 마중을 나와서 기다리고 있었다. 배가 도착하자마자 물고 있던 다 타버린 담배꽁초를 강물에 휙 던져 버리고 짐을 옮겨 싣기 위해 손을 흔들며 다가왔다. 짐을 다 배에서 내리고 난 후 손을 흔들며 사공은 왔던 배를 몰고 고향 땅으로 되돌아가는데, 낯선 땅에 떨어진 자신은 외톨이 신세가 된 것처럼 서러움이 닥쳐왔다.

"배야 잘 가거라, 몸은 비록 내렸을 망정 마음만은 실려 보내니 내 남편 있는 곳에 내려주고 가거라" 눈물이 핑 돈다.

"오라버님 나오셨네요?"

"동상, 먼길 오느라 고생 많이 했구먼. 야, 요놈들 많이 컸네, 어서

들 오너라. 빨리 짐 옮겨 싣고 집에 가서 밥 먹자, 배고프지? 여기서 십리쯤 가면 동상네가 살아갈 동네가 나오지, 조양리라고. 작은 마을 이지만 사람들 인심 좋고 농지가 기름져서 농사도 잘되지, 앞으로 살아 갈 일은 너무 염려 말고… 혼자 살아가자면 힘이야 들겠지만 산 입에 거미줄이야 칠까? 내가 자주 가서 보살펴 줄 테니까 어려운 일 있으면 서슴지 말고 말해. 엊그제 사장 어른이 오셔서 집은 말끔히 치워 놓으셨더구먼.”

아낙은 애들한테 작은 물건이라도 하나씩 들리고, 등에 지우고 하여 부지런히 발걸음을 재촉하였다. 해가 떨어져 어둑어둑할 무렵에야 이 사할 새 집에 도착하였다.

새로 이사온 마을은 큰 마을은 아니라도 30여 호가 옹기종기 모여 사는 아담한 마을이었다. 마을은 정남향으로 자리를 잡았는데, 나지막한 앞산과 제법 넓은 들판, 동네 앞에는 실개천이 탁 트인 동쪽 남한 강을 향하여 흐르고, 서쪽으로는 세봉산이 병풍처럼 펼쳐져 북쪽까지 마을을 감싸고 있었다. 동네 이름은 조양리(朝陽里)였다. 〈아침 햇살이 아름다운 해맑은 동네〉라는 이름에 걸맞게 산세가 아름답고, 평화로운 마을이었다. 강원도 험한 산에 비하면 앞산이나 세봉산이나 모두 산도 아닌 작은 언덕에 지나지 않았다. 마을 사람들은 듣던 대로 심성이 착했는지 자기 일처럼 열심히 이사 짐을 날라주었다. 이사온 새집은 낡기는 했어도 제법 컸다. 안채, 사랑채, 헛간, 마당도 안팎으로 꽤 넓었다. 밖에 마당은 너무 커서 밭을 만들어 곡식을 심고 싶을 정도였다.

대문이 동쪽으로 나 있어 좀 못 마땅하기는 했으나 나중에 뜯어고치면 되는 일이었다. 집 뒤에는 커다란 감나무 한 그루와 아직도 가랑잎 같은 잎새가 붙어 있는 대추나무 한 그루가 서 있었다.

“두고 온 남편소식 전하러 그곳 까치가 날아오면 저 나무 꼭대기에서 날 찾으며 울겠지."

내일 아침부터 당장 옛 살던 동네 까막까치가 소식을 갖고 날아 올 것 같은 생각이 들었다. 언제나 이 밤이 샐꼬?

집을 손보러 미리 와 계시던 시아버지께서 반기며 말하였다.

"어서들 오너라, 집은 대강 손질해 놨으니 당분간은 사는데 지장이 없을 것이다."

어린것들이 힘이든지 땀을 송송 흘리고 있었다. 십여 리 길을 걸어 왔으니 오죽이나 힘이 들까?

아낙의 가슴엔 〈찡〉 하는 안쓰러움과 더불어 남편 생각에 또다시 눈시울이 붉어졌다. 새 집에 도착하자마자 쌀을 씻고 떡을 만들고 하여 정성껏 조상님께 제를 올렸다. 특히 죽은 남편한테는 더욱 간절히 빌었다.

"여보! 귀신이라도 예까지 쫓아 왔거든 내 소원 좀 들어주시구려! 내 어린것들 하고 한눈 안 팔고, 악착같이 살아 갈 테니 내 걱정일랑 마시고 우리 집안 잘 보살펴서 당신 살아 있을 때와 조금도 다르지 않게 해주고, 집안 살림도 불 일듯 하게 해주고, 애들도 털끝 하나 다치지 않고 잘 크도록 보살펴 주시요?

그래야 당신도 나한테 진 빚을 갚는 것이고 저승에서나마 맘 편히 살 것 아닌가요? 당신 나의 이 소원을 안 들어주면 제사 날에 밥도 못 얻어먹을 줄 아시오. 알았어요? 한가지 원통한 일은, 애들이 커 가면서 당신의 모습을 기억 속에서 차츰 지워버릴텐데, 사진이야 찍을 데가 없어서 그리됐다 하지만, 그 흔한 초상화라도 하나 그려 둘걸 그랬어요. 하기야 당신 이렇게 빨리 죽을 줄이야 알기나 했을까 마는… 어찌됐건 애들은 아비 없는 호로 자식이란 소리 절대 안 듣도록 잘 키울 테니 염려는 놓으시구려.

　찌든 가난, 연로하신 아버님, 철부지 애들 다 나한테 맡겼으니 당신도 양심 있으면 지금 내가 바라는 이런 소원들을 못 들은 척 하지는 않겠지요?"
　아낙은 집안 구석구석 다니면서 터주대감한테도 빌고, 땅 귀신한테도 빌고, 조상 님네 한테도 빌고 빌었다.
　눈물과 콧물이 뒤범벅이 되어 행주치마 하나가 다 젖었다.

　세월이 흐르면서 죽은 남편에 대한 애틋한 정을 잊는 대신, 산다는 현실이 그녀의 어깨를 마냥 짓누르고 있었다. 힘센 남자들도 지기 힘든 세상 짐을, 누구 하나 도와주는 이 없이 연약한 여자의 몸으로 고스란히 지고 살아야 한다는 현실이 한 여인을 너무나 힘들게 했다. 이제부터는 여자로 살면 안 된다. 여장을 한 남자로 살아야 한다. 그래야 낯선 타관, 객지에서 버틸 수 있고, 애들도 아비 있는 집 자식 못지 않게 잘 키울 수 있으리라. 하루에도 몇 번씩 다짐을 하면서 억척스런 삶이 시작되었다.
　논, 밭일은 말 할 것도 없고, 생전 져 보지도 않던 지게를 지고 산에 가서 나무하고, 소먹일 풀을 베어오는 일 조차 마다하지 아니 하였다. 심지어 뒷간에 오물을 지고 밭에 내다 버리는 일까지 마다하지 않았다. 대신해 줄 사람도 없으니 할 수 없는 일이기도 했지만.
　곱던 손은 이미 여자의 손이 아니었다. 손발에는 곰 발바닥 같은 굳은살이 박히고, 나무에 긁히고, 풀잎에 베어졌던 아물고 한 거칠거칠한 손은, 가시 돋은 엉겅퀴 풀이나 다름없었다. 얼굴에는 언제 분을 발라 봤는지 기억조차 희미했다. 사실 몸치장을 할 필요도, 화장을 할 필요도 없었다. 꽃이 아름다와도 찾아올 벌 나비가 없는데 무슨 몸단장을 하랴! 오직 오늘을 어떻게 살 것인가 하는 점이 더 큰 문제였다.

　이 동네로 이사를 온 후로 어린 자식들과 연로하신 시아버님을 모시고 어떻게든지 살아가야 된다는 생각에 눈 코 뜰 새 없이 바빴고 남편 생각을 할 겨를도 없었다.

　사람들은 하루 하루의 삶이 힘들고 고달프면 차라리 죽고 싶다고 말하기도 한다. 물론 실제 죽기를 바라고 그러는지 아니면 해보는 소리인지는 모르나 얼마나 세상 살기가 힘들면 그런 말을 할까? 하지만 어머니는 빈말이라도 절대 죽고 싶다는 표현을 쓰지 않았다. 이유는 자식들 기죽이는 일이 될까봐 그랬을 것이고 또 자식들 불쌍하여 어떻게든지 살기를 바랬을 것이다. 그래서 늘 이런 말씀을 하였다. 죽을 용기가 있으면 그 용기를 살아가는데 쓰라고. 산다는 것도 짐승처럼 사는 게 있고 사람처럼 사는 게 있다고 하셨다. 사람처럼 살려면 용기가 있어야 한다고 자식들한테 일렀다. 즉 비굴하지 않고, 명예를 소중히 알며, 따뜻한 마음을 갖고, 과욕을 억제하는데도 반드시 용기가 필요하다고 가르쳤다. 사람은 사람이기 때문에 짐승처럼 살아서는 안 된다는 게 어머니의 생각이었다.

　사람도 정든 고향을 떠나 새로운 곳에 정착을 하기까지는 꽤 오랜 시간이 필요했다. 큰 나무를 옮겨 심는 이치와 똑 같았다.

　큰 줄기를 지탱하고 있던 뿌리는 잘려 나가고, 잔뿌리만 가지고 살아나자면 큰 가지도 역시 잘라내야 하며, 그 아픔을 이겨내야 한다고.

　땅도 설고, 물도 설고 부는 바람마저 낯설었다. 열병과도 같이 심한 몸살을 하는 것은 당연한 일이었다. 나무는 옮겨 심고 나서 물도 주고 버팀목도 해 주지만 어머니에겐 물을 주는 이도 버팀목이 되어줄 이도 없었다. 황사바람에 앞이 안 보여도, 태풍이 몰아쳐도, 눈비가 와도, 배가 고파도, 모두 혼자 힘으로 해결해야만 하였다. 억세다고는 해도 연약한 여자임에는 틀림이 없었고, 세찬 바람에도 날아가지 않은 것은 자식에 대한 희망과 자식을 살리기 위해서 어떻게든 살아야 한다는 굳은 집념 때문이었을 것이다.

이사와서 얼마동안은 귀도 막고 입도 막고 눈도 감고 살아야 했다. 짐승만 텃세를 하는 게 아니라 사람도 텃세를 한다. 동물의 세계에서처럼 자기 영역을 만들고, 제 밥그릇을 지키기 위해서 인간 사회에 있어서도 텃세를 하게 마련이다. 아무리 부처님처럼 산다 해도 때로는 코로 고약한 냄새가 들어와 얼굴을 찌푸려야 하기도 했다. 때로는 먹이감을 앞에 둔 야생처럼 으르렁대며 싸우기도 해야 했다.

2~3년 지나면서 새 뿌리가 내리고 주어진 환경에 익숙해 져 자리를 잡게 되고, 새순이 돋아 자라면서 점차로 나무 꼴이 잡혀가기 시작하였다.

38세의 여자나이는 결코 많다고 할 수 없는 나이이다. 감성이 가장 풍부할 나이가 아닐까? 어느 날부터인가 세상의 유혹이 시작되었다. 정말 힘들고 괴로울 때면 재가라도 하는 게 한세상 살아가는데는 편한 방법일 지도 모른다는 생각이 없는 것도 아니었다.

옛날에 어느 양반 집 규수가 젊은 나이에 홀로되어 밤이면 독수공방, 남편 생각에 잠을 못 이루었으나 양가의 체면 때문에 재혼 할 생각도 못하고, 그럴 때마다 여인은 바느질을 시작하였고 하던 바늘로 허벅지를 수없이 찔러가며 그 고통으로 외로움과 그리움을 맞바꾸었다고 하더니 그때 어머니의 심정도 이와 비슷하였으리라.

"애 엄마는 아직도 새파란 청춘인데 남편 없이 어떻게 혼자 살아 갈려고 그래요? 내 마땅한데 다리라도 놓아줄까요?"

이웃집 여자가 놀러 와서는 진정 안 돼 보여서 그런지 아니면 한번 떠보는 소리인지는 몰라도 가끔씩 이런 말을 꺼내곤 하여 심사를 뒤틀리게 만들기도 하였다.

"여보, 이 나이에 무슨 재혼을 한단 말이오? 무슨 큰 호강을 하겠다고. 만약 내가 재혼 해 봐요. 저 어린것들은 천덕꾸러기가 될게 뻔하고 더구나 기력 없으신 시아버지 조석 밥상은 누가 올리겠오? 두 번 다시 그따위 소리는 입 밖에도 내지 마시오. 내 애들 들을까 무섭구려."

어머니는 단호하게 그 입이 싼 여자의 입에다 못질을 해 박았으나 며칠 못 가서 못이 헐거워지면 또 찾아와 똑같은 소리를 반복하였다.

이런 이야기를 들을 때마다 심한 갈등을 느낀 것도 사실이었다고 말씀하시곤 했다. 괴로운 날은 더욱 갈피를 잡기가 어려웠다.

하루는 이 여자가 찾아와서 이런 말을 하였다.

"원주댁, 요즘도 한 밤중에 보쌈을 해 가는 일이 있답디다. 못 이기는 척하고 그 방법을 택해 보슈. 그러면 혼자 사는 여자가 불가항력적으로 당한 일이니 남들이 욕이야 하겠오."

참으로 기가 막혔다. 이건 한 두 번도 아니고 잊을 만 하면 또 와서들 쑤석거리니 그냥 내버려두어서는 안 되겠다고 생각했다.

"여보 재혼을 해도 내가 하는 것이고 보쌈을 당해도 내가 당할 일인데 싫다고 하는데 왜 이리 성가시게 구는 거요? 열 번 찍어 안 넘어가는 나무 없다는 말을 듣고 자꾸 이러나 본데, 독한 맘 먹고 다른 생각은 하지 말라고 위로는 못 할망정 왜 자꾸 이래요, 정말. 한번만 더 허튼 소리하면 뜨거운 맛 한번 보여주리다. 입 조심해요."

얼굴이 벌겋게 달아오른 어머니가 서슬이 시퍼래서 정색을 하고 덤벼드니 그 여자는 겁이 났던지 슬그머니 꽁무니를 뺐다.

"아니 꼭 그렇다는 게 아니라 젊은 새댁이 일에 묻혀 고생을 하니 같은 여자 입장에서 볼 때 너무 딱하고 안돼서 하는 말이니 너무 고깝게 듣지는 말아요."

그 여자는 얼른 그 자리를 피해 가 버렸다.

곰곰이 생각해보니 진정 자신을 위해 주는 것 같기도 하고, 다른 한 편으론 혼자 산다고 무시하는 것 같은 생각이 들어 자존심이 몹시 상했다.

'콩 나물 시루에 콩나물 자라듯 무럭무럭 크는 자식들 보며 알콩달콩 사는 재미가 있으면 그 이상 무엇을 바라겠는가?'

과부 된 것도 못사는 것도 타향살이하는 것도 모두 팔자이려니 생각하면 또한 별것도 아니었다.

어머니 자신도 그 후로 더욱 아주 독한 마음을 먹었다. 아예 부질없는 생각을 하지 안을 방도를 찾아내야겠다고 생각했다.

결단을 내려야 할 용기가 필요했다.

방법은 오직 하나 죽을둥 살둥 일 하는 것만이 유일한 길이었다. 꿈조차도 꾸지 않으려면 이 길 외에는 달리 방법이 없었다.

사람은 누구나 시간의 여유가 생기면 쓸데없는 공상을 하게 마련이다. 공상은 아무런 보탬이 되지 못할뿐더러 오히려 삶을 파괴시키는 주범이 되기도 한다.

농사는 정직하여, 공을 들인 만큼 많은 수확으로 보답해 주었다. 콩 포기 하나에도 벼 포기 하나에도 정성과 애정을 쏟으면 반드시 배로 보답을 했다. 배신 할 줄 모르는 것이 농사였다.

하기사 식물이라고 해서 어찌 느낌이 없을까? 흙에서 영양을 공급받아 자라기는 동물이나 식물이나 마찬가진데 동물에게만 감정이 있을 리는 만무하다고 생각했다. 논밭으로 일하러 나왔을 때 잘 자란 곡식이 바람에 흔들리면 강아지가 꼬리를 치듯 마치 주인을 보고 반가워서 손을 흔드는 것처럼 느껴지기도 했다. 실제 그럴지도 모른다. 이와 같은 생각을 가지고 농사를 하니 더 애정을 쏟게 되어 농사가 안 될 리가 없었고 그에 따라 살림 또한 늘어나지 않을 수 없었다.

4. 전쟁

이 마을에서는 우리 어머니를 〈원주댁〉 또는 〈원주집〉이라 불렀다. 원주에서 이사를 나왔다고 해서 붙여진 이름이다. 큰아들은 어느새 의젓한 청년이 되었고, 막내가 다섯 살 되던 해 초 여름 전쟁이 터졌다. 큰아들은 국민병으로 소집되어 전쟁터로 끌려가게 되어, 어머니에겐 두 번째의 시련이 닥쳐 온 것이었다.

전쟁, 누구를 위한 전쟁인가? 백성의 뜻과는 아무런 관련도 없는 전쟁, 수많은 백성의 생명이 하루아침에 이슬처럼 사라져도 통일이라는 명분아래, 민족의 과업을 수행한다는 명분아래, 더 살기 좋은 세상을 만든다는 명분아래, 그들은 전쟁을 벌리고 있는 것이다. 한 형제끼리, 부모 자식끼리, 일가 친척 끼리, 서로 원수가 되어 죽고 죽이는 놀음을 하고 있는 것이다. 백성 없는 땅이 무슨 소용이 있으며, 백성을 개죽음처럼 몰고 가는 이념은 무슨 의미가 있단 말인가? 모두가 배부르고 많이 배운 사람들의 사치스런 생각일 뿐 무지하고 배고픈 백성과는 아무런 관련도 없는 일이었다.

마을에서는 꼭 이기고 돌아오라는 뜻으로 마을 입구에 아름드리 소나무를 베어다가 커다란 개선문을 만들어 세우고 돌아오는 그 날까지 그대로 놔두겠다며 대대적인 환송을 해 주었다. 태극기를 말아 어깨에 띠를 두르고 머리에도 국기를 그린 천으로 띠를 만들어 매었다. 온 마을 사람들의 박수를 받으며 큰아들이 환송식장으로 향하였지만 어머니의 마음은 마냥 찢어져 내리고 있었으리라. 이 마을이 생긴 이래 처

음으로, 그보다도 전쟁이 터지고 첫 번째로 가는 위험한 길이였기에
마을 사람들의 관심은 정말로 컸고, 하나같이 무사히 돌아오기를 진심
으로 바랬다. 마음 여린 옆집 아주머니들은 울기까지 하였다. 마을 구
장(이장)의 인사말에 이어 군에 가는 장병의 인사말이 이어졌다.

"인명은 재천이라 했습니다. 우리 젊은이들이 국가의 위기를 맞이하
여 목숨을 아까워한다면 우리 나라는 어떻게 되겠습니까? 국민의 안
녕과 평화는 누가 보장해 줄 수 있단 말입니까? 대한 민국의 남아답게
용감히 싸워 전쟁을 승리로 이끌고, 이 땅에 자유와 민주주의가 활짝
피도록 잘 싸우고 돌아오겠습니다. 만일 제가 죽더라도 그것은 장렬한
죽음이 될 것이므로 조금도 두렵거나 무섭지 않습니다. 저를 위하여
이처럼 대대적인 환송을 해 주시니 저는 더욱 힘이 나고 용기 백배됨
을 느낍니다. 한가지 꼭 부탁드릴 말씀은 저의 어머니 외롭지 않도록
보살펴 주시고 위로해 주시기만을 바랄 뿐입니다. 대단히 감사합니다.
안녕히 계십시오."

이어서 구장의 만세 삼창이 있었고 어른께는 큰절로, 친구에겐 손길
로, 동생들에겐 등을 두드려 주며 작별 인사를 하였다. 눈물이 핑 돌
았다.

저 멀리 큰 고목 나무 뒤에 숨어 남 몰래 눈물을 닦고 있는 여인이
있었다. 큰아들의 약혼녀였다. 한 마을에 살면서도 말 한마디 제대로
건네 보지 못한 남자, 자기와 평생을 언약한 남자, 이미 마음속엔 남
편이 되어있는 한 젊은이가 지금 전쟁터로 가고 있는 것이다. 살아서
올지, 죽어서 올지도 모르는 상황에서 따뜻한 이별의 말 한마디 없이
떠나가는 그 남자가 야속하기만 하였다. 만약 그가 죽어서 돌아온다면
나는 뉘 집 귀신이 되어야 하나? 빨리 혼례라도 치를걸 그랬다고 후

회도 해보았지만 다 소용 없는 일이었다. 처녀는 더 이상 그의 멀어지
는 발길을 보지 못하고 집으로 돌아와 마냥 울었다. 잘 가란 말도, 잘
있으란 말도 못한 채 두 연인은 그렇게 기약 없는 이별을 하였다.

　미친개처럼 전쟁에 혈안이 된 저들은 물밀듯이 쳐내려 왔다. 대항 한
번 제대로 해 보지도 못하고 국군은 쫓겨갔고, 그런 북새통 속에서 살
아온다는 보장도 없이 큰아들은 훈련소로 끌려간 것이다.
　총알이 빗발치는 전쟁터에서 자식이 살아온다고 누가 장담할 것이
며, 어느 누가 보장해 줄 것인가? 한창 공부하며 뛰어 놀 나이에 제
아비를 대신하여 가장 노릇 하느라 고생만 하였는데, 이제 전쟁터로
보내다니, 어머니는 또다시 억장이 무너져 내렸다고 하셨다.
　큰 군인 트럭에 실려 훈련소로 가던 날 어머니는 울다 지쳐 기절 해
버렸다. 농사일이 큰 일이 아니었다.
　어떻게 살아가느냐 하는 것도 큰 문제는 아니었다.
　자식이 죽느냐, 사느냐 하는 것만이 큰 문제였다. 어머니는 매일같
이 정화수를 떠다 놓고 천지 신명 님께, 하느님께, 부처님께, 조상 님
께, 빌고 또 빌었다.
　한밤중에도 문득 잠에서 깨어나면 또 밖으로 나가 빌었다. 쏟아지는
별빛은 아들의 소식을 알고 있으련만……
　훈련소로 떠나간 지 일주일쯤 후에 아들이 하도 보고싶어, 어찌 될
지도 모르는 아들을 한번 더 보리라 맘을 먹고, 밤을 새워가며 떡을 만
들고, 엿을 고고, 없는 돈 장만하여 몇 푼 들고 어딘지도 모르는 논산
훈련소를 찾아 길을 나섰다. 물어 물어 찾아간 그곳, 면회가 될 리가
있는가? 그러나 이 먼길을 왔다가 그냥 가면 한이 맺힐 것 같아 도저
히 발길을 돌릴 수가 없었다. 대장을 만나 잠깐만이라도 좋으니 얼굴

만이라도 보고 가게 해달라고 사정하여 꿈에도 그리던 아들을 만났다. 짧은 면회 시간은 꿈결 인 듯 싶었다. 만들어 간 음식은 시간이 없어 입에도 못 대보고, 다시 훈련소 문안으로 들어가는 자식을 보며, 되돌아 설 수밖에 없었던 심정, 주체 할 수 없는 눈물을 흘리며 돌아서는 어미의 애통한 마음을 헤아릴 수 있는가?

　전쟁중이라 돈도 필요 없다하며 극구 사양하여 그냥 가지고 오긴 했지만 강제라도 주고 올걸 그랬다고 여간 후회하지 아니하였다. 집으로 돌아온 어머니는 동네가 떠나갈듯 대성 통곡을 하였다. 마을 아낙들이 모여와서 위로의 말을 하긴 했으나 무슨 소용이 있으랴!

　죽어서 만날지, 살아서 만날지 알 수 없는 아들을 떼어놓고　하늘이 무너지는 절망감을 맛보고 있는 것이다.

　청춘에 남편 잃고 하늘이 무너지더니 이번엔 또다시 아들을 전쟁터로 보내놓고 혹시라도 잘못될까하여 근심이 태산처럼 밀려오고 있는 것이다. 전생의 업보가 얼마나 무섭기에 두 번씩이나 시련이 닥치는 걸까 ?

　번개 불 만큼이나 빠르게 하늘을 찢으며 날아가는 쌕쌕이(전투기)의 굉음이 들리면 번쩍 하는 섬광과 함께 천지를 진동시키는 포탄이 떨어지고, 그럴 때마다 시커먼 연기가 하늘로 치솟으면 어머니의 마음은 철렁하고 내려앉았다고 하셨다.

　서 널리서 들려 오는 포탄 소리만 들어도, 천둥 치는 소리에도 가슴은 놀라 뛰고, 하늘에 흘러가는 구름에도, 부는 바람에도 아들의 소식 한 장이 날아올까, 여인의 가슴은 날이면 날마다 한숨과 눈물로 바다를 이루고 있었다.

　우체부가 오는 날이면 아예 아침부터 들에 나갈 생각을 않고 마을 입구만 바라보며 소식을 기다렸다. 온 편지가 없다는 우체부의 말에 여인의 허탈감은 또 무겁게 내리누르고 애간장은 녹아 내렸다.

신작로에는 군인 트럭이 줄지어 달려가고 다 낡아빠진 군복에 무거운 철모를 쓴 군인들의 행렬이 끝도 없이 이어져 지나 갈 때면 그 안 어디에 아들이 걸어가고 있는 것만 같아 그 긴 대열이 다 지나 갈 때까지 한 사람 한 사람 낯 익은 얼굴을 찾는 모습은 넋 나간 여자의 모습과 똑같았다. 하루아침에 서울을 빼앗긴 국군은 남으로 남으로 밀려가고만 있었다. 그 많던 애국자들은 다 도망가고 선량한 백성들이 한강을 건너다 몰살을 하였다는 소문도 흘러들어 왔다.

국군이 떠나 간 자리에는 인민 군대가 들어와 세상을 통째로 바꿔 놓고 있었다. 마을에서는 가난에 시달리며 멸시받던 사람들이 자기네 세상을 만났다고 서슬이 시퍼렇게 날뛰었다.

시간만 나면 부역이요, 시간만 나면 사상 교육이었다. 집집마다 양식을 공출로 뺏기고 이에 응하지 않으면 반동 분자가 되어 심한 곤욕을 치러야 했다. 입이 있으되 말 못하는 입이었고 귀가 있으되 듣지를 말아야 하는 귀였다.

통제와 자유. 새장 안에 갇힌 새는 공중의 자유를 포기한 대가로 주는 것만 먹는다. 얌전하지 못하거나 주인 눈밖에 나면 먹을 것도 못 얻어먹는다. 그러나 공중을 날던 새는 새장이 싫었다. 제 능력 껏 자유롭게 먹고살기를 원할 뿐이다.

동네 사람 중에 조금이라도 맘에 걸리는 짓을 한 사람들은 낮에는 산 속으로 피신을 하거나, 집안 어느 곳에 숨어 밖으로 나오지를 못하고 지냈다. 그야말로 빨간 세상이 돼 버렸고, 그쪽 편에선 그들은 완전히, 아니 영원히 자기네 세상으로 뒤바뀌었다고 기세가 등등했다. 들리는 소문에 의하면 저들이 통일을 하고, 그렇게 되면 군인 가족, 경찰가족은 모두 죽게 될 거라고도 했다. 상상하기조차 싫은 소문들이 난무했다. 옆 동네에서는 머슴살이하던 놈이 주인을 때려 죽였다고도 했다. 정말 빨간 세상이 영영 돼버리는 건 아닌지?

별의별 생각이 다 들었다.

그러나 유엔군의 반격으로 서울을 수복한 국군은 북으로 북으로 밀고 올라갔다. 세상은 다시 바뀌었다. 빨간 세상이 다시 파랗게 변하고 있었다. 그 동안 인민군에 앞장섰던 사람들은 처자식을 버리고 북으로 올라가거나, 아니면 경찰서로 끌려가 모진 매를 맞고 고문을 당하였다. 심지어 죽어 나오는 사람들도 있었다. 그들은 평생을 반신 불수로 살거나 낙인이 찍힌 사람이 되어 자손 대대로 혼돈의 세상을 원망하고, 누군가를 증오하며 살아갈 것이다.

왜? 못 배운 그녀에게는 얼른 납득이 가지 않았다.

가을걷이도 끝나고 집안 곳간에는 농사를 잘 지은 덕분에 곡식이 가득 하였다. 겨울 한 철 나는데는 별 문제가 없었다. 연로하신 시아버지는 동네 노인들을 불러들여 허구 헌 날 술 타령에다, 점심 해대라고 불호령을 하기가 일쑤였다. 점심 저녁 끼니는 말할 것도 없고, 간간이 국수 만들어 새참 내가고, 빈대떡 만들어 술안주로 가져가고, 하다보면 하루해는 어느 절에 가는지도 모르게 빨리 지나갔다. 빨래 할 시간이 모자라 어린 딸애한테 시킬 때는 정말 마음이 아팠다. 냇가에 얼음을 깨고 빨래를 하면 손은 오리발처럼 빨개지고, 터지고, 터진 손에서는 피가 흐르고, 그럴 때마나 마음은 찢어신 상처만큼이나 아프게 저려왔다.

전쟁은 계속되고 있었다.

연합군은 쫓겨가는 인민군에게 무차별 폭격을 가하였다. 마을에서는 밤만 되면 가마니 짝이나 검은 천으로 방문을 가리고 방안의 빛이 밖으로 새어 나가지 않도록 등화관제를 실시하였다. 그러더니 어느 날부터인지 비행기 공습에 대비하여 집집마다 방공호를 파라고 하였다. 북소리나 징소리가 나면 모두들 방공호로 피하라는 마을 이장의 지시도 받았다. 방공호를 파기 어려운 어머니는 주로 먹쇠네 방공호를 이용하였다.

초겨울 어느 날 저녁나절 마을 소임(이장의 일을 도와주는 심부름꾼)의 북소리가 둥둥 울려왔다. 어머니는 우리 어린 형제들을 데리고 너구리 마냥 굴속으로 엉금엉금 기어들어 갔다. 잠시 후에 〈꽝〉하는 소리와 함께 방공호 천장의 흙이 무너지기 시작했다.

놀란 사람들은 부랴부랴 밖으로 뛰쳐나왔다. 놀란 짐승처럼 한 줄로 기어서. 다행이 죽거나 다친 사람은 없어서 다행이었지만 하마터면 어린애들까지 생매장되는 신세가 될 뻔하였다. 밖으로 나와보니 뒷동산 나무 가리(땔나무를 하여 쌓아둔 곳)에서 불이 훨훨 타고 있었다. 포탄을 터트릴 때 유탄이 날아와 불이 난 것이었다. 불길은 북서풍을 타고 마을 쪽을 향하여 번지고 있었다. 지는 노을에 반사된 마을은 전체가 불길에 휩싸인 듯 더욱 벌겋게 타오르고 있었다. 비행기 소리가 멀어지면 사람들은 물을 날라 진화에 나섰다가 또다시 비행기 소리가 다시 들려오면 방공호로 피하거나 언덕 밑으로 달려가서 엎드려 숨곤 하였다. 다급해진 동네 소임은 지게작대기에 흰 옷 천을 묶어 날아오는 폭격기를 향하여 흔들었다. 그 누구도 제 목숨이 아까워 나가지 않았는데 이 소임(小任)은 정말 맡은바 소임(所任)을 다하기 위하여 죽음을 무릅쓰고 이 같은 행동을 하는데 주저함이 없었다. 여기는 우군이니 폭격하지 말라는 신호였다. 날라 오던 비행기는 나지막하게 떠 지나가면서 적군인지 아군인지 확인을 하더니 마을을 한 바퀴 빙 돌고 멀리 사라져 갔다. 다행이 불길도 더 이상 번지지는 않았으나 마을 사람들은

모두 놀랐다. 하소연 할 데 없는 죄 없는 백성들의 아픔이며. 슬픔이
었다.

　이런 상황하에서 그 누구도 오늘을 살지 아니면 죽을지 장담 할 수
는 없었다.

　이 방공호는 나중에 아주 유용하게 쓰였다. 여름에는 냉장고로, 겨
울에는 온장고로 쓰였다. 겨울에는 감자나 고구마, 무 같은 얼기 쉬운
것의 저장 창고이며 여름에는 김치 같은 상하기 쉬운 음식물의 저장고
로 쓰이는 장소가 되긴 했어도 당시 폭격이 있을 때는 금방이라도 무
너져 내릴 것 같은 불안한 곳이었다.

　이런 불안한 삶의 연속이었다. 그런 와중에 어느 날이었던가, 전쟁
터에서 편지 한 장이 날아 왔다. 큰아들에게서 온 편지였다. 그 편지
를 보며 아들을 본 것 같은 반가움에, 그리움에 또 눈물은 쏟아졌다.
읽고 또 읽고 몇 번씩이나 읽었어도 그 편지를 버릴 수가 없어 장롱
깊숙이 보관해 두었다.

　마을에는 잠시 평화가 오는 듯 싶더니 또다시 피난 얘기가 나오고,
마을 사람들은 피난 떠날 준비를 하기 시작하였다. 중공군의 개입으로
유엔군이 다시 밀려 내려오고 있다는 안 좋은 소식 들려왔다. 1/4 후
퇴였다.

　온 천지는 눈에 쌓여 채 꽁꽁 얼어붙었고, 살을 도려 낼 듯한 칼바
람은 참으로 무서웠다. 어린 자식들과 기력 없는 시아버지를 모시고
피난 갈 생각을 하니 엄두가 나지 않았다. 마을에서는 또나시 피 비린
내 나는 복수전이 생길 것이고, 어제까지 큰 죄인처럼 살던 사람들이
살기를 띠고 마을을 누빌 것이다. 아들을 국군에 보낸 것을 알고 있는
그들의 시선이 고울 수 있으랴 싶으니 소름이 쫙 끼쳤다.

　내일이면 피난을 떠나야겠다고 맘을 먹고 밤을 지새 짐 보따리를 꾸

렸다. 애들 입을 솜바지 저고리를 첫닭이 울 때까지 만들고 나서 그때부터 짐을 꾸리기 시작했다. 동지섣달 긴긴 밤이라 했는데 길기는커녕 짧기만 하였다. 아침밥을 짓는 어머니의 마음은 공양미 삼 백 석에 몸이 팔려 떠나가는 심청이와 같은 심정이었다고 하셨다. 아버님 진지상을 더욱 정성스레 준비하였다. 시아버지는 일찍부터 밖에 나와 서성이고 계셨다.

"며늘 아가, 난 피난 안 갈란다. 다 죽어 가는 늙은이가 얼마나 더 살겠다고 피난을 가니? 피난 가다, 얼어죽으나 여기에 남아 있다, 총에 맞아 죽으나 마찬가지니, 난 차라리 집에서 죽을란다. 객사하는 것보다 야 낫지! 너 혼자 애들 데리고 가자면 고생이야 되겠지만, 살 사람은 살고 죽을 사람 죽게 마련이니 너무 걱정 말고 떠나거라. 동네 사람들 따라 너희들이나 가거라. 시아비가 늙어 힘이 못되니 미안하구나."

노인은 이 추운 겨울에 입힌 것도 변변찮은 손주 녀석들을 데리고 며느리 혼자 피난 가는 게 맘에 걸려 마음이 편치 않은지 말꼬리를 흘리셨다.

시아버님 말씀에 어머니는 퍽이나 위안이 되었다고 하셨다. 동네 노인들과 함께 계시겠다니 외롭지도 않을 것이며, 쌀이며 김장 김치도 충분하고, 헛간에 나무도 충분하니 겨울 한철 나시는 것은 염려가 되지 않았다. 손수 해 잡숫기는 힘드실 것이지만 피난길에 오르는 것보다는 훨씬 났다고 생각했다. 따뜻한 방이 있으니까! 지금가면 죽어서 송장이 돼 올는지, 살아서 올는지, 기약 없는 이별이었다. 다시는 못 뵈올 지도 모른다고 생각하니 눈물이 앞을 가렸다. 원주 댁은 큰 절로 하직 인사를 올렸다. 애들도 모두 큰절을 하도록 시켰다.

그 날 아침 쌀 한말을 둘째 녀석 등에다 지키고 옷가지와 이불, 그

리고 먹을 그릇은 당신이 직접 이고, 큰딸은 막내 동이만 업고 가라고
했다. 몰아치는 눈보라에 눈을 뜰 수 없고, 손발은 꽁꽁 얼어 동상이
걸릴 지경이었다. 솜바지 저고리를 입히긴 했어도 이 추위를 어떻게
견딜 것인지 여간 근심이 되는 게 아니었다. 남자들이 있는 집은 소달
구지에 먹을 것, 입을 것 잔뜩 싣고 힘 안들이고 피난을 가는데, 남편
도 없이 어린것들에까지 지게하고, 이게 하여 피난길에 오르니 어찌
서럽지 않을 수 있을까?

 추운 날씨에 꽁꽁 언 바람이 나무 가지나 전기 줄에 걸리면서 찢어
지는 소리는 듣기만 해도 온 몸이 얼어붙는 공포였고, 깨진 유리처럼
날카로운 바람 끝이 얼굴에 와 꽂힐 때면 감각은 이미 마비되고 양 볼
은 찢어져 피가 흘러내려도 아픈 줄을 모를 지경이었다. 얼마나 추웠
는지 바람마저도 눈 덮인 산하를 울면서 날아 다녔다.

 길에는 피난민 대열로 넘쳐흘렀고, 그들은 허기진 배를 움켜잡고 계
속 걸었다. 이따금씩 나타나는 길가 주막에는 물이라도 한 모금 얻어
마시거나, 잠시라도 추위를 피해 보려고 모여든 사람들로 가득 찼다.
추위를 녹여줄 더운물은 고사하고 우물마저 꽝꽝 얼어 찬물도 먹을 수
가 없었다. 사람들은 길가에 쌓인 눈을 한 깡통 퍼다가 모닥불에 녹여
마셨다. 군데군데 피워놓은 모닥불에 언 몸을 녹여가며 목적지도 없이
어디론가 자꾸만 가고들 있었다. 아무리 상황이 어려워도 좋은 일 하
는 이들은 있게 마련이다. 피난길이지만 군데군데 피워 놓은 모닥불은
구세주 같았다. 길가에 모닥불을 피워 놓고 간 사람들의 마음, 아마도
그들 역시 자기의 처자식 때문에 그랬는지는 몰라도, 하여간 그 불로
인하여 많은 사람들이 몸을 녹여 죽음을 피해 갈 수 있었고, 따뜻한 마
음을 갖게 되었을 것이다.

 배가 고프면 추위는 더 심하게 느껴진다. 삼 시 세끼 밥만 먹을 수

있어도 그것은 큰 행복이었다. 반찬이 소금 한가지일망정 밥맛은 꿀맛이었고 배만 부르면 되었으나 그것마저도 맘대로 되는 것은 아니었다. 허약한 어린애들은 질병에라도 걸리면 거의 다 죽었다. 죽은 자식을 어찌할 도리가 없어 산자락 양지쪽에 누여놓고 짚이나 가마니를 덮어야 하는 부모의 마음을 헤아릴 수 있는가? 상상 할 수 없는 아픔이요 고통이지만 방법이 없었다. 이것이 산다는 아픔이다. 전쟁은 이처럼 비참한 것이다.

하루 종일 걸어 간 곳은 불과 오십 여 리도 못되었다. 막내를 업은 딸애는 무거워 죽겠다고 징징 울고 있는데, 누나 등에 업힌 녀석은 조금도 등에서 떨어질 생각을 안 했다. 어른, 애 할 것 없이 다리가 퉁퉁 부어 오르고, 발에는 물집이 생기고, 무엇보다도 동상이라도 걸릴까봐 그게 근심이었다. 날이 어두워지자 많은 사람들이 모여들어 방마다 꽉 꽉 들어차서 새우잠을 자기도 힘들었다. 어느 마을에 도착한 어머니는 쌀만 간신히 익혀 간장 찍어 우리들에게 밥을 먹이고 난 다음, 방 한쪽 귀퉁이라도 얻을 양으로 이 집, 저 집 기웃거렸으나 사람도 많고 먼저 방을 차지한 사람들 때문에 방 한 귀퉁이라도 차지할 엄두조차도 내지를 못하였다. 할 수 없이 헛간에 마른풀과 짚단을 가져다 쌓아서 바람을 막고, 이불처럼 덮었다. 집에 있는 개나 돼지도 이보다는 더 나았으리라. 사시나무 떨듯하던 애들은 피곤해서 그런지, 몸에서 나오는 체온으로 짚더미 속이 따뜻해 졌는지는 몰라도 잠이 쉽게 들었다. 암탉이 병아리를 품듯 원주 댁은 애들을 감싸 안았다. 치마를 끌어 당겨 막내를 감싸 안았다.

다음날 아침 애들 발이 너무 부어 오르고, 아프다 하여 도저히 길을 떠날 수가 없었다. 지난 밤에 동사하지 않은 것만도 다행이었다 배가 고파서 그런지 애들은 더 떨었다. 산다는 것이 이다지도 힘들구나.

할 수 없이 그 집에서 하루를 더 묵고 가기로 했다. 사람들이 떠나 간 방을 차지하고, 불을 때어 언 몸을 녹였다.

저녁나절부터 또다시 피난민들이 모여들고, 아무리 먼저 차지한 방 이라 하여도 여러 사람과 함께 쓸 수밖에 없었다. 수 십리 길을 추위 에 떨며 쫓겨온 그들, 배고프고, 피곤하여 눕자마자 잠에 곯아 떨어졌 다. 이가 온 몸을 다 파먹어도 모른 채.

정든 고향을 버리고, 먹을 것, 입을 것 다 버리고 그들은 팔자에 없 는 알거지가 되어 있는 지금 무슨 꿈을 꾸고 있는 것일까?

다음날 아침 날이 훤하게 밝아와 어머니도 일찌감치 길을 떠나려고 서둘러 일어나 짐을 챙기고 있었다. 그런데 사람들은 모두 하나같이 짐이며, 신발까지도 베고 자거나 옆에다 놓고 자는 것이 아닌가.

아차 싶어 문을 열어보니 댓돌 위에 벗어 놓은 꼬맹이 신발이 없어 진 것이었다. 혹시 개라도 물어갔나 싶어 여기 저기 찾아보았으나, 어 디에도 없었다. 이 엄동 설한에 신발 없이 맨발로 어떻게 길을 간단 말 인가? 그야말로 황당한 일이지만 좀더 세심하지 못했던 자신을 스스 로 원망했지만 이미 엎질러진 물이었다.

짚신이라도 얻어 신 켰으면 좋으련만 그것은 희망 사항일 뿐, 현실 은 냉정 했다. 모두 자기 가족이 살기 위해 혈안이 되어 있을 뿐이지 남 의 일은 관심 밖이었다. 남을 생각할 여유도, 자비심도, 사라진지 오래 였고 당연한 일이었다. 그 추운 길을 걸어오면서 얼마나 많은 시체를 보있는가? 그들에게 무슨 따스한 마음이 남아 있있을까?

"다 같이 살자고 피난 온 사람들이 저만 살자고 어린것 신발을 집어 갔으니, 정말 나쁜 사람들이다."

화가 머리끝까지 치밀어 올랐으나 어찌 할 도리가 없었다.

사자에 쫓기는 사슴처럼 제 살기 위해 이리 뛰고 저리 뛸 뿐이었다. 남을 생각할 마음의 여유가 있을 수 없었다. 지극히 당연한 삶의 현장 이었다.

이런 궁리, 저런 궁리를 해 봤으나 뾰족한 수가 없었다. 그런데 막내 또래의 애를 데리고 피난 와서 묵고 있는 사람이 바로 옆집에 있다는 걸 알게 되었다.

여성의 직감일까? 아니면 모성의 본능일까? 어쩐지 범인은 그 곳에 있는 것 같았다.

"그래, 댁들은 어디서 오셨나요? 우리는 여주에서 왔는데."

원주 댁은 짐짓 말을 걸었다

"네, 우리는 양평 지나 가평 쪽에서 왔지요."

어느 부인인지 대꾸를 하였다.

"먼데서 오셨네요, 빨리 전쟁이 끝나고 모두들 집으로 돌아 가셔야 할 텐데 … 모두 고생들이시네요? 나는 천녕에 있는 큰절에 다니는 불 자인데, 여러분이 고향으로 가시자면 천녕 나루나, 여주 나루를 건너 가셔야 되겠군요, 그 강을 무사히 건너시도록 내가 부처님께 기도해 드리지요. 강물이 얼어 배는 못 다니고, 천상 얼음 위를 걸어서 건너 가셔야 할텐데…. 얼음이 깨지기라도 하면 큰 일이시지요."

허긴 그랬다. 피난길이 빨리 끝난다 해도 되돌아 갈 무렵이면 얼음 이 강 밑에서부터 녹기 시작할 것이고 겉으로 보아선 전혀 모를 일이 기 때문이었다. 지난해만 해도 천서리 사람이 천녕 나루터 얼음 위를 걸어서 건너다가 빠져죽은 일이 있었다.

"아유 고맙기도 하셔라." 그들은 낯선 여인의 이 말에 진심으로 감 사해 하는 듯 싶었다. 사람은 최후에, 피할 수 없는 막다른 골목에 다 다르면 신을 믿던 안 믿던 누군지도 모르는 절대 신에게 의지하게 마련이다.

"혹시 여러분 중에 우리 애 신발 보신 분 없나요? 이 추운 겨울에 어린것이 맨발로 다니게 되었으니 큰일났어요. 어린 애 한 테 몹쓸 짓 한 어른을 부처님은 다 알고 계실텐데, 부처님이 무섭지도 않은 모양이지요? 언제고 벌받지요. 그렇게 나쁜 맘먹으면…."

어머니는 믿지도 않는 부처님 이야기를 꺼내며 은근히 겁을 주었다. 거짓말이 부처님께 큰 죄가 된다는 것을 알면서도 자식을 위하여 할 수 없이 하는 거짓말임을 부처님께서도 용서해 주시리라. 아니 겁을 주었다기보다는 양심이 깨어나기를 바라는 마음에서 부처님 이야기를 꺼냈을 것이다.

"내 자식이 귀하면 남의 자식도 귀한 것 아니겠어요? 사람들의 양심이 왜 그런지 모르겠어요."

어머니는 고드름처럼 얼어 있는 막내의 발을 젖가슴에 묻고 녹여주었다. 어머니의 사랑은 이처럼 위대한 것이다. 이 같은 사랑은 부처님의 마음을 감동시키시고, 부처님은 삐뚤어진 양심을 가진 이들의 마음을 뉘우치게 만들도록 자비를 베푸신다.

잠시 더 있었으나 서로가 멋쩍게 시간만 보낼 뿐 아무 소용이 없었다. 그도 그럴 것이 〈여기 있소〉하고 내놓으면 꼼짝없이 도둑이 되는데 아무리 전쟁중인 피난길이긴 해도 〈나 도둑이니 잡아 가시요〉 할 사람이 있겠는가. 양심이 있는 한.

할 수 없다 싶어 집으로 와서 짐을 챙겨 길을 떠나야겠다고 마음먹고 머물고 있던 집으로 돌아와 보니 이게 어찌된 일인가?

잃어 버렸던 신발 두 짝이 여기 저기 흩어져 있는 게 아닌가?

어머니는 부처님의 자비하심에 감사 드리고, 신발을 되돌려 준 그에게도 감사하게 생각하였다. 신은 인간을 만들 때 양심이라는 원자재를 사용하셨기에 동물과는 다르게 그 양심을 죽을 때까지 지니고 살게 되나보다. 이 양심은 닳지도 않고, 누구에게 빌려 줄 수도 없고, 빌려 쓸 수도 없는 관계로, 신이 만드신 작품 중 어느 것보다도 훌륭한 것이리라.

또 다시 피난 행렬에 끼어 자꾸 가고 있을 때, 이상한 소문이 돌기 시작하였다. 아니 반가운 소식이 들려왔다.

전쟁이 끝나 가고 있기 때문에 더 이상 피난을 가지 않아도 된다는 것이었다. 불과 일주일 정도의 피난길이었지만, 그것은 악몽이었다. 돌아오는 길은 춥지도 않았다. 마음이 그만큼 넉넉해진 탓일까?

멀기만 그 길도 가깝게만 느껴졌다.

어린것들을 데리고 집으로 왔을 때는 겨울도 막 바지에 접어들고 있었다. 바람만 안 불면 햇살이 따스하여 양지쪽에는 벌써 새싹이 봄맞이 준비에 분주하고 있을 성 싶었다.

집에는 개며, 닭이며, 오리, 고양이는 말 할 것도 없고, 동네 송아지까지 모여들어 북새통을 이루고 있었다. 그 짐승들도 먹어야 살기에 사람의 인기척을 따라 한둘씩 모여 든 것이 지금은 무슨 동물 농장처럼 돼 버린 것이다. 동네 쥐들까지도 말이다.

5. 맑은 하늘의 천둥소리

가을 추수가 끝난, 마을 입구에 있는 논이며 밭은 수시로 군인들이 천막을 치고 야영을 하는 장소로 바뀌어 버렸다. 큰 신작로에 접해 있을 뿐 아니라 넓은 밭이 있고, 마을 입구에 위치해 있어 군인들이 머물기엔 안성맞춤이었다.

한 부대가 지나가고 나면 다른 부대가 들어오고, 미군이 가면 국군이 들어오고, 하루도 조용할 날이 없었다. 그들은 때로 빨래거리를 가지고 와서 세탁을 부탁하기도 했다. 물론 그 대가로 세탁 비누나 치약 또는 건빵 같은 먹을 것을 주기도 했으나 실은 그 집에 예쁜 처녀라도 있을까하고 미리 탐색을 하러 오는 것이었다. 그 음흉한 속셈을 누가 헤아릴 수 있겠는가?

미군들은 젊은 여자만 보면 강간을 하러 들었다. 밤이 되면 머물던 천막에서 몰래 빠져 나와 굶주린 늑대가 먹이라도 찾듯이 눈이 뻘개서 성적 욕구를 충족시킬 대상을 찾아 날뛰고 있었다. 약소 국가의 비애이며 후진국 여자들만이 겪는 아픔이었다. 왜정시대에는 일본 놈들의 위안부로 끌려가 짐승 같은 대접을 받아서 한 맺힌 여인이 많았었는데 시금은 미군들에게 수모를 당하면서도 말 한마디 제대로 못하고 죄인처럼 숨어 지내고 있으니 힘없는 백성은 피를 토하고 죽을 일이었다. 끌려간 여자들이 무슨 힘이 있어 반항 한번 해 봤겠는가? 눈물겨운 일이 아닐 수 없었다.

여자들은 밤만 되면 험악한 꼴 안 보려고 안전한 곳을 찾아 피해 다녔다.

벽장에도 숨고, 장롱 뒤에도 숨고, 헛간에도 숨고.

어머니는 젊어서 고생을 한 탓도 있지만 태생이 이가 약해서 나이에 어울리지 않게 이가 다 빠져버려 틀니를 끼고 지내셨다.

틀니만 빼 버리면 영락없는 할망구였다. 그 날 저녁도, 일지감치 딸애와 옆집 새댁을 장롱 뒤에다 숨겨놓고 얼굴은 노인처럼 분장을 하고 잠자리에 들었다. 아니나 다를까? 밤 11시경이 되니 밖에서 군화 소리가 나고 대청마루로 올라서는 기척이 있었다.

재빠르게 농을 두드려 신호를 보내고, 등잔불을 끄고 자는 척 누워 있으려니, 검둥이 한 놈이 안방 문을 확 열고 들어와 후랫쉬를 비추며 어머니가 누워 있는 이불을 들치는 것이었다고 하셨다.

틀니를 빼버린 어머니는 할망구 흉내를 내면서 〈나는 노인이고 이 방안에는 아무도 없다〉 시늉을 하였다. 아니 연극을 하였다. 막내 녀석은 무서워서 이불 속으로 깊숙이 숨어 버렸고, 사랑방에서는 시아버지의 기침 소리가 들려 왔다. 가슴이 콩닥 콩닥 뛰었다.

놈은 이상하다는 듯 이리저리 찾아보더니 후랫쉬를 들고 농 뒤를 비춰 보더니 장롱을 치우라는 시늉을 했다. 농 뒤에서는 숨소리도 들리지 아니하였다. 그때였다. 〈큰 일 났다, 들켰구나〉 하고 있는데, 문 밖에서 〈꽝 〉하고 폭탄 터지는 소리가 밤하늘을 메아리 치게 했다. 안 마당에서 나는 소리였다. 놀란 녀석은 허공에다 총을 쏘아대며 도망을 치고 잠시후 자동차 시동 소리와 함께 불빛이 어둠을 가르며 사라지고 있었다. 그때서야 안심한 딸과 옆집 새댁은 집이 떠나갈듯 장롱을 펑펑치며 서럽게 울었다.

여자들이 무슨 죄가 있어 이처럼 비참해야 하나?

나중에 사연을 알고 보니 참으로 하늘이 도왔다는 생각을 했다.

둘째가 친구들과 어울려 놀다가, 집으로 들어가려고 하는데 미군 두 놈이 무어라 말을 주고받는 것이 눈에 띄었다. 잠시후 한 놈은 문밖에서 망을 보고 다른 한 놈이 집안으로 들어가는 것을 보았다. 둘째는 뒷문으로 살그머니 들어가서, 마당에 세워둔 지게 작대기를 더듬더듬 찾아들고, 살금살금 빈 드럼 통 옆으로 다가가 상황을 살피고 있었다. 이것을 한번 내려치면 소리가 엄청날 것 같은 생각이 들었다.

"요놈들 한번 혼 좀 나봐라."

그 빈 석유 드럼통은 미군들이 머물다 떠난 곳에 버려진 것을 주워 온 것으로 깨끗이 닦아내고 곡식을 담아 두려고 마당에 가져다 놓은 것이었다. 방안에서는 어머니와 무슨 실랑이라도 하는지 큰 말소리가 밖으로 새어 나왔다. 순간 있는 힘을 다하여 드럼통을 내리쳤다. 그리고는 죽을힘을 다하여 담을 뛰어넘고 옆집으로 들어가 숨었다. 눈 깜짝할 사이였다.

고요한 밤중에 그 소리가 얼마나 컸으랴?

밤하늘에 총총히 박힌 별들마저 그 천둥 같은 소리에 우르르 떨어질 성싶었다.

그 어린것이 어디서 그런 의견이 나왔는지 기특하고 대견스러웠다.

만약 그놈들한테 들키기라도 했다면 그냥 놔두었겠는가? 총에 맞아 죽었을 지도 몰랐다.

둘째 아들은 매우 영리하였다. 어려서부터 책임감이 강하고 공부도 잘 해서 어머니는 늘 이 아들이 자기 기대에 어긋나지 않고 출세하여 효자노릇을 하리라 믿고 있었다. 글짓기도, 서예도 능한 것으로 보아 그 먼 옛날 큰 벼슬을 하였다는 할아버지와 같은 피가 그대로 이어져 내려오는 지도 모를 일이라고 생각했었다. 천자문이나 명심보감도 다른 애들보다 갑절은 빨리 익혔다. 성격도 깔끔하여 분명한 것을 좋아

하였다.

원주에 살 때 하루는 일터로 나가면서 동생을 보라고 했더니 우는 애를 달랜다고 꿀을 얼마나 퍼 먹였는지 애가 기절을 해 버린 적이 있었다.

"배속에서 그리도 고생을 하더니 결국 죽고 말았구나."

복받치는 설움을 억지로 참아가며 날이 새면 앞산 양지 바른 곳에 묻어라도 주어야겠다고 맘을 먹고 강보에 둘둘 말아 윗목으로 밀쳐 놨었는데 죽은 줄 알았던 애가 다시 살아난 적이 있었다. 그때 둘째 녀석은 종아리를 맞으면서도 낯선 말을 배우느라, 어머니 말을 따라 외던 애였다.

그만큼 똑똑한 녀석이니 오늘 저녁도 대단한 일을 해 낸 것이 아니겠는가? 여간 기특한 게 아니었다.

그렇게 하여 위기를 모면했으니 이 어찌 조상 님들이 돌본 것이 아닐까. 참으로 감사할 일이었다.

미군들이 떠나간 이듬해 봄, 모내기가 한창인데 막내녀석과 동네 꼬마들이 산에서 쇠방망이 같은 것을 주워 줄에 매달고 끌고 다녔다. 빨래 방망이로 쓰면 참으로 좋을 것 같아 누나한테 좋은 선물로 줄려고 했단다. 그때 어머니는 피가 멈춰 서는, 심한 현기증을 느꼈다고 하셨다. 그것이 터지면 모두 죽는다. 작년 겨울에도 모닥불을 쬐다 폭발물이 터져 옆집 큰아들이 즉사하고 많은 사람들이 다치지 않았던가?

다행이 모내기를 하던 동네 어른들의 고함 소리에 놀라 애들은 그것을 버리고 줄행랑을 쳐서 위험을 면하였다.

철없는 애들은 죽는 게 뭔지도 모른 채, 이상한 물건만 보면 장난감으로 가지고 놀려고 하였다. 지뢰가 묻혀 있을지도 모르는 산과 들을 장난감 하나 구하자고 매일 돌아다니던 녀석들, 도처에 죽음의 그림자

가 졸졸 쫓아 다녔다. 미군들이 버리고 간 치약을 짜 먹는 과자라고 쭉
쭉 빨고 다니던 철부지. 부모들이 어찌 잠시라도 맘 편할 날이 있었겠
는가?

작년에 가을걷이가 끝나고 광에는 벼 가마가 마루에는 쌀가마가 대
여섯 개 쌓여 있었다. 군부대의 이동이 시작되던 날 미군 서너 놈이 아
침결에 집으로 오더니 마루에 쌓인 쌀가마를 달라는 것이었다. 말은
안 통하나 눈치 빠른 어머니가 어찌 이를 모르겠는가? 안 된다는 표정
으로 손을 내저으니 한 놈이 지퍼 라이타를 꺼내 불을 켜서 지붕 추녀
끝에 대면서 불을 지르겠다는 시늉을 하였다. 금방이라도 지붕에 불이
붙어 활활 타오를 것 같았다. '안 돼!' 하고 소리를 질렀다.

가슴이 철렁하고 내려앉으며 쿵쾅거리기 시작했다. 놀란 어머니는
다라도 가져가라고 했다. 사시나무 떨리듯 온몸이 벌벌 떨리었다. 그
때 시아버지는 사랑채에 계셨건만 모른 채 하고 있었다. 어머니는 손
짓 발짓으로 사정사정 하였다. 그들은 말은 안 통하나 대충 이해가 되
었는지 손가락 두개를 펴 보였다.

쌀 두 가마니를 뺏기고 난 후 시아버지는 며느리 볼 면목이 없었는
지 며느리를 똑바로 쳐다보지 못하였다.

불현듯 강원도 산골에 살 때 일이 생각났다. 어느 날인지 소를 팔아
다른 소로 바꾸어 오겠다며 장엘 가신 시아버지는 오일이 지나도록 집
으로 돌아오지를 않았다. 도둑한테 무슨 봉변이라도 당한 건 아닌지,
여간 걱정이 되는 게 아니었다. 남편이라도 있으면 아버지를 찾아 나
섰겠지만 남편은 돈 벌겠다고 객지로 나갔고 어린애들 땜에 집을 비울
수 없어 근심만 하며 이때 나, 저 때나 하며 돌아오시기를 기다리고 있
었다. 만약 잘못되면 나중에 남편한테 그 원성을 어떻게 다 들어야 할

지 그것도 걱정이었다. 그러던 어느 날 시아버지가 바람처럼 나타났다. 미운 것은 고사하고, 너무나 반가웠다.

"아버님, 어디 갔다 이제 오세요? 얼마나 걱정을 했다고요."

시아버지 옆에는 자기보다도 젊은 여자가 서 있었다.

길 가던 아낙이 물이라도 얻어먹으러 왔나 하고 생각했지만 시아버지는 의외의 말씀을 하셨다.

"얘, 에미야, 오늘부터 이 집에서 함께 사실 분이다. 인사 드려라."

"네? 아버님 무슨 말씀이신지?"

"웬 말귀를 못 알아들어? 네 새 시어머니 되실 분이야."

그 날부터 팔자에 있는지 없는지, 하여간 새 시집살이가 시작되었다.

나이 어린 시어머니는 방안에 들어앉아 잔소리만 해 댔고 시시콜콜한 것까지 시아버지에게 일러 바쳤다. 빨래며 방 청소는 말 할 것도 없고, 세숫물까지 떠다 바쳐야 했다. 젊은 마누라한테 홀딱 빠진 시아버지는 꽃다운 며느리 생각은 조금도 하지 않았다.

새로 들어온 시어머니는 아무리 바빠 이리 뛰고 저리 뛰고 하여도 아궁이에 불 한번 때 주지를 아니하였다. 참으로 야속하고 못마땅했으나 어찌하랴 어른 인 것을….

솔직히 시아버지와 함께 살고 있으니 시어머니로 예우를 해 줄 뿐이지 머리 올리고 정식 결혼 한 것도 아니고 그 속으로 난 자식이 있는 것도 아니고 또 뿌리가 어떤지, 뻔뻔스럽게 들어와 사는 속셈은 뭔지, 전혀 알 수 없는 여자가, 그것도 며느리보다 나이가 어리고 보니 아무리 시어머니노릇을 잘 하려해도 며느리 입장에서는 속이 뒤틀리고 아니꼽다는 생각이 들판인데 오히려 시집살이를 톡톡히 시키고 있으니 심한 갈등을 느끼지 않을 수 없었다.

만약 다른 사람, 시아버지와 관련 없는 사람이었으면 벌써 혼구멍이

났을 터이지만, 그냥 참는 도리밖엔 방법이 없었다.

일년쯤 살다 제풀에 지쳤는지 여인은 온다 간다 말없이 훌쩍 떠나버렸다. 돈보고 왔는데 돈 떨어졌으니 떠나가는 것은 당연 지사였다. 그러나 마음이 편하기보다는 전보다 더 불편하였다. 또다시 홀로된 시아버지가 웬일인지 안 돼 보였고 쓸쓸해 보였다. 마치 자기가 잘못하여 그리 된 것처럼 뵙기가 민망하였다.

"애, 너 보기 미안하구나. 앞으로는 절대 이런 일이 없을 꺼다."

"아버님도 별 말씀 다 하세요, 좋으시면 하셔야지요. 그런 말씀일랑 마세요."

말은 이렇게 하면서도 속으론 "제발 좀 그렇게 하세요, 잘 하신 결심이시라고요" 하며 대환영이었다.

왠지 시아버지가 처량해 보였다. 안돼 보였다.

"아버님 약주 한잔 올릴까요?"

술독에 빠져 있어도 삼일은 버티실 시아버지이시다.

그런데 그런 어른이 "됐다. 안 먹을란다." 하며 거절을 하셨다.

평소에도 늘 당신만을 생각하시는 분이긴 했어도 오늘 같은 날은 그들과 한바탕 싸울 일인데도 시아버지가 왜 모른 척 하며 밖을 내다보지 않으셨는지 알 수가 없었다. 그래도 집안에 남자가 있으면 저 미군들이 지금처럼 만만히 보지는 않았을 터인데, 정말 야속한 어른이셨다.

세월아 네월아, 나달 봄철아, 오고 가지를 말어라
알뜰한 이팔 청춘이 다 늙어 간다

세월아 가려거던 너나 혼자 가지
알뜰한 청춘을 왜 데리고 가나

태산이 높고 높아도, 소나무 아래에 있고요
여자일색이 제 아무리 잘나도, 남자 품으로 돈다

월세봉 살구나무도 고목이 덜컥 된다면
오던 새, 그 나비도 되돌아간다.

여인의 한은 눈물로 소리로 통곡으로 산도 울리고 물도 울렸다.
계절은 바뀌어 농사철은 또 시작되었고 전선에 나가 있는 큰아들은 소식조차 없었다.
그러던 어느 날 땔감을 구하러 지게를 지고 막 대문을 나서려는데 우체부가 왔다.
"편지 왔습니다."
"무슨 편지일까?"
괜히 손이 사시나무 떨리듯 하여 봉투를 뜯을 수가 없었다. 그 때 들에서 돌아오던 둘째가 편지를 빼앗았다.
"엄마, 왜 그래요? 이게 뭔 데요?"
봉투를 뜯어보니 그것은 어느 날 갑자기 없어진 막내 시동생의 사망 소식을 알려주는 친척의 편지였다. 그는 의용군에 끌려갔고, 어느 전투에서인지 폭격에 맞아 죽은 것을 그의 친구가 보았다는 내용을 담고 있는 편지였다. 그는 죽고 만 것이다. 슬픈 일이었다. 비록 친 시동생은 아니라도 너무나 슬펐다. 형수, 형수하며 따르던 시동생, 그 새파랗고, 팔팔하던 청년이 죽다니, 역시 불쌍하고 가련한 인생임에 틀림없는 젊은이가 한 여인의 가슴에 또 하나의 한을 보탠 채 떠나가 버린 것이다.
한동안 시동생의 생각에 마음이 울적하였다. 그는 시어머니가 죽고 난 후 채 일년도 안되어 시아버지가 재혼을 할 때 새 시어머니가 데리고 들어온 어린애였다. 복 없는 어린것은 그 시어머니가 죽고 나자 어린 시절을 함께 살았다. 하지만 나이가 들면서 반항하며 말썽을 피우더니 어느 날 제 피를 찾겠다며 집을 나간 후로 소식이 끊겼었다. 그러던 그가 죽었다는 소식 한 장으로 세상을 마감했으니 어찌 마음이 아프지 않겠는가?

슬픔 속에서도 산다는 것이 무엇인지 현실은 세봉산으로 땔나무를 하러 발걸음을 옮기고 있었다. 기승을 부리던 더위가 한풀 꺾이긴 했어도 한낮에는 역시 더웠다. 눈물과 땀과 콧물이 뒤범벅이 되어 흘러내렸다. 산 자는 산 것이고 죽은 자는 죽은 자의 몫이었다. 삭정이가 된 나무 가지며 솔방울을 한 소쿠리 주워담아 지고 오는데 얼마나 힘이 들던지 쏟아지는 땀도 닦을 겸해서 큰 나무 밑에서 잠시 쉬고 있었다. 푸른 하늘에 흘러가는 한 점 흰 구름, 어디쯤 흘러갔을까 조금씩 흩어지던 구름은 흔적도 없이 사라져버렸다. 우리 인생도 저와 같으리라. 이런 저런 생각에 약해진 마음을 추스르며 다시 지게를 지려고 할 때 저만치 바위아래 오색 천으로 묶은 허수아비에 주먹밥덩이 하나가 시야로 들어 왔다. 미신을 믿던 어떤 사람이 귀신을 쫓을 생각에 푸닥거리를 하고 나서 거기다 내다버린 듯 싶었다. 그런데 이 순간 머리끝이 하늘로 쭈빗 하고 올라가는 것 같은 느낌과 동시에 소름이 쫙 내돋았다.

평소와는 다르게 섬뜩한 기분이 들었지만 심신이 약해진 탓이려니 하면서 다시 나무 짐을 지고 부지런히 집으로 향하였다. 그런데 이상하게도 땀이 쏟아지고 온 몸에 기운이 빠지면서 다리가 후들후들하였다. 아무리 담이 크고 억센 여자로 정평이 나 있었지만 그곳에 있던 귀신이 달라붙은 건 아닐까하고 은근히 겁이 났다. 이런 생각 때문일까,

열이 오르며 숨이 차 오르고 배가 쥐어 뜯는것 처럼 아프더니 한 축까지 나기 시작하였다. 어쩌면 이러다 별안간 죽을지도 모른다는 생각도 들었다. 무엇보다도 자식들이 하루 아침에 고아가 될 생각을 하니 정말 서러워 눈물이 쏟아졌다. 내가 죽고 없으면 저 어린것들이 남한테 괄시받으며 얼마나 한 많은 세상을 살아가야 할까?

특히 군에 간 큰아들을 못보고 죽을 것 같은 방정맞은 생각도 들었다.

'이대로 죽을 수는 없다. 꼭 살아나야 한다.'

"하느님 절 이대로 죽게 내버려두지 마십시오. 저 죽는 것은 서럽지 않으나 저 어린것들 에미 애비 다 잃고 이 험한 세상 어떻게 살아갑니까? 저것들 불쌍해서 죽을 수가 없습니다."

어머니는 이를 악물고 일어나려 했으나 점점 목을 죄어 오는 숨가쁨과 정신이 몽롱해 짐을 느꼈다.

"애야 빨리 의원 좀 데리고 와야겠다. 아무래도 큰일 날것 같다."

놀란 둘째가 천녕까지 단숨에 달려가 의원을 데리고 와서 위기를 면하였다. 과로에 지친 몸, 너무나 허약해진 탓으로 낮에 급히 먹은 밥이 체하여 토사광란을 일으켰다고 했다.

사람 마음은 이렇게 간사스런 것이다. 의원이 다녀 가고 나서 언제 아팠던가 싶게 벌떡 일어나 또다시 일터로 나갔다.

하지만 이때부터 병의 씨앗이 떨어져 자리를 잡았는지도 모를 일이었다.

돌멩이라도 먹으면 삭고 아프고 싶어도 아플 틈도 없이 바쁘게 일에만 묻혀 살았으니 병이 날만도 하였다.

6. 총알 없는 전쟁

어느새 한해가 지나가고 새해로 접어들었다. 전쟁이 끝나갈 무렵 아니 승산 없이 수많은 생명을 앗아간 전쟁은 휴전이란 명분을 내세워 대한민국 국민의 뜻과는 관계없이 열강들의 이익에 따라 잠시 휴식을 취하게 되었다. 군에 간 아들도 이제 돌아오겠구나 생각하니 마음이 가벼웠다. 아들이 죽지 않고 살아온다는 사실만이 중요했고 기쁨이었다.

둘째가 제 아버지를 대신하여, 군에 간 큰형을 대신하여 집안 일을 하였다. 어리지만 어머니 말씀 잘 따르고, 일에 대한 욕심도 많고, 공부도 잘하였다.

"제 애비만 살아 있어도 저 고생은 안 시킬텐데…."

늘 마음에 걸렸다. 그러던 어느 날 꿈에도 그리던 큰아들이 휴가를 나왔다. 죽지 않고 살아온 아들이 너무도 대견스럽고 훌륭했다. 오래간만에 온 가족이 모여 즐거운 시간을 보내고 있었다.

"큰애야, 올 가을에는 장가가야지? 이왕 휴가 나온 김에 선이라도 보고갈래?"

깜짝 놀랐다. 휴가가면 약혼녀를 만날 기대감에 부풀기도 했는데, 그 집 가서 밥이라도 한끼 같이 먹고 싶었는데, 선을 보라니…

파혼이라도 했단 말인가?

"어머니 무슨 말씀이세요? 선을 보라니? 저 아래 〈윤〉이는 어떻게 하고요? 무슨 일이 생겼습니까?"

"그래, 어차피 알아야 할 것이니 내 말하겠다. 그 애는 죽었어. 네가 입대하고 나서 시름시름 앓더니 그만 죽어버렸구나. 너와는 연분이 아닌 게야. 다 잊어 버려라. 모두 하늘의 뜻이 아니겠니? 죽은 애는 불쌍하다만 어떻게 하겠니, 산 사람은 산것이고."

참으로 믿을 수가 없었다. 잠시 깊은 생각에 잠기는 것 같았다.

처녀는 한 남자가 군에 가기 전에 약혼까지 하고 결혼 날짜까지 잡았으나 전쟁터로 나간 예비 낭군 때문에 매일 매일 시름에 쌓여 살았다. 집안 어른들은 혼약을 했으니 한 남자의 아내가 이미 된 것이라며 기다리라고 했다. 이미 그 집 귀신이 된 것이라고 했다. 편지 한 장 쓸 수 없는 심정을 그 누가 알아줄까?

오다가다 만나는 장래 시어머니한테 소식을 물어볼 뿐이었다. 원주댁 역시 아들 소식을 잘 모르니 답답하기는 매 한가지었다.

"우리 애 돌아 올 때까지 마음 굳게 먹고 있어, 무사히 돌아 올 것이니."

이 처녀는 마음씨도 착하고 고왔지만 몸이 가냘프고 약했다. 이렇다 보니 마음에 병이 생기고 몸은 점점 쇠약해지고 자리에 눕는 지경까지 이르렀다. 병세는 날로 악화되어 죽음을 예고하고 있었다. 이를 보다 못한 어머니는 그 집 어른을 만나러 찾아갔다.

"사람을 살리고 봐야 하니, 우리와는 파혼을 하고 다른 곳으로 다시 정혼을 하면 혹시 소생할지 모르니 생각 한번 해봅시다. 우리 애야 살아서 돌아올지, 죽어서 돌아올지도 모르고…."

진심에서 하는 말이었다. 처녀가 죽으면 원귀가 되어 집안을 망친다 했으니 어찌 남의 집 망하길 바라겠는가?

그러나 그 집에서는 펄쩍 뛰었다. 죽더라도 할 수 없다고 했다.

그 처녀의 운명은 이처럼 이미 정해진 것이 아닐까?

그리고 며칠 후 동구 밖에서 소쩍새가 밤새워 울던 날 저녁 처녀는 다시 못 올 길을 떠나가고 말았다. 신랑 될 총각의 목소리도 못 들어 본 채 한 마리 파랑새가 되어 허공으로 날아갔다.

  어머니의 이 말씀에 아들은 제대 후에나 생각 해 보겠다며 사양하는 척 했지만 마음에는 커다란 파도가 일고 있었다. 그의 마음을 걸고 넘 어뜨리는 돌 뿌리가 되었다.
  군에 가기 전 약혼까지 하고 결혼 날짜까지 잡았으나 군에 입대를 앞두고 결혼식은 백지화되었다. 전쟁통에 결혼을 할 수도 없었지만 여 자 집에서 적극적으로 반대를 하였다. 생짜 배기 과부를 만들기 싫다 는 게 그 이유였다. 약혼만 했지 손 한번 잡아보지 못한 그녀, 사랑한 단 말도 한마디 건네지 못한 그 여인이 맘에 걸렸다. 그때 이미 팔자 가 기구함을 예시 한 것일까?
  상당한 충격에 휩싸여 있었지만 다시 귀대를 하게되어 빨리 잊어버 리는 계기가 되었다. 그러나 조용한 시간이면 그 생각이 소리 없이 찾 아와 마음에 혼란이 일어나는 것도 사실이었다.
  그 해 가을 군복도 벗지 않은 채 어머니의 권유를 뿌리치지 못하고 이웃 마을 처녀와 결혼식을 올렸다. 원주 댁은 큰아들 결혼식 날 얼마 나 울었는지 모른다. 너무 불쌍하고 허전했다.
  지난 세월에 어머니는 무쇠보다도 강한 모습으로 이미 단련되어 있 었다. 군대로 돌아간 아들은 어머니와 아내간에 갈등을 염려하였는데 이는 어머니의 불같은 성격이 만만지 않았기 때문이었다.
  철없는 며느리, 솜털도 채 못 벗은 며느리가 독수공방하는 것이 안 됐기도 하고, 또 딴 생각할까봐 걱정도 되었다. 며느리의 심정을 누구 보다도 잘 아는 시어머니였다.
  그런데 며느리는 나쁜 버릇을 가지고 있었다. 당치도 않게 남의 것을 탐내기도 하고 남의 눈을 속이려 들기도 하였다. 손버릇이 나쁜 것이었다. 잘 가르쳐 좋은 사람 만들 생각에 알아들을 만큼 타이르기도 하고, 야단도 치고 했지만 별 소용이 없었다. 어떤 며느린데 참으로 기가 막혔다. 귀엽기만 해야할 며느리가 차츰 미워지기 시작하였다. 날이 가면 갈수록 미운 털이 하나씩 더 박혀 가고 있는 것이다. 이웃집 보기가 민망한 일이 자주 발생하고 그럴 때마다 잔소리하는 시어미가 싫다고 친정으로 가버리는 일이 잦아졌다. 그것도 몰래 쌀 됫박이나 퍼들고 말이다.

동네 사람들 보기가 창피스러웠다. 2년도 못살고 며느리는 쫓겨났다.

마을에서는 홀시어머니가 며느리를 못살게 달달 볶아서, 고된 시집살이를 참을 수가 없어 친정으로 돌아갔다는 소문이 나돌았으나. 알사람은 다 아는 일이었다. 예나 지금이나 남 칭찬하기보다는 헐뜯는 것을 좋아하기는 마찬가지였다. 이런 소문이 억울하고 분하기는 했어도 그 동안 내 집사람 만들려고 노심초사했던 일은 사실이었는데, 공든 탑이 하루아침에 무너지고 보니 너무나 허무했다.

아들 생각을 하면 도저히 그렇게 할 수는 없었지만 아들의 장래를 위해서, 김씨 가문의 명예를 위해서 눈물을 머금고 며느리를 돌려보내지 않을 수가 없었다.

제대하고 돌아온 큰아들은 충격을 받긴 했으나 어머니의 뜻을 거역하지 못하고 이혼을 하였다. 그 마음 또한 아팠겠지만, 고생하며 사신 어머니 생각을 하며 순수하게 응하였다.

앞집에는 〈독〉씨 네가 살고 있었는데, 이것은 성씨가 아니라 이 집 노인이 하도 독하게 굴어 사람들은 별칭으로 이렇게 부르고 있었다. 이 집은 얼마 전까지만 해도 콩 반쪽도 함께 나누어 먹던 절친한 사돈

지간이었다.

며느리의 외가 쪽으로 먼 친척벌이 되었기 때문이었다. 큰아들을 중매 한 것도 바로 그 집이었다.

그러나 그녀가 결국 못살고 쫓겨나게 되자 〈독〉씨는 원주집한테 늘 복수심으로 가득 차 있었다.

오다가다 만나도 못 본체, 인사를 해도 못 들은 체 하며 찬바람을 일으키고 있었다. 하루는 자고 일어나 보니 문 밖에서 키우는 돼지가 죽어 있었다. 아마도 쥐약을 먹고 죽은 쥐를 돼지가 먹은 듯 싶었다. 먹다 남은 쥐가 조금 남아 있었다. 쥐가 여기까지 와서 죽었는지 아니면 누가 고의적으로 가져다 놨는지는 모르지만 우연이라 하기에는 좀 석연치 않은 데가 있었다. 어머니는 분함으로 피가 거꾸로 흐를 지경이었으나 분하기만 할 뿐 어찌할 방법이 없었다. 그로부터 보름쯤 뒤에 그 집 터 밭에서 병아리를 데리고 먹이를 찾던 암탉이 〈독〉씨네 마누라가 던지는 돌에 맞아 퍼덕거리고 있었다.

마침 들에서 돌아오던 어머니가 이 광경을 목격했으니 그냥 있을 리가 만무했다.

"그냥 쫓아버리면 되 일인데, 무슨 웬수가 졌다고 남에 집 닭을 돌로 때려죽이려 하는 거요?"

"집에다 가둬 놓고 키워야지 왜 남의 밭에 와서 헤집고 다니게 하느냐 말이오? 한번만 더 우리 밭에 와 있는 게 눈에 띄면 그때는 정말 그냥 두지 않겠으니 후회 할 일 만들시 말고 잘 키워요." ㄱ 여사는 허공으로 말 한마디를 던져놓고 집안으로 사라졌다. 독기 서린 설전이었지만 눈에서는 총알이 날아다니고 있었다. 생각 같아서는 쫓아 들어가 멱살이라도 잡고 싶었으나 짐승이 되었든 뭐가 되었든 간에 빌미를 잡혔으니 할 말이 없기도 했다. 하지가 가까워 질 무렵이라 그 집 밭에서는 보랏빛 감자 꽃이 하나 둘씩 피어나고 있었다. 그러나 닭이 감자 꽃을 먹는 것도 아니고, 감자를 캐 먹는 것도 아닌데 이는 분명 앙심을 품고 하는 소리였다. 사람 먹을 양식도 모자라는데 어찌 닭을 가두어 넣고 곡식을 먹여 키우란 말인가?

여기 저기 돌아다니며 먹을 것을 찾아야 하는 닭이다. 그때는 너 나 할 것 없이 모두 내놓고 키울 때였다. 할 수 없이 개울가에서 가느다란 아카시아 나무 가지를 베어다가 닭장을 만들었다.

큰아들이 제대를 하고 와서 모른 체 하기도 그렇고 미안하기도 하고 해서 겸사겸사 인사를 간 일이 있었다. 그 집 노인은 다짜고짜로 몽둥이라도 들고 때릴 기세였다. 그 집 아들이 나타나서 멱살을 잡고 따귀를 올려 부쳤다. 입에서는 피가 주르르 흘렀다. 양쪽 집에서는 식구대로 다 모여 대판 싸움이 벌어졌지만 우리 집의 완패였다. 이런 것이 객지살이의 설움이었다. 남편 없는 과부의 설움이었다. 그로부터 일주일쯤 지났을까, 허술하게 지은 우리를 뚫고 병아리를 데리고 나간 어미 닭이 보이지를 않았다. 아무리 불러보고 찾았지만 눈에 띄지를 않았다. 혹시나 하여 그 집 밭으로 가보니 병아리까지 모두 죽어 있었다. 아마도 쥐약 섞은 보리밥을 뿌려 준 듯 하였다. 그러나 눈으로 보지를 못하였으니 어머니는 분함을 참지 못하고 부들부들 떨고만 있었다. 죽은 닭을 모두 모아 큰길가에 즐비하게 펼쳐 놓았다. 오가는 사람마다 이 광경을 보고 놀랐다. 누가 들어보기라도 하라는 듯 큰 소리로 외쳐댔다. "천벌을 받을 사람이요, 천벌을!"

사람들의 마음속에는 선과 악이 함께 공존하고 있나보다. 천부적으로 타고난 양심과 세상을 살면서 얻게된 악의 마음이 늘 밀고 밀치며 싸우는 게 아닐까?

어머니는 이번 일만 봐서도 그렇다는 생각을 했다.

〈독〉씨네가 마땅히 자기에게 시시비비를 가리려 했어야 하는데 어떤 사건과도 전혀 상관이 없는 가축을 몰살시킨 것을 보면 아마도 사악한 마음이 양심을 짓밟고 일어선 것 같은 느낌이 들었다. 그 순간에는 별 생각이 다 들었다. 엄청난 복수심과 불타는 증오심에 가득 차서 똑같은 방법으로 본때를 보여주고 싶었다.

'선은 양심을 먹고 자라 행복을 낳고, 악은 욕심을 먹고 자라 불행을 낳는다. 참자, 참자.'

참을 認자 세 번이면 살인도 면한다 하였으니.

어머니는 빨래거리를 한 자박지 싸 가지고 개울로 나갔다. 빨래방망이로 펑펑 패며 죄 없는 빨래한테 화풀이를 하고 있었다.

이때부터 어머니는 우리들에게 더욱 열심히 돈벌고, 예의 바른 사람이 되라고 가르쳤다. 〈애비없는 호로자식〉소리는 절대 듣지 말라고 가르쳤다. 죽음을 택할망정 양심에 어긋나는 일은 하지 말라고 가르쳤다.

그런 어머니의 교훈 때문에 자식들은 커 가며 남의 밭에 오이하나 풋고추하나 따먹지 않았다. 친구들과 어울려 장난 삼아 하는 참외서리도 한번 하지를 않았다. 오히려 친구들로부터 따돌림을 당할 정도로 불의에는 참가하지 않았다.

하늘은 불쌍한 과부가 보시기에도 딱했는지 날로 재산을 늘어나게 해 주셨다. 반대로 그 집은 우환이 들끓더니 드디어 말썽 많은 그 밭을 판다는 소문이 나돌았다. 그때 어머니는 오기가 발동하여 꼭 그 밭을 사리라 마음먹었다고 하셨다. 이장을 통하여 다리를 놓고 홍정을 붙이라고 했다.

"웬수 집이면 어떻고 아니면 어때? 지금 이것저것 가릴 형편이 아닌데."

건달 끼가 있는 그 집 아들은 별 생각 없이 우리 집에다 밭을 팔았

다. 어머니는 마치 옛날 당했던 일을 복수라도 한 듯 기분이 좋았다고
하셨다.

호사다마라고 불행은 아직도 덜 끝났는지 할아버지께서 병세가 깊어
지셨다.
전쟁이 한창 치열할 때였다. 시아버지 진지 상을 차려 드리고 나오
는데, 총알이 날라 와 방벽을 뚫고 지나갔다. 너무나 놀라 가슴이 콩
닥콩닥 하였다. 시아버님이 염려되어 다시 들어가 보니 놀래서 쓰러져
계셨다. 그 후로 몇 년을 기력을 회복하지 못하시고 시름시름 앓으시
더니 결국 돌아가시는 지경에까지 다다르고 말았다. 얼마간 대소변을
받아 내긴 했어도 오랜 고생은 하지 않았다.
"내가 만약 그 총알에 맞아 죽었다면 저 불쌍한 노인의 수발을 누가
들었을까?"
그 다음 해 유월 시름시름 앓던 시아버지는 병이 깊어졌고 자식을
앞세운 지지리도 복이 없는 노인은 며느리 혼자 지켜보는 가운데 쓸쓸
히 한 많은 생을 마감 하셨다.
객지에서 쓸쓸히 돌아가신 시아버지 죽음은 어머니의 마음을 몹시
슬프게 만들어 마냥 눈물을 쏟으셨다고 하셨다.
사람이 이 세상에 태어났으면 한 번쯤은 영화를 누리고 살다 죽어야
할텐데 영화는 커녕 고생만 하다 죽다니….
재산도 많이 축내고 며느리 속도 많이 썩게 만들었지만 막상 저 세
상으로 가시고 나니 마음이 허전하고 불쌍하기만 하였다. 지나온 세월
은 눈 깜짝 할 사이인데, 그걸 모르고 그 짧은 세월을 살면서 싸우고,
미워하고, 욕심 내며 살고 있는 것이다.
참으로 허무한 게 인생이었다.

시아버지만 해도 그랬다. 강원도 첩첩 산중에서 배우지도 못하고 배곯고, 두더지 마냥 땅 파먹는 일만 하다가 아들이 장성하여 좀 편히 살까 했는데, 그마저도 팔자에 없는지 자식 먼저 앞세우고 낯선 타향에 노구를 맡기는 신세가 될 줄이야 꿈엔들 생각했겠는가?

묘 자리 하나 장만해야지 하면서 미루다가 막상 큰일을 당하고 보니 여간 근심되는 게 아니었다.

할 수없이 어머니는 〈언〉씨네 큰집을 찾아가 산소자리 하나 달라고 사정사정 하여 산자락 한 귀퉁이를 얻었다. 쌀을 한가마나 주고 얻은 자리니까 공짜로 얻은 것은 아니지만 어른한테 죄스런 마음은 금할 수가 없었다. 재산이 좀 늘어나면 우선 논이나 밭을 사려고 했지 발가벗은 민둥산을 살 생각은 조금도 하지 않았었다. 어쩐지 손해 보는 장사 같아 나중에 산소자리로 쓸 생각하고 산을 사기는 더욱 힘들었기 때문이었다. 며느리는 불쌍한 어른이 저승에서나마 복을 받고 편안히 계시기를 빌었다.

〈언〉씨 네는 여섯 집안이 모여 살고 있었는데 비교적 잘 사는 편이었다. 그 중에서도 장손 집은 욕심이 많아서 그런지 꽤나 잘 살고 있었다.

화려한 꽃이건 초라한 꽃이건 꽃은 피면 열매를 맺게 마련인데 사람으로 태어나 쭉정이처럼 살다가 못하고 죽는다면 무슨 의미가 있는가?

덧없는 세월에 아까운 청춘은 늙어만 가고 팽팽하던 이마에는 주름살도 한 두개나 더 생겼다.

얼마간의 세월이 흐르고 새로운 며느리 감을 찾고 있던 중이었는데 먼 친척으로부터 새 며느리감 선을 보러 오라는 전갈이 왔다.

단숨에 달려가 보니 상냥하고 싹싹하여 마음에 쏙 들었다. 아들도 싫은 눈치는 아니었다. 곧 바로 길일을 잡아 택일을 하고 결혼식을 올렸다. 30도 채 안된 나이에 벌써 세 번 째 가는 장가였다. 사실 말이 세 번째이지 첫번과 다름없는 결혼이었다. 그 며느리가 들어온 이후 집안은 늘 화기애애 하고 농사도 잘되고 집안 살림도 장마철 물 불어나듯 쑥쑥 늘어났다. 귀여운 손주들도 넷이나 두었으니 참으로 행복감에 젖어 노래를 불렀다. 장남은 역시 다른 데가 있었다. 어린 동생들한테도 늘 어머님께 잘하라는 부탁의 말을 했고, 동생들이 잘못하는 일이 생기면 언제나 자기 탓이라며 대신 벌을 받기를 청했다. 동네 어른들로부터도 늘 칭찬을 들었다. 아버지 없이 키운 자식이지만 믿음직스런 아들인 것이다.

원주 댁은 요즈음 행복감을 맛보고 있지만, 죽은 남편이 불쌍하여 눈물이 났다. 전에는 죽은 남편이 밉기도 했으나 그때는 야속하여 그랬고 지금은 마치 당신 혼자만 복을 누리는 것 같은 미안한 생각까지 들었다고 하셨다.

그 동안 살면서 겪었던 고통은 어느새 서릿발처럼 다 녹아 버리고 일찍 죽은 남편만이 불쌍하게 느껴지고 있는 것이었다.

외지에서 굴러 들어온, 그것도 과부 네가 차츰 재산을 모으게 되니까 시아버지의 산소를 잘 써서 그렇다는 둥 〈언〉씨네 신세를 톡톡히 졌다는 둥 사람들 입방아에 오르내리게 되었고 이럴 때마다 〈언〉씨 네는 큰 자선이라도 베푼 양 생색을 냈고, 이것저것 요구하기 시작했다. 하기야 사촌이 땅을 사도 배가 아파 죽을 지경인데 이건 생판 관계도 없는 과부 집이 덕을 보고 있는 격이니 어찌 배가 아프지 않겠는가? 터무니없는 비싼 값으로 그 자리를 사 가라는 둥, 산 전체를 사라는 둥, 현실과 동떨어진 이야기로 늘 어머니의 마음을 상하게 만들었다. 툭하면 〈산소 파 가라〉하며 큰 소리를 쳐댔다. 속에서는 방망이가 치솟지만 어떻게 할 수가 없어 술 한 주전자 받아들고 큰아들과 집으로 찾아가서 사정사정 하고 빌기도 하였다. 아직까지는 그들과 대적하기가 힘에 붙였다. 이것이 객지에 와서 사는 설움이며 과부의 설움이기도 했다.

그 집 재산은 날로 줄어들고 반대로 우리 집은 재산이 자꾸 늘어났다.

어느 해 봄이었던가? 논, 밭갈이에 눈 코 뜰 새 없이 바쁜 시기였다.

"오늘 자네 소를 하루만 빌려주게."

"아저씨, 오늘은 안되고요. 모래쯤 쓰시면 안될까요?"

큰아들은 죄송하다며 정중히 거절을 하였다.

"그래 오늘은 절대 안 된단 말이지?"

"네 오늘은 정말 안됩니다. 저 개울 건너 밭을 갈아야만 하거든요. 그러니 모래쯤 쓰세요"

"야 이놈아 느네 집 잘 사는 게 누구 덕인데 안 된다는 거야? 오늘 당장 네 할애비 산소를 파 가거라."

사실 그는 생트집을 잡으려고 일부러 해보는 소리였다.

아니 이게 무슨 날 벼락인가? 소를 안 빌려준다는 것도 아닌데.

아들에게 자초지종을 듣고 난 어머니는 그 집으로 달려갔다.

"삼일 안으로 파 갈 테니 염려 마시오. 산소 자리 하나 주고 웬 유세가 그리도 대단하답니까? 그것도 거져 준 것도 아니면서." 홧김에 한 소리지만 한편 근심도 되었다. 그 길로 큰아들을 원주 고향으로 보냈다. 시할아버지 산소 바로 밑에 자리를 쌀 다섯 가마를 주고 샀다.

그 다음날 마을 사람 몇의 도움을 받아 산소를 파냈다.

정말 서러웠다. 조상의 묘를 파가야 하는 심정. 눈물이 앞을 가렸다.

"그래 파간다. 모실 데가 없으면 화장하면 된다. 힘없다고 너무 만만히 보지 마라." 별의 별 생각이 다 들었다.

그러나 근심거리가 하나 있었다. 그 먼길을 걸어서 지고 갈 수도 없고, 더구나 상여꾼을 데리고 갈 수도 없었다. 영구차라도 있으면 좋겠지만 사실 엄두도 못 냈으니까?

할 수없이 시신을 집안 마당에 밤이슬을 피하기 위해 큰 차일을 치고 그 아래 모셨다. 마당 한쪽에는 장작불을 피워놓고 그 옆에 멍석을 깔고 친척들과 마을사람 몇이서 밤을 새우고 있었다. 긴 밤을 지새기가 지루했던지 술상을 차려놓고 한잔씩 마셔가며 화투를 치며 날 새기를 기다리고 있었다. 날이 밝기가 무섭게 큰아들은 이천 나가는 첫차를 탔다. 점심때가 채 안되어 다 낡아빠진 트럭을 빌려왔다. 그 곳까지 털털거리며 갈 수 있을까 할 정도로 낡은 차였다. 거기다 짐짝처럼 시신을 모시고 서둘러 떠나가는 모습을 보고 어찌 어머니의 마음이 편할 수 있으셨겠는가?

"두고 보자, 당신들도 언젠가는 나한테 사정 할 날이 오고야 말 것이다."

죽어서까지 타향살이의 서러움을 맛보고 계신 시아버지가 너무나 불쌍했다. 그 후 한동안 〈언〉씨네 와는 원수가 되다 시피 싸움도 잦고 말도 않고 지냈다. 그리고 얼마 후 그 집 아들이 생각지도 않은 교통 사고를 당하여 치료비가 많이 들어가게 되었다. 이 집 저 집 돈을 빌리러 다녀봐도 시골 살림에 어디 큰돈이 있으랴.

할 수 없이 〈언〉씨는 염치를 무릅쓰고 돈을 빌리러 우리 집으로 어머니를 찾아왔고, 그때 어머니는 이렇다, 저렇다 말 한마디 없이 필요한 만큼의 돈을 차용해 주었다고 하셨다.

그 후부터 그 집은 고양이 앞의 쥐 신세가 되고 말았다.

'그래, 진 빚은 이렇게 갚는 것이다.'

이듬해 여름이었다. 유난히도 무덥던 삼복 더위에 지루한 장마가 끝나자마자 뜨거운 햇살이 쏟아져 내렸다. 그런데 지난번 장마에 행랑채가 반쯤 무너져 내린 것이다. 이사올 때부터 불안해했었는데 그래도 꽤 오래 버티어 주었다 싶었다. 이참에 아예 집을 새로 지어야겠다고 맘을 먹었다. 가을철보다 바쁘기도 덜 했고, 잠자는 일도 멍석 깔고 밖에서 잘 수 있으니 크게 걱정 할 일은 아니었다. 옆집에 조그만 방 하나를 얻어 며느리와 어린 손주 애들은 그곳에서 자게 하고 어른들은 찬이슬 맞으며 밖에서 잤다. 풍찬 노숙이라 하더니 이를 두고 하는 말인가 싶었다. 다행이 상량식을 할 때까지 비는 내리지 않았다. 상량식만 끝나면 그런 대로 살만은 할 것 같았다. 커다란 북어 두 마리가 흰 실에 묶인 채 부자가 되라고 입을 딱 벌리고 있었다. 참으로 기뻤다. 사람은 평생 집을 한번 짓기도 어렵다는데 ...달포쯤 지나서 날아갈 듯이 번듯한 집 한 채가 마을 입구에 탁 버티고 서서 그 위용을 뽐내고 있었다. 넓은 대청마루, 큼지막한 방, 소나무 재목에서 쏟아내는 향기, 그 어느 것 하나 마음에 들지 않는 것이 없었다. 그 중에서도 제일 맘에 드는 것은 이사 올 때부터 마땅치 않았던 대문을 정 남향으로 새로 낸 것이었다. 대문을 열면 마을 앞 냇물이 보이고 앞산의 정기가 온통 대문 안으로 들어오는 듯 싶었다.

집터를 약간 높이고 지어서 그런지 멀리서 보면 고래등같은 집이 아니라 고래가 온 몸을 드러낸 형상이었다. 뒤꼍에는 새로 우물을 팠다. 물을 길으러 멀리까지 갈 필요도 없었고 옆집, 뒷집 모두 와서 물을 퍼가도 부족함이 없을 정도로 많은 양의 물이 펑펑 쏟아졌다. 마을 사람들은 집 구경 오느라 매일 잔치 집 분위기였다. 지나가던 나그네들도 물 한 모금 먹으러 들어왔고, 동냥하는 거지도 제일 먼저 찾아오는 집이 되고 말았다.

그런데 하루는 군청에서 연락이 왔다. 벌채 허가를 얻지 않고 나무를 잘라 집을 지었으니 조사를 받으라는 것이었다.

'무슨 날벼락이람!'

개울가에서 어린 아카시아 나무 가지를 베어다가 지붕 덮은 일 말고는 불법을 저지른 일이 없는데….

군청에 가서 알아보니 옆 동네 사는 사람이 자기네 산에서 수 십 년 된 소나무를 잘라 갔다는 신고가 들어와서 조사를 한다고 했다. 집 지을 재목을 사온 곳의 이름이며 연락처를 알려주고 그리로 확인을 한 후에야 나올 수 있었다. 그 날 집으로 돌아오자마자 산 넘어 그 집을 찾아갔다.

"애매하게 생사람 잡았으니 어떻게 할거요? 우리가 언제 당신 네 산에 가서 나무를 베어다가 집을 지었단 말입니까? 증거가 있거든 대 보시요."

"내 눈으로 본적은 없으나 그 동네 사는 〈언〉씨가 그럽디다."

그러나 그도 무엇이 켕기는지 미안하다고 사과를 하였다.

"내 당장 가서 그 사람 끌고 와 대면을 시킬 테니 기다리지요?"

그 길로 마을로 와서 〈언〉씨를 찾아갔다.

그는 마침 마루에서 담배를 피우고 있었다.

"당신이 나를 찔렀다며, 도둑이라고."

그는 펄쩍 뛰었다. 절대 아니라고. 삼자 대면을 하자고 했으나 자기는 그런 말을 한 적이 없으니 삼자 대면도 필요 없다고 했다. 모두가 허위 사실로 밝혀졌으니 누명은 벗었어도 괘씸하기 그지없었다.

'그래 아직도 못 마땅한 모양이군, 선한 사람 못된 구덩이에 넣으려 들면 당신들이 먼저 걸려들걸.'

가을이면 가끔씩 밀주 단속을 나왔다. 나무를 쌓아놓은 헛간이나 울 밖에 있는 짚더미 속에 감추어 만들었다. 하루는 밀주 단속원이 들어

오자마자 헛간을 뒤지더니 조그만 밀주 항아리 하나를 찾아내어 주인
이 오기만을 기다리고 있었다. 항아리라기보다는 쌀 두되 정도 들어가
는 방구리니까 술을 만든다 해도 4홉들이 술병으로 두 개정도 나올 양
밖에는 안 되었다. 정말 당황하지 않을 수 없었다. 많은 벌금을 물어
야 할 판이므로.

그들은 그것을 들고 천양까지 가자고 하였다. 아무리 사정을 해도 소
용없었다. 그때는 그런 일이 보편화되었었고 혼자만 당하는 것 같은
생각에 법을 위반했으면서도 억울하다는 생각이 들었다.

할 수없이 머리에 이고 그들을 따라 가며 별 궁리를 다 하였다.

천양을 가자면 궁리앞 개울을 건너야 했다. 징검다리를 건너야 했는
데 그 때 좋은 생각이 떠올랐다. 잘 익은 농주처럼 농익은 삶의 지혜
가 퍼뜩 뇌리를 스쳐갔다.

"옳지 이거다."

어머니는 넘어지면서 술 방구리를 개천 돌에다 패대기쳤다. 술 방구
리가 박살나는 소리에 앞서가던 그들은 놀랐다. 어디 다친 데는 없느
냐고 물었다. 발목을 접질린 것 같다고 했다. 옷이 물에 젖기는 했어
도 이제 밀주를 담갔다는 근거는 완전히 없어졌다. 냇물에 놀던 물고
기들만 때아닌 횡재를 하였다. 그들은 참으로 난감하였는지 아니면 찜
찜한 데가 있었는지 그냥 돌아가라고 했다. 돌아오면서 곰곰이 생각해
보았다. 왜 그들이 자기 집만 뒤지고 그냥 가자고 했는지 이해하기 어
려웠다.

"아마도 또 뭐가 있겠지…."

제 2 부

7. 턱수염 사랑

들판에는 가을걷이가 거의 끝나가던 어느 늦가을 아침, 된서리가 하얗게 내렸던 아침이었다. 막내는 손을 호호 불며 친구들과 학교를 가고 있었다.

마을 입구 버스 타는 곳에는 이천 장엘 가려고 마을 어른들이 버스를 기다리고 있었다. 막동이의 친구 아버지도 거기 있었는데, 자기 아들이 추울까봐 얼굴을 감싸주며 과자 사 먹으라고 그때 돈 10환을 주더라고 했다. 어린 막내의 가슴에는 아버지에 대한 그리움이 일었고 너무나 부러워서, 질투심마저 일었다고 했다.

아버지라고 불러 보고 싶어도 불러줄 상대가 없으니, 어린 마음에는 늘 이런 것이 마음에 걸려 있었는데, 친한 친구의 아버지가 그 친구에게 주는 사랑이 얼마나 부러웠겠는가?

그 날 저녁 온 가족이모여 밥을 먹는 자리에서 막내는 느닷없이 〈아버지〉 타령을 하였다.

"엄마, 왜 우리는 아버지가 없어?"

아버지가 돌아가시고 안 계시다는 사실을 모르는 바는 아니었지만, 불쑥 말을 꺼내 버렸다. 느닷 없는 말에 가족들의 시신이 쏠렸다.

"얘가 별안간 아버지 이야기는 왜 꺼내? 무슨 일이 있었니?"

"아니, 그냥…."

말꼬리를 흐리는 막내의 표정에 무언가 어두움이 드리워져 있었다.

"얘, 말해봐. 괜찮으니까. 무슨 일이야?"

막내의 아침에 일어난 이야기를 듣고, 원주 댁은 울컥 하고 목이 메어 옴을 느꼈다.

그 동안 사느라고, 먹고사느라고 잊어버렸던 남편 생각이, 그리움이, 서러움이, 밀물처럼 밀어 닥쳤다.

"그래, 그랬었구나, 어린 너희들 버리고 간 네 아비는 지금도 땅속에서 차마 눈을 못 감고 있을 꺼야, 그러나 어쩌겠니? 죽은 사람이 살아서 올 수는 없는 일, 모두다 잊어버리고 건강하게 커서, 훌륭한 사람이 되면 되는 거야, 그것이 엄마한테 효도하는 일이고, 죽은 너희 아버지 편히 계시게 하는 길이야, 알겠지?"

두 세살 때, 제 아비 무릎에 앉아 재롱을 피우면 잘 깍지도 않은 턱수염을 귀여운 재롱이 얼굴에 비벼댔을 것이고, 귀염둥이는 깔끄러운 아비의 수염이 싫어 도망을 가고… 그러던 녀석이 지금은 그 턱수염을 그리워하며 울고 있는 것이다. 껄끄러워도, 땀 냄새가 나도 그 얼굴이 그리운 것이다.

아비의 얼굴도 기억 못하는 저 녀석, 제 아비가 죽고 난 후 얼마동안은 〈아빠〉를 찾으며 두루마기에 중절모를 쓴 사람만 보면 〈엄마, 저기 아빠온다〉 하여 마음을 아프게 하더니 세월과 더불어 금새 모두 잊어 버려서, 마치 공책에 쓴 글씨를 지우개로 박박 지워 버리듯이 녀석의 기억에서 하얗게 지워버린 줄 알았더니 그게 아니었다.

커 가면서 속 모르는 사람들이 '너희 아버지는 무슨 일을 하시느냐?' 고 물을 때면 아버지가 안 계시다는 말을 하기가 정말 싫었고 그럴 때마다 〈아버지〉하고 응석도 부려보고 종아리를 맞으며 눈물도 흘려 보는 게 부럽기까지 했다는 소리를 한 적이 있었다. 겉으로는 아무렇지도 않은 것처럼 했으면서도 마음속 깊은 곳에는 아비에 대한 그리움이 늘 자리잡고 있었던 것이다.

어머니의 마음은 무척 쓰리고 아프셨을 것이다. 얽히고 설킨 추억들이 술술 풀려 나오면서.

남편의 힘이란 실로 큰 것이었다. 함께 살 때는 전혀 느낄 수 없었던 힘, 든든함 같은 것이 지금 생각해 보면 참으로 대단한 것이었다. 몰아치는 눈보라를 담벼락이 막아주듯, 따뜻한 안방의 편안함 같은 힘을 가진 것이 남편의 힘이었다.

추운 겨울날 눈 속을 헤치고 땔나무를 만들어 머리에 이고 올 때의 고통, 천근의 무게로 짓누르고 발은 동상에 걸려 아프던 고통, 삼복 더위에 쏟아지는 땀으로 목욕을 하다시피하고 더 이상 타버릴게 없을 만큼 까맣게 타버린 여인의 얼굴, 이와 같은 여성으로서 감당하기 힘든 일을, 남편이 살았더라면 대신 해 주지 않았겠는가? 낯선 타향에서 과부라고 무시당하며 살지도 않았을 것이다.

폭우에 지붕이 샐 때도, 지친 몸으로 병을 얻어 사경을 헤맬 때도, 남편이 살아 있었다면, 큰 힘이 되었음은 물론 서럽지도 않았을 것이다. 면사무소에 가서, 한자로 이름 석자를 제대로 쓰지 못했기 때문에 부끄러워서 얼굴이 화끈거리지도 않았을 것이다. 죽은 남편도 원망스러웠지만 여자라고 공부를 시켜주지 않으신 부모님도 원망스러웠다. 못 배운 게 두고두고 한이 될 일이었다. 무엇 때문에 아들과 딸을 구별하는지 옛날 노인들을 이해 할 수가 없었다.

그러나 이 모든 것은 푸념일 뿐이었다. 이미 쏟아진 물이요, 돌이킬 수 없는 과거지사요, 현실을 살아가는데는 아무런 도움도 되지 못하는 쓸데없는 잡념이었다.

어느 해였던가? 마을에는 탈곡기가 두 대밖에 없어 시간을 약속하고 돌려가며 사용해야 했는데 우리 집에서 쓰기로 한 기계를 말도 없이 옆집 영감이 갖다 쓰고 있었다. 과부 혼자 산다고 무시하는 것 같아 부아가 치밀어 올랐다.

가을이면 바빠서 부지깽이도 뛴다는 때인데, 할 일은 많고, 일손은 딸리고.

"우리가 쓸려고 갔다 놓은 기계를 말도 없이 가져다 쓰면 우리는 어떻게 하라고요?"

화가 난 원주 댁은 상대가 섣불리 나오면 한바탕 해볼 심산이었다.

그러나 남자는 곧 죽어도 남자인데 혼자 사는 과부한테 기가 죽겠는가? 사과를 해도 될까말까 한데 대수가 아니라는 말투에다, 여자라고 깔보는 심보가 깔려 있었다.

"안 쓰고 있는 것 같아 빨리 끝내고 돌려 줄려고 했는데, 미안하게 됐소, 내참 거 되게 뭐라 하네! 여편네가."

"뭐라고, 여편네? 내가 당신 여편네야? 당신이 뭔데 여편네 저편네 하는 거야? 뭐 이런 게 있어? 나 혼자 산다고 만만히 보는 거야?"

그 남자는 어머니보다 두세 살 아래였다.

어머니는 달려들어 남자의 멱살을 잡고 짚더미 쪽으로 끌고 나와 콱 처박아 버렸다.

"앞으로 조심 해? 여자라고 만만히 보지 말고."

그 일이 있고 난 후부터 감히 누구도 만만히 보는 짓은 하지 아니 하였다. 물론 여자라 한 수 접어두고 있은 탓도 있었지만 그렇다고 호락호락하게 볼 것만도 아니라는 것을 알게 되었다.

동네에서는 억센 여자로 이미 평이 나 있었지만 그 정도이리라고는 누구도 상상을 못했다. 이 사건은 마을 전체 남성들에 대한 경고이었다. 섣부른 짓 하면 똑같은 망신을 당할 거 라는…. 그러나 이런 극성은 혼자 사는 여인의 슬픔이었으며 동시에 험난한 세상을 살아가기 위한 연약한 여인의 몸부림이요, 진정 마음에도 없는 싸움이었을 뿐이다.

강한 여인이라 해서 어찌 정마저 없을 것인가?

자식 사랑이 남다른 것도 어떤 본능에서 나온 것인지도도 모른다. 둘이 보호해야 될 일을 혼자 해야 되니까.

어머니가 막내의 이야기를 듣고 마음 아파하는 이유와 막내를 더 귀여워하는데는 또 다른 이유가 있었다. 물론 막내이기 때문에 더 귀여운 면도 있긴 하지만, 좀 특별한 이유가 있는 것이다.

막내를 뱃속에 갖고 나서 가난에 시달리던 때, 더구나 심한 병에 걸려 사경을 헤맨 적이 있었다. 때문에 병을 고치려고 이 약 저 약 많이 해먹어 온전한 아이가 태어날지도 근심이었다.

"여보 아무래도 애를 지워야 하겠어요."

"아니 그게 무슨 소리요? 자식을 부모가 죽이다니?"

"어쩔 도리가 없잖아요? 병으로 고생 할 때 약을 하도 많이 먹어 불안하기도 하고……만약 비정상아가 태어나면 평생 부모 원망을 얼마나 하겠어요? 난 불안해 죽겠어요."

병에 걸려 죽다 살아난 어미의 심정은 그러하고도 남으리라. 머리가 다 빠지고, 몸은 가랑잎처럼 마르고 이 약 저 약 약도 많이 먹고 했으니 아이가 태어나도 정상은 아닐 것 같은 생각이 자꾸 들었다.

부부는 결국 유산을 시키기로 합의를 하고 다음날 담배를 물에 우려서 그 쓴 물을 한 대접이나 마셨다. 지금 같으면 산부인과라도 가서 편히 해결 할 분제였지만 당시에는 미련한 방법 외에는 달리 도리가 없었다.

담배 물에 취한 산모는 정신을 잃고 쓰러져 버렸다. 먹은 것을 다 토해내고 정신을 차리긴 했어도 몸은 말이 아니었다. 어차피 이렇게 된 것 독한 약을 먹어야겠다 생각하고 독초 잎을 씹어 삼키기도 했으나 역시 아무런 소용이 없었다. 일부러 놀래키기도 했으나 그것도 소용이 없어 하늘의 뜻이라 생각하고 결국 낳기로 마음을 굳혔다. 성한 놈이 나오든 병신이 나오든 팔자라고 생각했다. 그래도 늘 불안한 것만은 떨쳐버릴 수가 없었다.

이와 같이 죽기를 거부하고 악착같이 달라붙어 열 달을 채우고 나온 녀석인 것이다. 〈명〉이란 맘대로 할 수 없는 것이다.

못 얻어먹어 그런지, 약을 먹어 그런지 너무나 약골로 작게 태어났다. 칠삭둥이보다도 더 작게 태어난 것이다. 그런 애가 만 세 살도 안되어 제 아비를 잃었다. 아버지 얼굴도 제대로 기억 못하는 불쌍한 녀석, 늘 이런 죄책감과 아쉬움이 어머니의 마음을 아프게 만들었다.

지난해 여름일 만 해도 마음이 너무 아팠다.

전쟁이 지나간 자리에는 많은 아픔이, 상처들이 있었다. 폭격으로 타버린 교실, 공부할 곳 없는 어린것들은 가마니 짝 깔고 배우고, 비가 오면 볏짚을 우산처럼 쓰고 다니고, 책가방이 없어 보자기에 둘둘 말아 가지고 다니고, 배가 고파 칡 뿌리건 꽃잎이건 마구 먹어 배가 맹꽁이 배처럼 볼록 튀어나오고, 그런 어린것들을 볼 때마다 가슴이 저려 왔다.

초복이 지나고 얼마 안 되어서였다.

며칠 전 물동이로 쏟아 붓듯이 퍼부은 폭우는 앞산 밑 언덕아래 있는 논에 커다란 웅덩이를 하나 만들어 놓았다. 여기저기 떨어져 나간 논은 누구네 논인지 구분을 할 수 없도록 경계선을 없애 버렸고 애써 가꾼 벼농사는 다 떠내려가고 대신 널찍한 자갈밭을 하나 만들어 놓았다. 이럴 때면 농부들의 마음은 자식을 잃은 것 못지 않은 아픔을 느끼곤 한다.

그곳 웅덩이는 어른 키로 길 반은 될 정도로 깊게 패였고 애들은 먹

감는 놀이터가 하나 생겨 신바람이 나 있었다.

그때 어머니는 점심을 만드느라 부엌에 계시었다.

학교에서 돌아오자마자 막내녀석은 더워 죽겠다며 책보자기를 내 팽개치고 친구들이 있는 그곳으로 달려갔다.

"얘, 빨리 오너라, 놀지만 말고."

"응, 알았어요."

막내는 쏜살같이 달려나갔다. 그런데 잠시 후 멱감으러 나간 녀석이 죽었다고 연락이 왔다.

"무슨 소리야, 그 애가 죽다니?"

다리에 힘이 빠지고 후들거려 도저히 발걸음을 옮길 수가 없었다. 기다시피 하여 그곳에 가보니 방금 전까지도 펄펄 뛰던 녀석이 송장이 되어 길마 위에 엎어져 있었다. 숨도 쉬지 않고 있었다. 입에서는 흙탕물이, 코에서는 멀건 코피가 쉴새없이 나오고 온 몸은 진흙에 뒤범벅이 되어 있어 마치 물 빠진 웅덩이에서, 살라고 퍼덕거리며 흙탕을 뒤집어 쓴 메기처럼 사람 같지도 않았으니 이때 어머니의 심정이 어떠하셨겠는가?

다행이 동네 청년의 도움으로 숨 떨어지기 직전에 건져내어 인공 호흡을 하고 난리 법석을 피워 숨이 멈추는 것은 막았으나 혼수 상태였다. 죽은 송장이나 다름없었다. 무려 4시간이 흐르고 나서야 숨을 길게 내쉬며 〈엄마〉를 부르며 방안을 헤맸다. 물 속에서 얼마나 죽겠으면 엄마를 부르며 서리 헤맸을까 하고 생각하니 가슴이 미어지는 것만 같다. 원주 댁은 죽었다 살아난 아들을 끌어안고 한없이 울었다.

이런 일로 해서 다 같은 자식이지만 더 안쓰럽고, 더 불쌍하게 생각하고 있는 것이다. 그때 충격으로 정신병자가 되거나 아니면 멍청이라도 돼 버리면 어쩌나 하고 근심도 많이 하였다.

이런 끔찍한 일이 있고 난 후 하느님께 감사도 드리고, 지은 죄를 용서해 달라고 빌기도 하였다. 하늘의 뜻이 아니라면 지금까지 살아 남을 수가 있었을까?

늘 마음에 걸려 있던 막내가 안돼서 조금이라도 더 잘 해주고 싶었다.

그런 아들이 오늘 아버지 이야기를 꺼내고 있으니 어찌 원주 댁의 마음이 편할 리 있겠는가?

천양 장이 서던 날이었다. 그때는 부자 집 애들도 운동화를 신고 다니는 일은 거의 없었다. 검정 고무신, 그것도 덧 깁기를 몇 번 씩 해서 신고 다녔다.

오늘 장에 가서 운동화나 한 켤래 사 신겨야겠다고 마음먹고 같이 가자고 하였다.

"애, 너 오늘 엄마랑 장에 갈래?"

어린 녀석은 신이 나 있었다. 특별한 놀이 거리가 없던 때라 장 구경하는 것은 큰 관심 거리였고, 장날 엄마를 쫓아가면 하다 못해, 엿가락 하나라도 얻어먹으니까 신바람이 날 수 밖에 없었다.

어머니는 쌀을 한말 머리에 이고, 손에는 계란 한 꾸러미를 정성껏 들고 장으로 향하였다. 막내는 몇 번인가 꿰매 신은 미끄러워서 차라리 맨 발로 가리라 맘을 먹었는지 아예 벗어 들고 걸었다. 돌 뿌리라도 걷어 찰 때면 눈물이 핑 돌곤 했을 텐데 아프단 말도 못하고 깨금발을 하면서 쫓아오고 있었다.

천녕 장터가 가까워지자 이 동네, 저 동네서 사람들이 모여들기 시작했다. 머리에 이고 오는 이, 지게에 지고 오는 이, 어미 따라 쫓아오는 송아지, 다리가 꽁꽁 묶인 채 거꾸로 매달려 팔려 가는 닭, 참외 장

수, 수박장수, 큰 느티나무 밑에 엿판을 벌려놓고 신나게 가위를 쳐대
는 엿장수, 해장술 한 대접에 벌써 취해버린 아저씨들의 시끄러운 욕
지거리.

천녕장은 천녕 나루터를 끼고 5일마다 열리고 있었다

장터에 다다르니 시커먼 가마솥에서는 돼지 순대 국이 설설 끓고,
그 옆에는 벌써 한잔 술에 얼큰히 취해버린 영감들이 횡설수설 하고
있었다.

떡 골목을 지나가는데 웬 떡이 그렇게 군침을 돌게 하는지, 녀석의
침 삼키는 소리가 '꿀꺽'하고 들려왔다.

"애, 너 떡 먹고 싶니?"

"아니, 괜찮아요" 어미의 속마음을 다 아는지 사양을 하였다.

신발가게 앞에 서 걸음을 멈추었다. 아무리 비싸도 저것 한번 사 신
겨야겠다고 맘을 먹고.

"애, 너 저 운동화 한번 신어 볼래? 너한테 꼭 맞겠다."

아니 이럴 수가, 꿈에도 그리던 운동화. 너무나 좋아서 신나는 표정
이었다.

집으로 오면서도 운동화에 흙이 묻을까 벗어 들고 왔다.

"아껴서 아주 오래 신어야지."

마음속으로 다짐을 하면서 집으로 돌아온 막내는 마루 위에다 신주
단지 모시듯 잘 보관해 두었다.

막내는 토끼장 앞을 지니디기 먹을 풀이 없이 혀를 날름대는 도끼를
발견하고 풀을 뜯으러 가겠다고 했다.

"뱀에 물리면 큰일난다. 새로 사온 운동화라도 신고 가거라"

녀석은 시키는 대로 새 운동화를 신고 나갔다.

그런데 밖으로 나간 지 얼마 안되어 번개 불이 번쩍이고 천둥을 치

고 하더니 금새 검은 구름이 모여들어 한바탕 소낙비를 퍼붓기 시작했다.

새 운동화가 흙 투백이가 되었으니 어찌 맘이 편하겠는가?

개울가로 가서 더럽혀진 운동화를 빨기 시작하였는데, 쏟아진 소낙비에 개울물은 뻘건 흙 탕 물이 되어 흐르고 있었다고 했다. 한쪽을 빨아 옆에 놓고, 나머지 한쪽을 마저 빨고 보니, 아 ~ 이게 어찌된 일인가? 옆에 있어야 할 한쪽이 보이질 않았으니.

1시간도 채 못 신고 잃어버리다니. 어디로 떠내려갔는지, 뻘건 개울물은 속을 보여 주지 아니 하여 혼날 생각에 울상이 된 채 터덜터덜 집으로 돌아왔다.

그 날 저녁 막내는 잠꼬대를 하였다.

"엄마, 찾았어요! 잃어버린 운동화 말야."

"애 무얼 찾아?"

옆에서 어머니는 아들을 깨우고, 이런 사실을 알게 되어 마음이 쓰리기는 했으나 크게 야단치지는 않으셨다. 막내는 이런 사실을 숨기려 했다는 죄책감에 더욱 얼굴이 달아올랐다. 잠꼬대 때문에 들통이 나버리고 말았으니.

없는 돈에 사준 것이라 속으로는 아까운 생각이 들었지만 어찌하랴, 이왕 저질러진 일을. 더구나 죽을 번 한 녀석이 살아 있는 것만 해도 천만다행인데, 그까짓 운동화가 뭐 그리 대단하다고.

하루는 마을로 용하다는 점쟁이가 들어왔다. 평소 무당이나 점쟁이의 말을 믿지 않는 어머니셨지만 막내의 앞날이 걱정되어 그 점쟁이를 집으로 불러 들였다.

"이 집은 대들보가 없는 집이네요"

점쟁이는 집으로 오자마자 대뜸 이런 말부터 하였다.

남편이 죽었으니 대들보가 없긴 없는 집이었다.

"우리 막내나 한번 봐 주시구려."

점쟁이는 생년월일시와 이름 등을 묻고 나서 한참동안 점괘를 내더니 뜻 밖에도 이런 말을 하였다.

"조금도 염려 마십시오. 이애는 죽을 고비를 두 번씩이나 넘겼으니 큰 고생은 없을 게고, 위험한 고비가 한번 더 있기는 하나 별것 아니니 걱정은 안 해도 됩니다."

미신을 꼭 믿는 것은 아니지만 기분이 나쁘지는 아니했다. 오히려 꼭 그렇게 되기를 바라는 심정이었다.

부모의 마음은 첫째가 자식들 무병 장수하는 것이고 그 다음이 돈벌고 출세하는 것이리라.

어머니는 거지에게도 언제나 따뜻하게 대해 주었다. 억세기는 해도 마음 한편에는 남다른 정을 가지고 있는 것이다.

6.25가 끝나고 길거리에는 거지들이 흘러 넘쳤다.

거지들이 밥 한술이라도 얻어먹기 위하여 집으로 찾아오면 밥 한 술에 흔해빠진 김치나 깍두기를 푹 쏟아 주는 일이 예사였지만 어머니는 절대로 그렇게 안 하시었다. 반드시 상을 차려 마루나 행랑채 툇마루에서 먹게 하였다.

겨울이면 추울 거라며 따뜻한 부엌의 아궁이 앞에다 상을 차려 주었다. 겉보기에는 딱딱한 과일 같지만 속은 연하고 맛있는 분이셨다.

어느 추운 겨울날 저녁때쯤 정신이 돌아 미처 버린 탓으로 자기 가족으로부터 버림받고 쫓겨난 여자 거지 하나가 허기진 배를 감싸고 찾아왔다. 그 날은 유난히 춥기도 하였으나 해가 져서 어두우니 더 이상

다른 집은 갈 생각도 못하고 밥 한술 얻어먹어 허기라도 면하게 해주고, 헛간이라도 좋으니 잠을 자고 가게 해 달라고 하였다.

"에이, 불쌍한 것. 너 배고프지?"

그 거지는 울음을 터트렸다. 비록 정신은 돌았을 망정 못처럼 받아 보는 사랑에는 마음이 약해져 울고 있었다.

'너희 부모는 얼마나 가슴이 아프겠니?' 어머니는 속으로 이런 생각을 하시며 따뜻한 밥을 먹게 했다.

아궁이 앞에서 재우면 발작이 일어나 불을 낼지도 모르고, 덮고 잘 것도 내다 줄 수 없어 박절하게 내치지를 못하고 안방 윗목에다 재우려고 생각하고 있었다.

철부지 자식들은 더럽다며 병이라도 옮거나 〈이〉가 옮겨 올까봐 펄쩍 뛰었지만 결심을 꺾을 그는 아니었다.

"애들아, 너무 걱정 말거라, 어떻게 이 추운 겨울에 밖에서 자라고 할 수가 있겠니? 얼어죽을 텐데… 내, 덮었던 이불 깨끗이 빨아 놓을 테니 조금도 근심 말고 어미 하자는 대로 하자. 그래야 복 받아 이것들아!"

아니나 다를까? 그 이튿날부터 식구들마다 가려워서 긁적대었다. 이가 옮아서.

어린 철부지 자식들이 투덜대도 철없는 것들의 투정이려니 생각하고 잘 달래 주시곤 하였다.

이럴 때 보면 비단결보다도 더 아름다운 마음씨가 어디서 나오는지 참으로 알 수 없었다.

평소와는 완전히 다른 모습이었다. 남성보다도 더 억세셨지만 불쌍한 사람, 힘없어 약한 이한테는, 특히 배고픈 이 앞에서는 햇살에 서릿발 녹듯, 스르르 녹아 버리는 것이다. 이것이 진정한 본심이요, 인간

적인 사랑이 아니셨을까?

언젠가 죽어서도, 하느님 앞에서 이런 참 사랑을 인정받고 이승에 살아서 지은 다른 죄는 모두 다 이 일과 상쇄되어 용서를 받을 것이다.

봄이 오면 배고픈 애들은 땅이 채 녹기도 전에 삽과 괭이를 들고 칡뿌리며 양지쪽에 피어난 진달래를 따먹으려고 산으로 돌아 다녔다. 배는 올챙이배처럼 볼록 튀어 나와 있고 휑하니 꺼진 눈자위, 비쩍 마른 팔다리, 이 모두가 전쟁의 후유증으로 생긴 아픔이었다. 찔레순이며, 삐삐, 쉬엉 대, 소나무 속 피는 물론이고 옥수수 대를 씹다가 입술이 째진 것이 한 두 번이 아니지만 이 모두가 애들에겐 허기를 채워주는 유일한 먹거리였다. 이중에서도 가장 손쉽게 해 먹을 수 있는 게 소나무 껍질 벗겨 먹는 것이었다. 봄철, 소나무에 물이 올라 솔잎의 윤기가 햇살에 반사 될 때 그 싱그럽고 보드라운 촉감은 참으로 아름답다. 지난해 일년간 목을 쑥 빼고 자라난 줄기는 껍질을 벗기고 속 피를 먹기에는 가장 좋을 때이다. 배고픈 꼬마들은 낫을 들고 어른 몰래 산으로 올라가 산 주인한테 들킬 새라 조심조심 먹음직스런 줄기를 잘라내어 껍질을 벗겨내고 생쥐 마냥 앞 이빨로 갉아먹었다. 그러나 이런 횡재를 아무 때나 하는 것은 아니다.

나무도 밑거름이 있어야 잘 자랄 터인데 떨어진 잎새며 뿌리까지 닥닥 긁어 땔감으로 가져간 후라 산은 온통 빨갛게 바닥이 드러나 있고, 솔잎마서 송충이가 갉아먹어 늘 알봄으로 봄살을 앓고 있었다. 크지도 못하여 삭정이처럼 바짝 말라 비실비실한 모습은 분재나 다름없었다. 이런 줄기는 아무리 잘라봐야 별 볼일 없었다. 오히려 나무 줄기가 입 안에 있는 침을 더 반겨 할 테니까.

밭에 보리가 누룻누룻 익어가기 시작하면 며칠을 못 기다리고 한 다

발 베어다가 껄끄러운 수염만 불에 대충 태운 후 절구에 넣고 속살이 터질까봐 살살 빻아 먹었다. 그래도 이 맛은 꿀맛이었다. 배가 부르니 좋았다.

그 당시에는 초등학교 학생들에게 분유나 옥수수 가루 같은 것을 배급으로 주었다. 하루 전날 선생님은 학생들에게 내일 학교 올 때는 빈 그릇을 하나씩 꼭 가져오도록 예고를 해 주었고, 그 다음날은 결석하는 학생이 한 명도 없었다. 심지어 아픈 애를 들쳐업고 배급을 타러 오는 엄마들도 가끔은 있었다.

어린애들의 부족한 영양을 보충해 주는 영양식이며 간식거리였다. 어린것들은 제가 먼저 앞자리에 서려고 몸싸움도 하였고 힘없는 애들은 줄의 뒷자리로 밀려나서 혹시 제 차례가 오기도 전에 주던 배급이 바닥이 나지 않을까 조마조마한 마음으로 기다리기도 했다. 배급을 받자마자 책이나 공책 한 귀퉁이를 부욱 찢어 분유를 퍼먹다가 사래가 들려 캑캑거리며 숨이 막혀 쩔쩔 맬 때면 금방 숨이 넘어 갈 듯도 하였다. 그렇게 혼이 나고서도 눈물을 철철 흘리면서도 또 퍼먹던 배고픈 어린애들.

어른들은 애들이 뛰놀면 배가 쉬이 꺼진다고 그만 좀 뛰라고 야단을 치셨고 어쩌다 마을에 큰 일이라도 생겨 돼지라도 잡을라치면 돼지 오줌통 하나 얻으려고 온 동네 애들이 다 모이곤 했다. 어른들은 날고기를 쓱쓱 베어 잘도 먹었지만 애들은 군침이 돌아 침만 꿀꺽 삼키며 혹시나 하고 있었던 시절이기도 했다.

자그마한 언덕 위에는 비바람이 몰아치면 금방이라도 폭삭 내려앉을 것 같은 낡은 초가집이 하나 있었다.

봄이면 겨우내 얼었던 땅이 녹으면서 언덕의 황토 흙은 조금씩 부서져 내리고 그럴 때마다 그 집도 무너질까 조마조마 하였다.

황토 흙에 짚을 썰어 넣고 만든 흙벽돌을 쌓아올려 그 위에 얼기설기 석가래 몇 개 얹고 이엉을 해 덮은 집이었으니 그것은 초가집이 아니라 토담집이라 부르는 것이 옳았다.

이 집 역시 어머니보다는 7.8년 정도 아래인 가난한 과부가 다섯 명이나 되는 애들을 데리고 살고 있었다. 원체 가진 것이 없는 그 집은 봄철만 되면 허기에 지쳐 얼굴이 누렇게 되고 몸은 퉁퉁 부어 올랐다. 어린것들은 먹을 수 있는 것만 보면 먹으려 들었다. 심지어 화롯가에 까맣게 꺼져버린 숯덩이도 벽에 붙어있는 흙덩이도 먹으려 하였다. 눈자위는 푹 꺼져내려 휑덩그러했고, 배는 올챙이 배 보다도 더 볼록 했으며 비쩍 마른 팔다리는 마른 삭정이 마냥 몸에 붙어 있었다.

겨우 내내 감자와 고구마로 연명을 하다시피하고 호박죽이나 김치에 쌀 몇 알 넣고 끓인 희멀건 김치죽은 그나마도 고급이었다. 보리가 익기 전, 늦은 봄이 되면 먹을 것이라고는 거의 다 바닥이 나고 없었다. 이쯤 되면 먹쇠 어머니는 이 집 저 집 찾아다니며 부엌일을 도와주고 밥 한 술을 얻어다가 어린 자식들을 먹이곤 하였다. 이런 일이라도 있는 날은 그나마 다행이었다. 자기 몸이야 부서지든 말든 애들을 먹일 수 있다는 현실이 위안이 되었으니까. 남의 집 빨래는 말할 것도 없고 무슨 일이나 가리지 않고 하였다. 그때는 너나할것없이 어렵던 때라 하루 품삯을 주고 사람을 쓰려 하지 않았기 때문에 그녀처럼 잠깐 와서 도와주고 대가를 바라는 것은 생각도 못할 일이었다.

먹쇠 어머니는 밥술이나 먹는 집 드나들기를 생쥐가 꿀단지 드나들 듯 하였다.

하루는 먹쇠 어머니가 우리 집을 찾아왔다.

"형님, 내 어려운 부탁이 있어서 찾아왔는데 들어 주실려우?"

"무슨 일인데? 들어 줄만하면 들어주고."

"다름 아니라, 배가 고파 죽을 지경이오, 우리 새끼들 불쌍해 죽겠어요. 어미 잘못 만난 탓에 저렇게 배를 곯고 있으니… 솔직히 형님 댁 돼지는 짐승이 먹는 사료일망정 배나 부르게 먹지. 염치없는 말인 줄 알지만 어떡허우. 저 헛간에 쌓아둔 쌀겨 있잖아요. 그거 두 가마니만 주시면 고운 체로 걸러서 쑥이라도 뜯어 버무려 넣고 개떡을 만들어 먹일 참이오. 껍데기는 다시 돌려 드릴 테니…."

먹쇠 어머니는 서러워서 훌쩍훌쩍 울고 있었다. 마음이 얼마나 아팠던지 어머니도 그와 함께 우시었다.

그때 우리 집은 소나 돼지에게 먹이려고 도정하고 난 후 고운 겨를서 너 가마 가져다 두었었다. 겨울을 나는 동안 쥐들이 들락거리며 똥오줌을 싸서 짐승이나 먹여야지 사람은 도저히 먹을 수가 없었다.

개나 먹을 떡, 그것이 개떡이다. 쥐똥이 수두룩하고 쥐가 오줌을 싸서 더러운 냄새도 났지만 몇 번씩 물에 헹구고 하여 그것으로 허기진 배를 채우겠다고 하였다.

"짐승이나 먹을 것을 어찌 가져다 먹으려고?"

가슴이 쓰려왔다. 이처럼 배고픔을 아는지라 배고픈 이웃에서 이런 것이라도 달라고 오면, 절대 거절하는 법이 없었다. 광으로 가보니 쌀이 반 가마 정도는 남아 있었다. 아까워하지 않고 한 말 퍼 왔다.

"우선 이걸 가져다 애들부터 먹이고 저 밖에 있는 쌀겨는 다라도 가져다가 먹을 수 있는 것만 추려내 봐"

짐승보다는 사람이 더 소중하다는 것을 모를 리 없는 그는 고구마, 밀가루, 싹이 난 감자일 망정 집안 여기 저기를 다니며 찾아내어 더 주었다. 못 먹어 누렇게 부항이 든 그녀는 아예 집에 남아있던 찬밥일망정 배불리 먹게 하였다.

먹쇠 어머니는 철철 울었다.

"형님, 내 이 은혜는 꼭 갚으리다."

"사람 별소릴 다하네. 은혜는 무슨 은혜. 진작 와서 이야길 하지 무엇 하러 지금까지 있어?"

그 후로도 떡을 하던지 빈대떡 같은 별식을 만들어 먹을 때도 늘 애들을 시켜 먹쇠 어머니를 불러다 같이 먹었다. 이런 심성이 원주 댁의 진정한 본심인 것이다.

어느 날 저녁에 먹쇠 어머니가 찾아와서 이런 말을 하였다.

"형님, 내가 상의 할 일이 있는데…."

"무엇인데? "

"저 산 넘어 천씨네 있잖쑤. 그 집은 재산은 많아도 자식이 없어 걱정이라 하더군요. 손이 끊긴다고."

"그래서?"

"어제 저녁에 그 옆집에 사는 여편네가 날 찾아와서 하는 말이 쥐도 새도 모르게 그 집에 아들 하나만 낳아 주라는 거예요. 그러면 그 집에서 땅 한자리 뚝 잘라 준다고. 그래서 팔자나 고쳐 볼까 하고……."

"여보게 그런 소리 말게나. 이제까지 혼자 고생한 것이 아깝지도 않은가? 앞으로 애들 커가면서 금새 형편이 풀릴텐데 뭘 그래. 나중에라도 소문나면 애들 보기 부끄러워 어떻게 하려고? 이 세상에 비밀은 없다네"

"나 하나같으면 무슨 짓을 하던지 굶기야 할까마는 어린 새끼들을 언제까지 저 고생을 시키느냐 말예요. 어차피 그럴 바엔 애들이라도 살리고 봐야지, 지레 죽을 지경이오."

과부가 저녁에 잘 때는 대문에 빗장 걸어 잠그고, 방문도 단단히 걸렸는지 확인하고, 그것도 부족하여 품속에다 은장도를 지니고 자는 법이거늘 어찌하여 이 여자는 지니고 있던 무기마저 내다 버리고 방문이며 대문까지 활짝 열어놓으려 하는 것인지. 아니 제 발로 성큼성큼 걸어 나가려는 것인지….

이심전심 그 여인의 그런 마음을 이해하였다. 가련한 여인이여! 혼자 살아가기 얼마나 힘들면 저런 생각까지 하는 걸까?

지금 저 여인은 삼팔광땡을 잡았다고 생각 할 지도 모른다. 삼팔따라지만 잡고 고생고생하며 살아온 그로서는 드디어 인생의 대박이 터졌다고 환호성을 올릴지는 모르나 삼팔광땡을 잡도록 해주는 도박이 불법이며 행복한 가정을 파괴하고 건강한 사회를 병들게 하는 사회악이라는 점이 간과 되고 있는 것과 같은 것이었다. 자신은 〈종족보존〉의 미끼를 던져 한 남자를 만족시켜 주는 자선행위라고 생각하지만 그 집 가정이 파괴되고 자기와 같은 한 여인의 운명이 비참하게 되고 있다는 생각은 아예 하지도 않고 있는 것이다. 먹고산다는 것이 이처럼 비굴하고 비참한 것이구나.

추석이 지나면 곧 이어 초등학교 운동회가 열리곤 하였다.

운동회가 열리기 전날에는 전교생이 모여 총 예행 연습을 하였다. 들판에는 하루가 다르게 익어 가는 곡식 때문에 정말 눈코 뜰 새 없이 바빴다. 그 날도 새벽부터 일터에 나가 있다가 깜박 잊고 막내의 도시락을 만들어 보내지 못한 것이 마음에 걸려 하던 일을 멈추고 집으로 돌아와 점심을 준비하기 시작했다. 함지에는 어제 저녁에 빨아놓은 빨래가 그대로 쌓여 있었다. 그것을 본 순간 그 흰옷에 검은색 물감을 들여야겠다고 생각했다. 양은솥에다 넣고 끓이며 검정 색 물감을 한 봉지 털어 넣었다. 소금도 한 움큼 집어넣었다. 12시가 다되어 가고 있었다.

삶던 빨래를 짜서 널고 점심을 만들어 부지런히 학교로 향하였다. 한 낮이라 덥고 땀이 났다. 세봉산 골짜기에 이르러 맑은 물이 기다리고 있었다. 세수를 하였다.

학교에 다다라보니 막내를 찾을 수가 없어 잠시 머뭇거리고 있는데, 마침 지나가는 애가 있어 물어보니 다행이 같은 반 애였다. 그 아이한 테 엄마가 와서 기다린다고 말 좀 해달라고 했다. 그런데 그 아이 표정이 이상했다. 두려워하는 것도 같고 이상한 아줌마라는 생각을 하는 것 같기도 같았다. 얼마나 되었을까 막내가 뛰어오고 있었다. 그런데 막상 어미 앞에 와서는 두리번거리며 누군가를 찾고 있었다.

"얘, 엄마 여기 있다, 어서 와서 밥 먹거라."

막내는 무척 놀라는 표정이었다. 밥을 싸 가지고 온 어미를 보는 반가운 눈치가 아니었다. 가까이 다가온 녀석이 울상이 되어 말문을 열었다.

"엄마, 얼굴이 왜 그래요? 얼굴이 검둥이가 되었단 말예요."

"왜 내가 검둥이니?"

아차 싶었다. 아까 더워서 세수를 했더니 손바닥에 묻었던 검정 물이 얼굴로 옮아 들었구나.

막내는 친구들 볼까 두렵다며 밥도 안 먹을 테니 빨리 가라고 야단이었다. 애들 놀림감을 만들기 싫어 더 이상 부르지도 잡지도 하지 않았다. 집에 와서 거울을 보니 정말 가관이었다.

틀림없는 흑인 아줌마였다. 눈알은 반싹, 이빨도 반짝, 얼굴은 숯 검뎅이. 이런 얼굴로 길을 누비고 다녔으니 사람들이 미쳤다고 하지는 않았을까 은근히 근심이 되었다.

그 다음날이 대 운동회였다. 운동회가 채 끝나기도 전에 들에 나가 일 할 욕심으로 집으로 돌아오는데 어제 일이 떠올라 자꾸 웃음이 나왔다. 집으로 돌아와 낫을 들고 막 문밖을 나서려는데 산 넘어 사는 70노인이 술이 잔뜩 취한 채 어린 손자를 안고 이리 비틀 저리 비틀, 금방이라도 도랑에 쳐 박을 것 같은 모습으로 걸어가고 있었다. 어머니는 가던 길을 멈추고 노인에게 물었다.

"어르신, 괜찮으시다면 제가 댁까지 모셔다 드릴까요? 애가 위험해서 그럽니다."

"아이고, 아주머니 그렇게 해 주신다면 너무나 고맙지요."

십 여 리 길을 애를 업고 그 집까지 데려다 주었다.

대가를 바란 것도 칭찬을 듣고자 함도 아니었다.

그 옛날 막내가 남한테 생명을 구했으니 이제는 베풀 때라고 생각한 것이다. 이런 마음이 조금도 가식 없는 진심인 것이다.

사람은 좀 형편이 좋아지면 교만이나 건방을 떨기 십상이다. 가난했던 사람이 많은 재산을 모으면 과거 어려웠던 시절을 생각하여 어려운 이웃에게 베푸는 게 아니라 오히려 더 인색해지는 경우도 있고, 시집살이를 많이 한 시어머니가 안 그럴 것 같지만 오히려 며느리에게 더욱 혹독한 시집살이를 시키는 것과 같은 이치이다.

그러나 어머니는 달랐다. 형편이 좋아졌다하여 무시하지 않고, 깔보지 않고, 약자를 괴롭히는 일을 절대로 하지 않는다는 것이 철칙이었다. 베풀 형편이 안되면 모를까 형편만 되면 반드시 돕고 살아야 한다는 것이 확고부동한 어머니의 철학이었다.

사람은 늘 경우가 밝게 살아야 한다고 자식들한테 일러 왔는데 경우가 밝다는 것은 사람의 도리를 다해야 한다는 말과도 상통하는 말이었다.

총알이 날아다니는 것만이 전쟁은 아니었다. 배고픔을 이기려는 총알 없는 전쟁이 더 무서웠다.

그 날 저녁 막내의 아비 없는 투정을 무어라 나무랄 수도 없었다. 철 없는 녀석이긴 해도 그리움과 부러움이 생기는 것을 어찌하랴. 있는 집 애들처럼 명절 때 좋은 옷 한번 제대로 못 입어 보고, 설날 아침에 아버지한테 세배 돈 한번 받아본 적 없는 막내의 투정이 순수한 심성 을 지닌 것 같아 오히려 기쁜 생각마저 들게 하였다.

8. 꿈을 줍는 아이들

천녕(天寧)은 원래 교통의 요충지로서 양평 홍천 광능 같은 쪽에서 이천 광주 수원방향으로 가자면 반드시 이 나루터를 건너야 했다. 그 옛날 원주에서 이사올 때 첫발을 내 디딘 곳이기도 하다. 나루터에는 많은 사람들이 붐비고 있었고, 뱃사공들의 돌덩이 같은 팔뚝은 알밴 칡뿌리 마냥 웅틀붕틀 솟아나 남자다움을 뽐내고있었다. 저 멀리 고기 잡는 배에는 금방 잡아 올린 금빛 잉어가 어느 부잣집 아낙내의 몸보신이 되기 위해 가끔씩 입을 벌려 숨을 몰아 쉬면서 팔려가기를 기다리고 있었고, 강 건너 보통리까지 펼쳐진 넓은 땅콩 밭은 끝이 안 보이는데, 높고 파란 하늘에는 종달새가 먹이를 물고 제 새끼에게 주려고 지지배배 거리며 둥지를 찾고 있었다. 나루터 위쪽으로는 열 길도 더되는 절벽이 있고 그 절벽꼭대기로 큰 운동장만 한 넓은 터가 있고 그 위쪽으로 산신을 모시는 산신당이 자리잡고 있었다. 그 산신당에서는 해마다 8월 백중이면 마을의 안녕 과 농사 잘 되게 해달라는 제사가 열렸다. 산신당 아래 절벽 끝에 강물이 소용돌이치며 도는 곳에는 수 백년이나 된 은행나무가 수없이 죽어간 혼령들의 넋두리를 굽어보며 듣고 있었다. 거기에는 수 천년이나 묵었다는 이무기가 살고 있어 송아지도 끌고 들어가고, 그곳을 지나는 고기잡이배도 뒤집어 놓는 일이 자주 발생한다고 하는 소문이 자자하여 사람들은 가급적 그곳을 피하여 다녔다. 천녕 나루 건너 천서리에는 파사성이라는 옛 성터가 있는데, 그곳은 남한강의 상, 하류를 한눈에 내려다 볼 수 있는 전략적

요충지로서 그 옛날 삼국시대에 축성된 성터라고 했다. 그 파사성 뒤로 칠읍산이 위용을 떨치고 있는데, 일곱 개 읍을 볼 수 있어 칠읍산이라 하지만 사실 그 모습은 멀리서 바라보면 신라 어느 대왕의 묘를 옮겨 놓은 것처럼 쪽 빼 닮았다. 천녕에는 서원이라는 마을이 있는데 이것은 서원이 있던 동네라 붙여진 이름이고, 당시에는 삼십 여 리 밖에서까지 서생들이 모여들어 학문을 닦던 서원이 있던 곳으로 울창한 송림에 쌓여있었다. 저 멀리는 남한강이 유유히 흐르고 있어 한 폭의 아름다운 동양화 같기도 했다. 지금은 중학교 교실로 임시 사용되고 있는 곳이다. 오랜 풍상에 시달린 맨 우측 방은 교무실로, 좌측과 가운데 있는 작은 방 둘과 손님들이 기다리며 쉬어 가기도 하던, 입구에 있는 방은 1.2.3학년 교실로 쓰여지고 있었다. 바람이 불면 금방 무너질 것 같은 교실은 큰 나무를 베어다 받쳐놓았고, 비가 오는 날이면 물이 새서 양동이나 세숫대야 같은 물 받는 그릇을 가져다 놓고 물방울 떨어지는 소리를 들어가며 낭만틱(?)한 수업을 받았다. 낡은 기와 지붕 위에는 바람에 날려온 오동나무 씨가 싹을 틔우고 자라나서 어린애 팔뚝만큼이나 자라 있었다. 여름이면 매미가 노래를 들려주고 가을이면 오동잎 지는 소리에 감상적이 되어 보기에 따라서는 고풍스런 멋이 있다고 할지 모르나 그곳에서 가르치는 선생님들도, 배우는 학생들도 모두가 고생을 하고있는 힘든 학교 생활이었다. 하루 빨리 정부 지원을 받아 학교를 신축하는 게 모두의 꿈이었다.

사실 이곳은 조선조 중종에서 효정에 이르기까지 모재 김 안국, 회재 이 언적, 치재 홍 인우, 오리 이 원익, 수몽 정엽, 나제 홍 명구, 택당 이 식, 기천 홍 명하 등 여덟 분의 위패를 모신 곳으로 사당이었다. 그 후 기천서원이라 하여 학문을 가르치던 서원으로 바뀌었으나 임진란 때 소실되어 없어지고, 1877년 새로 지어 模賢祠라 불렀다고 했다. 그 이후 스님들이 잠깐 도량으로 사용했는지는 모르나 1961년부터 이 포중학교라는 간판을 내걸고 있다가 1963년부터 지금의 이포중학교 자리로 신축 이전하게 되었다. 학교 설립인가가 날 당시는 선생님도 다섯 분이나 계셨지만 그 전까지만 해도 〈애향중학교〉라는 간판으로 진학 못한 학생을 대상으로 뜻 있는 선생님 세 분이 모여서 무료로 가르치고 있었다. 다행히 선생님들의 피땀 어린 노력과 지역 유지 분들의 노력으로 정식인가를 얻어 제1회 신입생을 모집하게 된 것이다. 사실 막내는 작년에 이천 중학교에 입학할 일이었으나 몇 푼 되지도 않는 등록금을 댈 수가 없어 입학을 못 시키고, 내년에 가라며 일년을 놀게 하였다. 대신 주먹만한 돼지새끼를 한 마리 사다주고 잘 키워 내년에 중학교 갈 때 등록금 밑천을 만들라고 일렀다. 당시에는 중 고등학교는 말할 것도 없고 초등학교에서도 〈월사금〉을 받았다. 이 월사금을 내지 못하면 선생님은 돈 가져오라며 집으로 돌려보냈고 이런 애들은 하루종일 산이나 들에서 놀다가 학교가 끝날 무렵에야 집으로 가기도 했다. 그도 그럴 것이 없는 돈을 부모님이 어떻게 별안간 만들겠는가. 또 때로는 수업이 끝난 후에 남아서 벌칙으로 청소를 하기도 했다. 이 때 선생님 마음이나, 부모마음이나 똑같이 아프셨을 것이다. 석 달 간 계속되면 퇴학처분이 내려졌다. 이런 친구들은 학업을 포기한 채 평생 땅을 파며 농사짓는 아픔을 겪어야 했고, 또 어떤 친구들은 돈의 원수를 갚겠다며 서울의 어느 낯선 집 지붕아래서 한없이 울기도 했을 것이다. 이 모두가 가난이 물려준 유산인 것이었다.

이런 와중에 일년 사이에 천녕에 중학교가 새로 생기게 되었으니 걸어서도 다닐 수 있는 거리라 교통비도 안 들고 도시보다 용돈도 덜 들 것 같아 마침 잘 되었다 싶었다. 결국 이천 중학으로의 진학을 포기하고 여기를 택하게 된 것이다. 이것도 다 막내의 팔자이리라. 여주 중학교에서 한 분이 파견 나오시고 대학을 막 졸업한 여 선생님도 한 분 오셨다. 학생이 있으니 학교지 열악한 시설은 학교라기보다는 절간으로 소풍 온 애들이 놀고 있는 모습이었다. 차라리 금융조합 창고를 빌려쓰는 게 더 나을 성도 싶었다. 학교에는 피아노는 말할 것도 없고 그 흔한 풍금도 하나 없는 실정이었다. 새로 오신 여 선생님은 음악 시간에 반주도 없이 육성으로 노래를 부르면 학생들은 따라 부르고, 그럴 때마다 시골 애들이라 순진할 것 같지만 오히려 풋내기 여선생이라고 더 만만하게 보고 놀리기 일쑤였다. 아마 모르긴 해도 그 여 선생님은 울기도 많이 했을 것이다.

　지금도 절에 가보면 〈해우소〉라는 곳이 있는데 그 깊이가 하도 깊어서 용변을 보는 이가 두려울 정도인데 이 학교 역시 그랬다. 더구나 남녀 구분 없이 쓰는 그 곳은 쉬는 시간이면 항상 만원이었다. 저 마을 아래서부터 이곳까지 올라오자면 작은 산 하나 등산하는 꼴은 되었다. 숨이 차고 땀도 났다. 이런 악조건에서 하루라도 빨리 벗어나는 것이 모두의 꿈이었다. 지성이면 감천이라, 어느 뜻 있는 지방 유지가 학교 부지를 기증하게 되어 신축 이전이 급속히 진전되었다. 학생은 전교생을 다 합쳐봐야 백 명도 채 안되었다. 가을이 되면 오후 두 세시에 수업을 마치고 선생님의 인솔하에 추수 끝난 논으로 벼이삭을 주우러 나갔다. 강변 넓은 밭에서는 땅콩 이삭도 주웠다. 논두렁이나 밭 두렁에서 쥐 굴을 발견하면 쥐한데는 안된 일이지만 굴을 파내 물어다 놓은 벼이삭을 모조리 꺼내 왔다. 이렇게 라도 해야 학교 짓는데 조금이나마 보탬이 되고 도서실에 비치할 책이라도 몇 권 살 수 있었기 때문이었다.

　추수 끝난 들판에서 벼이삭을 줍는 어린 꼬마들의 모습은 마치 철원

평야에 찾아온 겨울철새들이 날아와 먹이를 찾는 모습과도 흡사했다. 그러나 그들은 먹이를 찾는 것이 아니라 지식을, 배움을 찾고 있는 것이다. 국가의 미래를 찾고, 개인의 꿈을 찾고 있는지도 모를 일이었다. 이삭 하나를 주우면 지식을 살지게 하며 삶의 질을 윤택하게 해주는 원기소가 되고, 둘을 모으면 세계의 지식을 사 모을 수 잇는 힘이 되는 것이다. 지금은 고생스럽고 성가신 일이긴 해도 먼 훗날 어린 꼬마들은 지금의 이 아름답고 맛있는 추억을 까먹으며 보람을 느끼리라. 그 애들이 커서 어른이 되었을 때 아무리 꺼내 써도 줄지 않는 추억 상자를 하나씩 가지고 살게 될 것이다.

책은 삶의 영양소이다.

육신은 음식을 먹고 영혼은 말씀을 먹고산다. 육체를 지탱하기 위해서 여러 가지 좋은 음식이 필요하듯 영혼을 살찌우기 위해서도 훌륭한 양서가 필요한 것이다.

건강한 정신을 키워주고 기초체력을 다져주는 영양제이다. 도서실에 가 봐야 백 여권도 채 안 되는 도서, 그나마도 낡아 찢어지고 너무나 오래된 책이다. 또한 그 뿐만이 아니었다. 다가오는 겨울에 추위를 피하자면 난로라도 있어야 하는데 누구하나 도와주지 않는 현실을 직시하면 이렇게 라도 해야만 겨울을 날 수 가 있었기 때문이었다. 이삭을 줍는 일은 여러 가지 깊은 뜻이 있었다. 지식도 줍고, 꿈도 줍고, 사랑도 줍는다. 친구간에 우정도, 사제간에 깊은 정도, 나라를 위하는 애국심도, 역사의 미래도, 그리고 겨울의 혹독한 추위를 피하는 따뜻함도, 모두 이 작고 보잘것없는 벼이삭 하나를 줍는 마음에서 나올지도 모를 일이었다.

어느 날 저녁나절에 학교에서 돌아온 막내아들의 바지 가랑이에 논 흙이 잔뜩 묻어 있는 것을 보고 어머니는 물었다.

"너 어디서 뭘 했기에 바지가 그 모양이야? 하라는 공부는 안하고 놀러만 다니는 것이냐? 공부가 하기 싫으면 일찍 와서 집안 일이라도 도와야지, 왜 이리 쏘다니며 놀기 만 하는 거야?"

막내는 저녁을 먹으면서 가족들 앞에서 사실대로 얘기했고 이런 이야기를 다 듣고 난 큰형은 이런 말을 하였다.

"그래, 학부모들이 해야 할 일을 너희들이 하느라고 고생이 많구나. 내일 학교에 가거든 선생님께 말씀 드려라, 집에 어른들이 선생님 뵐 면목이 없다고 하더라고."

그리고 며칠 후 천녕장에 왔던 큰형이 학교로 찾아 왔다.

나중에 알고 보니 학교 짓는데 조그만 보탬이라도 되면 좋겠다며 쌀 두 가마니를 기증하겠다고 약속한 사실을….

쌀이 두 가마니를 만들자면 전교생이 벼이삭을 두 달도 넘게 주우러 다녀야 할 판이었다. 그때만 해도 쌀이 귀하고 살림이 어려워 그 누구도 선뜻 기부금을 내려 들지 않았다. 원주집도 형편은 비슷하여 넉넉하다기보다는 알뜰한 살림을 살아야 일년을 버틸 수 있었던 것이다.

그러나 조금이라도 가진 자가 내놓지 않으면 누구하나 꿈도 꾸지 않는 형편이라 누군가 먼저 앞장을 서야 할 용기가 필요했다. 제 먹고살기도 힘든 판에 남을 생각할 여유가 없던 때였기에.

그러나 이로 인하여 선생님도 힘을 얻고 육성회에서도 힘을 얻어 더욱 박차를 가하게 되었다.

천녕 장날이 면 장터 근처에 있는 높은 지붕 위에서 확성기가 울려 퍼졌다. 약장사나 3류 극장이 들어와야 듣던 확성기 소리인데, 5.16혁명이 일어난 후부터는 장날마다 들려왔다.

"어디서 많이 듣던 목소린데…."

신기했다. 그 목소리의 주인공은 막내아들이었던 것이다. 가난을 떨쳐 버리고 잘 살기 위해서는 이렇게 저렇게 해야 된다는 계몽을 하고 있었던 것이다 가난하면서도 화투판에서 놀음질이나 하고, 술타령이나 하며, 잘살아야겠다, 가난을 벗어 던져야겠다 하는 의욕도, 희망도 없었던 때이기도 했다. 이 같은 정신상태를 바꾸고자하는 운동이 한창 진행 중이었는데, 이런 운동에 아들이 끼여있다는 것이 자랑스럽고, 대견스러웠다. 밤이면 늦은 시간까지 한글 모르는 동네 어른들을 위하여 야학을 하고, 새벽이면 일찍 일어나 어린 꼬마들이 동네 길을 쓸었다.

당시에는 사회 전반에 걸쳐 가난을 떨치고 잘 살아 보자는 혁신 운동이 급 물살을 타고 번져 나갔고, 마을마다 〈우리도 한번 잘 살아 보세〉 하는 새마을 노래가 마을마다 고을마다 퍼져 나갔다. 구석구석 배어있는 비합리와 부조리를 척결하고 직장마다 실용주의적 합리성을 통하여 낭비를 없애고, 비용을 절감하고, 또 이런 성공 사례들을 확산시키는 정부차원의 새마을 운동이 활활 타올라 사회적으로 엄청난 변화를 가져왔다. 전쟁으로 폐허가 민둥산에는 산림 녹화 운동이 벌어지고 초가 지붕은 기와로 바뀌었다. 산에서 연로채취가 금지되고 대신 연탄을 사용하게 함으로서 죄 없는 인명이 연탄 가스에 죽어 가는 일도 부지기수였지만 그 대가로 큰 홍수도 큰 가뭄도 예방 할 수가 있었다. 가을이면 학생들은 나무씨앗이나 풀씨를 채취하여 학교로 가져갔고 이듬해 봄이면 대대적으로 사방 공사가 진행되었다. 품삯대신 밀가루로 주었는데 한 포라도 더 타오려고 노인들이며 애들까지 공사판에 뛰어들어 일을 하기도 하였다. 지금 산에 아카시아 잡목이 우거진 것도 왜정 시대에 일본인들이 고의적으로 아카시아를 심었다는 말도 있으나 사실은 이때 장래를 생각지 않고 우선 급하다는 생각에 마구잡이 식으로 아카시아 묘목을 집중적으로 심은 것도 원인 중의 하나가 될 것이다. 아카시아는 생명력이 강하여 아무 데서나 잘 크고 번식이 잘 되기 때문에 민둥산을 빠른 시간 내에 녹화시키기에는 안성맞춤이었던 것이다. 어린애들은 이때 씨앗 채취를 하다가 뱀에 물리기도, 왕벌에 쏘여서 죽을 번 한 일도 참으로 많았었다. 그때 학교 선생님들은 참으로 고생을 많이 하였다. 공부도 가르쳐야 하고, 계몽운동도 펼쳐야 하고, 푸른 산천을 만들기 위해서 풀씨도 모아야 하고, 쓰러진 학교를 다시 지어야 하고, 천녕 중학교처럼 맨 땅에다 맨손으로 학교를 신축하기도 해야만 했다.

이 모두가 학교 선생님 덕분이라 생각하니 고맙기 그지없고 이런 아들이 다니는 학교에서 돈이 없어 쩔쩔 맨다는데 어찌 가만히 있을 수 있겠는가? 쌀 몇 가마가 문제가 아니었다.

새로 세워질 학교는 궁리 앞 산 언저리에 있는 밭이었다. 삽만 가지고는 안 되는 일이라 교장 선생님은 양평 군부대를 찾아가 부대장을 만나고, 부대장은 기꺼이 군 장비와 인력을 동원하여 학교 부지를 반듯하게 닦아주었다. 시멘트는 단양에 있는 모 시멘트 회사를 찾아가 해결하였다. 지붕에 슬라브 칠 시멘트가 모자라 진흙에 짚을 썰어 넣고 반죽을 한 다음 어린 고사리 손들을 이용하여 지붕을 만들었다.

그래도 학생들은 신바람이 났고, 선생님들도 보람이 있었다.

고생만 시킨 3학년을 위하여 학교에서는 서울로 수학 여행을 보내기로 결정하였다. 당시만 해도 서울 구경 못한 학생늘이 거의 다였다.

수학 여행길을 다녀오던 막내는 천녕에서 술을 한 병 사들고 와서 어머니께 따라드리며 기차에서 발생한 사고에 대하여 용서를 청하고 있었다. 친구와 장난 삼아 기차에서 뛰어 내린 것이 잘못되어 황천길을 다녀왔으니 말씀을 드리지 않을 수가 없었다. 옷이며 얼굴, 팔과 배에 진한 흔적이 남아 있어 거짓말을 드릴 수가 없었다.

그 날 저녁 심한 꾸중을 들었다. 남자자식이 그처럼 경솔하고 사려 깊지 못하면 어디다 쓰겠냐고 걱정을 하셨다.

다음날 학교로 찾아오신 어머니는 선생님들께 심려를 끼쳐 죄송하다 며 사과의 말씀을 하셨다.

지독할 정도로 검소하고, 절약이 몸에 배긴 했어도 정도 많고, 쓸데 쓸 줄도 알고, 경우도 사리도 밝은 분이셨다.

어머니는 참기름 같은 삶을 사시었다. 물에 참기름이 융화되지 못 하고 동동 떠다니는 것은 물에 섞여봐야 물맛이 좋아지지 않음을 알 기 때문이며 아무하고나 몸을 섞지 않겠다는 고결함 때문이리라. 그 러나 그 참기름이 나물을 무칠 때 조금만 넣어도 그 맛을 얼마나 배 가시키는가? 뭇 사람들의 입을 즐겁게 만들어 주는 삶, 이것은 자기 희생과 봉사의 마음이 없고서는 도저히 이루어 질 수 없는 일이다 행 복의 지수는 많이 갖는 것이 아니라 가진 것을 나눌 때 가장 커지는 것이리라. 즉 소유분지 나눔을 할때 그 수치가 크면 클수록 더 행복 해 지는 것이리라

요즘 신세대들 중 일부는 대형 냉장고에 먹거리를 태산 처럼 사다 쌓 아 놓고 나중에는 무엇이 어디 있는지도 몰라 썩혀 버리는 일이 종종 있으면서도 이웃에게 나누어 줄 생각은 커녕 죄의식 하나 느끼지 않는 다고 하니 정말 놀라지 않을 수 없는 일이다.

음식을 버리는 것은 하늘에 큰 죄를 짓는 것 같아서 한 여름에도 시 어터진 보리밥을 버리기가 아까워 찬물에 몇 번씩 헹구어 내고 먹거 나, 시큼한 보리술에 말아먹기도 했던 어머니 세대의 삶, 담가놓은 술 이 초 할아비처럼 되어 버리면 그것을 펄펄 끓여 소주를 만들고 찌꺼 기는 돼지 사료로 쓰고, 버릴 것은 아무 것도 없었으며, 빨래를 할 때

도 양잿물 사는 것이 아까워서 뽕나무를 태워 재를 만들어 물을 내리고 그 물을 양잿물 대신 세제로 사용하였다. 당신 스스로는 이렇게 알뜰한 살림을 살고 있으면서도 좋은 일에 쓸 때는 아까워하지 않고 기분 좋게 쓰시던 삶이 어머니의 철학이었다.

9. 무당

하늘만 쳐다보던 천수답은 석 달 째 계속되는 가뭄에 거북 등 짝처럼 쩍쩍 갈라져 철동이 아버지의 마음을 까맣게 태우더니, 천우신조의 도우심이 있었는지, 조상님들의 도움인지 하여간 어제 저녁부터 내리기 시작한 비는 하루밤 사이에 논마다 물을 흥건히 채워 넣어 모내기 하기에는 부족함이 없었다. 철동이 아버지는 천성이 착하고 부지런하며, 어릴 때 글방에서 천자문과 명심 보감 까지 배운 터라 동네에서는 글께나 읽은 유식한 축에 끼었고, 그의 말이라면 무시 쳐버리는 경우는 거의 없었다.

예년과 마찬가지로 동네에서는 모내기가 모두 끝나자 마을 잔치가 벌어 졌다. 세봉산 기슭에 큰 차일을 치고 온 동네 사람이 다 모여 천렵을 하는 관습이 있었다.

돼지도 잡고, 막걸리도, 음식도 풍성히 장만하여 마을 제사 겸, 단합대회 겸 잔치를 하는 것이다.

애들은 갈 포대기 밑에서 꿩알이라도 얻을세라 열심이었고, 도랑 치고 가재 잡느라 열심인 애들도 있었다. 아직 시간은 11시 밖에 안 됐는데 벌써 술에 취해 오락가락 하는 노인들도 있었다.

사실 이와 같은 동네 잔치가 벌어지면 신나는 것은 애들과 노인들이고 제일 귀찮게 여기는 사람은 역시 젊은 아낙들이었다.

애들은 배불리 먹을 수 있어 좋고, 노인들은 핑계 김에 술에 흠뻑 취할 수 있으니 좋았다.

젊은 아낙들은 밥하고 설거지하고 뒤치다꺼리를 해야 하니 자연 싫어 할 수밖에 없었다. 점심을 먹고 나자 한바탕 놀이가 시작되었다. 청년들이 이끄는 두레패가 농악놀이를 하면 신명 많은 노인들은 덩실덩실 춤을 추면서 평소 아끼던 장기를 마음껏 발휘하고, 이럴 때마다 웃음꽃이 피어 시간 가는 줄 모르고 놀게 된다. 농악 놀이야 말로 마을을 하나로 묶는 구심점이 되는 것이다. 목마르면 또 막걸리 한 대접 들이키고, 나중에는 술이 사람을 먹어 난장판이 되기는 해도 이런 행사는 늘 마을의 단결을 가져오는 계기가 되는 것이다. 칼로 물 치듯이 싸우면서 정이 들고 화해하며 또 한잔하고 이 같은 생활이 소박한 시골 사람들의 일상인 것이다.

오후 3시경 파장에 이르렀을 무렵, 마을 어느 집에선가 불이 난 듯 싶었다. 시커먼 연기가 하늘로 치솟고 있었다. 놀란 사람들은 천렵 행사를 내팽개치고 저마다 불 끌 도구를 하나씩 들고 마을로 달려갔다. 철동이 아버지는 직감적으로 자기 집에서 불이 났음을 알아 차렸다.

다행이 불은 재를 모아두는 대문 밖 헛간에서 발생했고 곧 진화되어 큰 손해는 입지 아니 했으나 불난 이유가 무엇인지 아무리 생각해 봐도 알 수가 없었다.

한달 전쯤 명후네 집 돼지우리에서 불이나 죄 없는 돼지만 타 죽고 덕분에 마을 사람들은 생각지도 않은 돼지 불고기 요리를 실컷 먹었지만 그때는 애들이 성냥을 가지고 놀다 발생한 실화사건이었고, 지금은 경우가 달랐다. 아궁이 재를 치운 것이 어제인데 불이 나면 벌써 났어야지 지금 와서 날 일은 전혀 아니었다. 누구한테 원한 살 일도 없었으나, 오늘 일어난 불은 실수가 아닌 고의적인 방화라는 생각이 들었다.

"누구일까?

혹시 그 여자가?"

이 마을에는 무당이 있었다. 어느 날 갑자기 나타나 눌러 앉아 살고 있는 무당이 있었다. 이 무당은 이 마을에 처음 들어 올 때만 해도 제법 용하다는 소리를 들었지만, 세월이 지나면서 미친 여자 같다는 소리를 더 많이 들었다.

평상시에는 멀쩡한데, 어떤 때는 사증(邪症)이 들어 애들도 깨물고, 때리기도 하고, 잘 놀고 있는 어린애를 우물물에 처박기도 하여 마을 사람, 특히 어린애를 둔 여자들은 이 무당을 아주 싫어했다. 눈치를 줬다가는 집 식구 중 누군가가 무슨 봉변을 당할지 몰라 겉으로는 안 그런 척 했을 뿐이다. 미친 듯이 보이기도 해서 특히 어린 자녀를 둔 부모들은 늘 경계심을 늦추지 아니 하였다.

그 무당은 특히 어린애들 중에서도 부모의 사랑을 많이 받고 있는 유복한 애들에게 증오심을 더 많이 느끼고 있었다.

그 무당의 어머니도 무당이었다. 지금의 이 무당은 아주 어려서부터 아버지를 본 일이 없었다. 아버지는 어려서 죽었기 때문에 없는 것이라고 어머니 무당은 늘 말하였다. 그러나 세상에 비밀은 없는 법, 커가면서 우연히 모든 사실을 알게 되었다. 어느 날 문밖에 버려진 애를 업둥이로 데려다 키웠고, 어머니 무당은 친딸처럼 잘 키우려 애를 썼다. 이런 사실을 알고 난 딸 무당은 친부모를 원망도 하고 저주까지도 마다하지 않았다.

이왕 버리려면 부자 집 대문에다 버릴 것이지 그 천박한 무당 집에다 버려 평생을 괄시받고 미친 사람처럼 살게 만든 친부모가 정말 밉고 야속하였다. 사람이 사람다운 대접을 받고 살아야지 돼지나 개처럼 배만 부르다고 사는 것은 아니었다.

마음속에는 이때부터 복수와 질투심으로 가득 차게 되고 귀염받는 애들만 보면 증오심이 불길처럼 타올랐다.

단란한 가정을 꾸미고 사는 여인들도 질투의 대상이었다. 남자한테 사랑 한번 받아보지 못한 자신의 팔자가 늘 괴로웠고, 지금이라도 못살아 배가 고플망정 가정을 꾸미고 싶은 마음은 간절하지만 그 누가 이런 꿈을 실현 시켜 줄까?

이런 좌절을 맛볼 때마다 세상은 모두 자기를 괴롭히는 적이 되곤 하였다.

어쩌다 마을에서 굿판이라도 벌어지면 무당은 새파란 작두 날 위에 맨발로 올라서서 깡충 깡충 뛰기도 하고 물동이에 올라 춤도 추었는데. 이럴 때는 정말 귀신이 노는 것처럼 보이기도 하였다. 이렇게 라도 미치지 않으면 정말 죽을 것만 같았다. 아니 차라리 그 작두 날 위에서 미친 듯이 춤을 추다 죽는 것이 더 낫다고 생각했는지도 몰랐다.

이 무당은 철동이 아버지한테 은근히 마음을 주고 있었다. 어떤 모임에서든 무당은 철동이 아버지 옆으로 바짝 다가와 앉았고 오다가다 만나도 특별히 할 말도 없으면서 자꾸 말을 걸어 왔다. 철동이 아버지가 가는 길목엔 그 여자의 그림자가 따라 다녔다. 철동이 아버지는 착실한 기독교 신자로서 무당을 싫어하기도 했으나 그보다도 무당의 생김새가 여우처럼 얄밉게 생겨먹어 아주 미워하였다.

그러나 여인의 교태를 모를 리 없는 철동이 아버지였다. 무당도 그가 자기를 멀리 하려 한다는 것을 눈치챘다.

"어디 두고 보자. 언젠가는 후회하게 만들겠다.

무당은 속으로 이미 해코지를 하기로 결심을 한 터였다.

그 후 무당은 다른 집 여자와 싸움을 대판으로 하고 나서 분을 참지 못하고 사랑채에 불을 지르다가 그 집 아들한테 들켜 현장에서 잡히는 일이 발생하였다. 자기한테 서운하게 하면 반드시 어떤 방법으로든지 복수를 하는 무당이었다.

그 무당이 마을에 들어오고 얼마 안되어 마을에서는 큰 공사가 벌어진 일이 있었다.

아래 마을이 더 잘살고 있었는데 그 이유는 이 마을 복이 아래 마을로 흘러가고 있기 때문이라고 그 무당이 헛소문을 퍼뜨렸기 때문이었다. 동네 어귀에는 수 십 년 된 아카시아 나무들이 숲을 이루고 있어 일하는 사람들의 쉼터이며 휴식 공간이었다. 봄철에 아카시아 싹이 나면 못자리 만들 때요, 꽃이 피면 모내기 할 때라는 것을 알려주던 곳, 여름이면 매미소리 자장가 삼아 일 하다 지친 몸을 잠시 쉬기도 하며, 낮잠을 잘 수 있고, 저녁이면 회의 장소가 되고, 소쩍새 서러워 밤을 지새던 곳이며, 마을의 큰 행사가 있을 때는 두레패가 모여 신바람 나게 노는 장소도 되었다. 그 뿐 아니라 마을 처녀와 이웃마을 총각이 몰래 만나 사랑을 나누는 곳이기도 했다. 저 멀리 강 언저리까지 탁 트인 동녘은 시원하기도 하였으나 이곳에 만리장성 같은 토담을 쌓아야 저수지에 물이 고이듯 복이 새나가지 않고 그득히 고여 부자마을이 된다고 하니 어찌 큰 공사를 하지 안을 수 있을까? 어른이고 애들이고 다 모여 돌멩이 하나라도 정성스레 들어 날랐다.

동네 어른들은 돼지머리에 큰절을 굽실 굽실 하면서 부자마을 되기를 빌고 무당은 한 건 올렸다는 기분으로 굿판을 벌이기 시작하였다. 부자의 꿈이 이루어 질 리도 없었지만 그래도 동네사람들은 막연히 부자가 된다는 기대를 가지고 있었다. 감나무 밑에 누워 감 떨어지기를 기다리는 심정으로 빈들거리며 게으른 것은 조금도 변함이 없었다. 반대로 무당은 한 밑천 톡톡히 챙겨버렸다. 처음에는 하도 그 무당이 용하다고 하여 철석같이 믿었으나 나중에는 차츰 의문을 갖기 시작하였다. 굿판을 벌릴 때는 어차피 미친 짓거리 같아서 그러려니 하거니와 평상시에도 가끔씩 미친 사람처럼 엉뚱한 짓을 하므로 동네 사람들은 의심의 눈길을 보내지 않을 수 가 없었다.

  그 무당은 방화의 혐의로 몇 개월의 징역을 살고 나왔다.

  그 후부터 무당은 증세가 점점 더 심해져 갔다.

  우측의 세봉산 끝자락과 좌측의 안산 끝자락이 뻗어 내린 계곡사이로 작은 개천이 시작되어 마을 앞을 흘러가고 있었다. 개천 옆을 따라 만들어진 신작로는 이곳에서 끊기어 여름 장마철이나 겨울에는 사람도 차도 이곳을 건너는데, 다리가 만들어지기 전이라 늘 애를 먹곤 하였다. 이 개천을 건너자마자 산자락에는 크고 널찍한 바위가 하나 있고 오른편 논 한가운데는 커다란 웅덩이가 하나 있었다.

  그 바위 위에는 처녀 죽은 귀신을 해 앉힌 일이 있었다고 했는데, 그 후로 한 밤중이 되면 그 처녀의 몽달귀신이 나와 놀고 있다는 소문이 있어 이곳을 밤늦은 시간에 가자면 누구나 늘 께름칙한 생각이 들기도 하는 곳이었다. 또 이곳에서 얼마전 차 사고가 발생하여 고등학생이 둘이나 죽는 일이 발생하였다. 이때도 운전 기사가 처녀가 길 가운데 서서 비켜 줄 생각을 않으므로 이를 피해 가려다 사고를 냈다고들 하였는데 사실인지 아니지는 그 운전 기사만이 아는 일이었다.

  오른쪽 웅덩이에는 보름달 뜨는 밤이면 머리를 풀어 산발한 여인이 몸에 실오라기 하나 걸치지 않은 채 깔깔대며 웃기도 하고 울기도 하는 일이 있었다. 때로는 큰 바위 위에 앉자 꼼짝 않고 있기도 했다. 이런 짓을 하는 것은 모두 그 무당이 미친 증세가 발작하여 하는 짓이라고 생각을 하고 있었다. 담력 있는 남자가 숨어 기다리다가 잡아보면 알 일을 그 누구도 감히 귀신인지 아닌지 확인 해보려 들지 않았기 때문에 헛소문만 난무 했다.

  하루는 철동이 아버지가 밤늦게 이곳을 지나오는데 개울물에 발을 적시기가 싫어서 건너뛰리라 맘을 먹고 적당한 곳을 찾고 있는데, 별 안간 개울 풀숲에서 검은 물체가 뛰쳐나와 크게 한번 놀란 일이 있었 다.

"누구야!" 하며 소리를 쳤으나 그 검은 물체는 이미 산모퉁이를 돌 아 도망가고 있었다. 이 일이 있고 난 후 무당은 점점 소외되고 미친 증세는 더하여 지더니 얼마 후에 무당은 그곳 바위 옆에 있는 큰 나무 에 목을 매어 자살을 하였다.

어느 여름 저녁 어머니는 이천중학교에서 저녁 늦도록 돌아오지 않 는 둘째형을 위하여 마중을 나간 일이 있으시었다. 저녁 막차를 놓치 면 걸어와야 하기 때문에 어린것이 이곳을 지나오자면 얼마나 무서울 까 하는 생각에 마중을 나가셨던 것이다. 하늘에는 별빛만 쏟아질 뿐 천지는 죽은 듯이 고요하였다. 여름철이라 풀 섶에서 깜박거리는 반딧 불도 분위기를 스산하게 만들었지만 가끔씩 세봉산에서 들려오는 너 구리 울음소리가 더욱 분위기를 무섭게 만들고 있었다. 개울물 흐르는 소리는 듣기에 따라 여인의 울음 같기도 했고 어린애의 종알대는 소리 처럼 들리기도 했다. 그곳에 앉아 기다리고 있는데 논 가운데 우물에 서 물소리가 첨벙 첨벙 들려왔다.

"거 누구요?"

헛기침을 몇 번하고 그곳으로 가보았다. 머리가 쭈빗 하늘로 솟으며 소름이 좍 돋았지만 사람인지 귀신인지 확인을 해보고 싶었다. 이왕 내친걸음에 죽기 아니면 살기 식으로 반드시 결판을 내보고 싶었기 때 문이었다.

"귀신이냐? 사람이냐?"

돌을 집어 그곳으로 던졌다. 논바닥에 돌 떨어지는 소리만 적막을 깨고 있었다. 그때 검은 물체가 논두렁을 따라 뛰어가는 모습이 눈에 들어 왔다.

큰 소리로 아들을 불러 보았다.

저쪽 어둠을 가르며 아들의 목소리가 달려오고 있었다.

아마도 우리 어머니한테 아까 그 물체가 잡혔다면 지금까지도 개울물께나 마셔대며 허우적거렸을 것이다.

10. 단발위서

　내일이면 설날이다. 차례 상 준비에 온 동네가 떠들썩하고 분주했
다. 떡 방앗간에서는 하루종일 김이 모락모락 나는 가래떡이 쏟아져
나왔고 집안에서는 두부 만들고 빈대떡이나 전 같은 것을 만드느라 분
주하기만 했다. 남자들은 엊그제 쳐놓은 올무에 산토끼라도 한 마리
걸렸을까 은근히 기대를 하면서 정월 내내 땔감 근심을 덜을 생각으
로 눈 쌓인 산에 가서 삭정이나 죽은 나무 뿌리를 캐러 돌아다니기에
바빴다.

　저녁 7시면 전등불 없는 시골서는 꽤 늦은 시각이다. 이런 늦은 시
각에 우체부가 전보를 들고 왔다. 어머니는 전보에 노이로제가 걸려
있었다.

　"이 늦은 시간에 무슨 일일까?"

　그러나 그 전보는 막내가 대학에 합격하였다는 급전이었다.

　얼마나 기뻤던지 동네 잔치를 벌리려고 맘을 먹고 검바우로 고기 근
이나 사러 가는 길이었다.

　그 날 저녁 어머니는 천하를 얻은 기분으로 마을 잔치를 열고 덩실
덩실 춤도 추시었다고 하셨다.

　그 당시에는 공부를 잘 해도 집안 형편이 어려워 대학 갈 생각을 못
하였고, 좀 있는 집은 애들이 공부를 못해서 못 가고, 하여간 면 전체
에 한 두 명 있을까 말까 하였다. 그런데 그런 반열에 막내둥이가 들
어갔다니 어찌 춤이 나오지 않겠는가?

큰자식들은 제 아비를 대신하여 일 하느라 못 가르쳤지만 막내는 못 가르칠 정도로 가정 형편이 나쁜 것은 아니었다. 땅을 다 팔아서라도 가르치리라 마음먹었다. 그 애가 한 맺힌 어미의 모든 한을 다 풀어 줄 것만 같았다.

물론 어느 부모 치고 자식한테 보상을 받을 생각을 하고 키우겠는가? 부모의 사랑은 조건 없는 사랑이다. 그저 자식이 잘되면 그것으로 만족할 뿐이다. 부모의 맘을 편하게 해주고 근심을 덜어주면 이것이 곧 못 배우고, 가난하게 살아온 부모의 한을 풀어 주는 것이다. 왜 기쁘면 눈물이 나는 것일까?

3월이 되면서 막내를 서울에 유학시키고 난 원주 댁은 객지에서 혼자 밥 해먹는 막내가 안쓰러워 또 걱정이었다.

게다가 막내가 서울로 간지 채 한 달이 못돼서 또 한번 놀 랄 일이 생겼으니 집에 있는 것은 곧 바늘방석에 앉아 있는 것이었다.

금호동 산꼭대기에 방을 얻어 자취를 하며 잠시 머물던 때였다. 엉성한 판자를 얼기설기 꿰어 맞춰 지은 방은 밤이면 별이 찾아오고, 낮이면 하늘을 나는 새와 비행기를 볼 수 있어 낭만을 느끼기에는 안성맞춤이었는데, 3월이긴 해도 날씨가 쌀쌀하여 찬기를 피하는 일이 늘 고민 거리였다.

연탄 값이라도 아껴야겠다는 생각에 막내는 연탄 아궁이를 꼭 막고 잤는데 그만 연탄불이 꺼지면서 가스가 방으로 스며들여 하늘나라 문 딕까지 갔다가 되돌아오는 사건이 발생했나. 명이 길어 또나시 살아나긴 했어도 그때는 많은 사람들이 연탄 가스로 죽을 때였다. 이 연탄가스가 저승 사자노릇을 할 때 잡혀가 귀신이 된 사람도 수 만 명은 될 성싶었다. 이 소식을 접한 어머니는 또 한번 기절 할 뻔했다. 당장 이문동 아는 집 옆으로 조그만 골방 하나를 얻어 이사를 시켜놓고 곧 올라 갈 것이니 조금만 기다리라고 했다.

봄철은 돌아오고 농촌은 바빠지기 시작했으나 막내 근심에 잠을 설치시던 어머니는 짐을 대충 싸 가지고 서울로 향하였다.

와 보니 아니나 다를까? 반찬도, 양식도, 돈도, 모두가 부족했다. 시골서 고생하는 어머니 생각에 막내는 말없이 고생고생 하며 참고 있었다.

아들녀석의 건강이 매우 쇠약해져 있었기 때문에 시골로 내려갈 엄두를 내지 못하고 당분간 같이 있어야겠다고 맘을 먹었다.

평생을 일만 해온 어머니에겐 서울 생활이 지루하고 갑갑했다. 무엇을 하던지 일을 해야 살 것 같아서 여기저기 할 일을 찾아다니기도 했다. 놀고먹자니 하루가 여삼추였다. 날품이라도 팔았으면 좋겠는데 그것도 아는 사람이나 하지 시골서 올라온 촌부로서는 길을 몰라 할 수가 없었다.

가만히 놀면 뭘 하나싶어 시장엘 나가보니 자신보다도 더 나이 많은 노인들도 길옆에다 노점을 벌려 놓고 장사를 하고 있었다. 시골서 일이 몸에 밴 당신에게는 그런 장사는 놀고먹는 것만 같았다.

"아주머니 여기서 이런 장사를 해도 누가 뭐라 안 합니까?"

"왜 안 하겠수! 시장 관리인이라도 나타나면 싸들고 도망갔다가 다시 와서 팔고 하는 거지. 하루에도 몇 번씩 그 난리를 피운다우. 돈 벌기가 어디 그리 쉬운 줄 아우? 왜? 장사 해 보려고? 전에 장사 해본 경험은 있는 거유?"

"아니 처음인데 배워가며 하지요. 잘 좀 알려줘요"

시골 인심만 생각한 것이 큰 잘못이었다.

"여기서는 안되고 저쪽에 가서 자리가 있나 알아보슈"

자리 값이 얼마나 대단한지 처음으로 알았다.

그 다음 날부터 상추며 쑥갓, 열무김치거리 등을 받아 다 팔기 시작하였다. 가장 나쁜 자리를 차자하고서.

하루종일 쪼그리고 앉아 팔아봐야 저녁 반찬거리도 못 벌 지경이었지만 그래도 놀고먹지 않는다는 생각에 마음은 매우 편하였다.

그러던 어느 날 저녁, 곤하게 주무시는 어머니를 보고 있던 막내는 이상한 생각이 들었다. 머리에 수건을 쓰고 주무시는 어머니, 평소와는 왠지 달랐다. 비밀이 감추어진 것 같은 느낌을 받았다. '혹시 숨기시는 일이라도 있으신가? '

살그머니 수건을 들춰보니 아니, 이럴 수가 ?

그 많던 머리숱이, 됨 박 덩이만 하던 어머니의 쪽진 머리는 간 곳 없고 열 여섯 살의 단발머리 소녀가 되어 있는 게 아닌가? 당시만 해도 단정하게 빗은 머리에 큰 쪽을 찌고 금비녀를 꽂은 모습은 여인의 신분을 짐작케 하는 상징물이었다.

그럼에도 불구하고 아들의 책값과 교통비라도 보태 줄려고 그 아끼고 아끼던 머리를 잘라 팔은 것이다. 그때만 해도 가발 산업이 번창하여 수출의 역군노릇을 하던 때라 골목마다 머리를 팔라고 소리치며 다니는 장사치가 있었고 그들은 쏠쏠한 재미를 보기도 하던 때였다.

"얘 머리가 기니까 감기도 나쁘고, 쪽 찌기도 귀찮고, 이렇게 짧게 자르니 아주 편해, 너무 서운해 말거라. 서울 와 보니 서울 여자들은 거의 다 머리를 짧게 하고 다니는데 나라고 뭐 다를 게 있니? 촌 여자 티를 못 벗고 사나 했더니 네 덕에 소원 풀이 한번 했다."

그러나 그것은 거짓 말이었다. 막내는 너무 서러웠다. 천하의 불효자가 된 것 같았다.

맹자의 어머니는 맹모 삼천으로 세상의 교훈이 되었고, 어느 가난한 여인은 남자들의 우정을 생각하여 남편의 친구에게 술을 사다 대접하느라 머리를 잘라 팔았다는 이야기는 들었어도, 아들에게 책 한 권을 사주기 위하여 여인의 상징인 머리를 잘랐다는 이야기는 들어 본적이 없는 일이었다.

어머니의 자식 사랑은 다 이런 것일까? 동서 고금을 통하여 이보다 더한 사랑의 모정을 찾을 수 없을 것이다.

그 날 저녁 막내는 울기도 많이 울었다. 자기 때문에 어머니가 수모를 겪는 것만 같은 생각에 천하의 불효가 된 기분이었다.

학교를 다니고 싶은 생각도 없어졌다. 아무 데고 취직만 되면 〈돈〉을 빨리 벌고 싶었다. 돈만 있으면 어머니한테 세상 누구 못지 않게 효도를 할텐데 하는 생각까지도 하게 되었다.

孟母三遷之敎
烈母斷髮之敎
맹자의 어머니는 자식을 위하여 세 번 이사하고
열의 어머니는 자식을 위하여 쪽진 머리를 잘라 팔다

자식이 아무리 부모에게 효를 한다 한들 어찌 만 분의 일이라도 부모의 사랑을 따라 갈 수 있단 말인가?

초겨울로 접어들었다. 가을 추수 때문에 시골 모자라는 일손을 채워 주겠다고 내려가셨던 어머니는 가을걷이를 끝내자 곧바로 다시 올라 오셨다.

무슨 일거리가 없을까 하고 일거리를 찾던 중 연탄 배달하는 사람을 만나게 되었다.

"아저씨, 그 연탄 날라주면 하루에 얼마나 받소?"

"왜? 아주머니도 해 보시려고? 힘드셔서 못하실 겁니다. 한 구루마

배달 해 봐야 몇 푼 못 벌어요. 고생만 죽도록 하는 거지. 하실 생각 있으면 저 아래 연탄 대리점에 가서 물어 보세요"

그런데 연탄을 나를 도구가 없었다. 기껏 있다는 게 집에 있는 빨래판뿐이었다. 빨래판에 네 장을 얹어 이고 다니면 열 번 정도 다니면 될 듯 싶었다.

그 길로 대리점 주인을 만나 사정하여 한집 몫을 배정 받았다.

한 장에 일 원씩 받기로 했다. 당시 버스요금이 오 원 할 때였으니까 작은 돈은 아니지만 어찌 머리에 이고 배달을 할 수 있단 말인가?

막내는 마침 감기 몸살기가 있어 수업이 끝나자마자 집으로 오고 있었다. 그런데 저 만치 앞에 어느 아주머니가 빨래판 위에 연탄을 얹어 이고 가는 모습을 보았다. 참으로 힘드실 거라는 생각에 좀 도와 드려야겠다고 맘을 먹고 가까이 다가가서 보니 뜻밖에도 어머니가 아니신가?

"아니 어머니, 웬 일이세요? 이렇게 안 하시기로 약속하셨잖아요?"
막내는 너무 가슴이 아파 왔다.

"오늘만 일당을 받기로 하고 일을 시작 한 거야. 이제 다 끝나고 이게 마지막이다. 괜찮으니 근심하지 말거라"

'그렇다 이번 학기는 할 수 없고 내년 초에는 군대를 지원해서라도 가야겠다'

다짐에 다짐을 하였다. 그 후로 어머니는 막내와의 약속을 지켜주시었다.

아들이 공부를 못 하겠다는 데 또 약속을 깰 수는 없었기 때문이었다.

그 후로 막내는 어머니 생각만 하면 정신이 번쩍 들었다. 어머니는 잠을 쫓는 각성제와도 같았다.

자식 사랑하는 부모의 마음은 누구나 같겠지만 그 사랑의 농도는 엄청난 차이가 있었다.

우리 어머니는 유별나리 만치 자식 사랑이 애틋하였다. 당신의 배고 픔, 괴로움, 힘든 삶은 모두 아무 것도 아니었다. 즉 당신의 인생은 이 세상 어디고 없으셨다. 당신의 유일한 꿈은 오직 자식들의 인생에만 존재하고 있었다. 자식들이 잘돼야 한다는 것은 곧 당신의 절대 불변 의 종교였다.

마치 이 세상에 오신 목적이, 조물주의 뜻이 자식을 위하는데 만 있 는 듯 싶을 정도였다.

혼자서 키우신 자식들이라 더욱 애지중지 하시는지도 몰랐다.

아무래도 애착이 더 가지 않겠는가?

막내는 생각했다. 삼 년 동안이라도 휴학을 해서 잠시나마 등록금을 마련해야 하시는 어머니의 짐을 덜어 드리고 싶었다. 마치 무거운 짐 을 지고 땀을 뻘뻘 흘리며 고개를 넘던 농부가 고개 마루에 올라, 짐 을 내려놓고 잠시 쉬어 가는 기분일 것만 같았다.

군에 가면 부모의 마음은 더 아프고 걱정이 된다는 것을 자식이 알 수 있는가?

더 많은 위험과 고통이 있다는 것을 누구보다도 잘 알고 있었지만 어차피 이 나라 젊은이라면 반드시 이행해야 할 의무라는 생각에 꼭 말리고 싶지도 않았고 말릴 수도 없으셨을 것이다.

전시가 아닌 평시라고는 하지만, 그래도 군 복무를 다 마치고 제대 하여 돌아오는 날 까지 하루라도 부모 마음 편할 날이 있을까?

"제 누나 등에 업혀 피난 가던 일이 엊그제 같은 데 어느새 커서 또 군대를 가는 구나"

월남에서는 전쟁이 한창이었다. 우리 나라에서도 자유 민주주의를 수 호한다는 명분을 내세워 월남전에 국군을 파병하고 있었다. 그러나 그것은 어디까지나 대외명분일 뿐 외화 획득을 위한 수단의 하나였다.

　미국의 눈밖에 나지 말아야 남북이 대치하고 있는 상황에서 우리 국군의 무기를 현대화 할 수 있고, 그것이 곧 전쟁을 억제하는 수단이기 때문에 어쩔 수 없는 길이었고, 다른 한편으론 개인적인 재산 축적 수단의 하나로, 아니 먹고살기 위한 수단의 하나로 자원을 하여 간 군인들도 꽤 있었다.

　생명을 담보로 돈을 벌고 있는 자식을 보는 부모의 마음은 얼마나 아프고 쓰리겠는가? 돈이 원수였다.

　어느 날 막내는 어머니 앞으로 편지 한 통을 올렸다.

〈 어머님전 상서

어머니 불효자를 용서하십시오.
　　--- 중　략 ---
저는 이번에 월남전에 차출되어 곧 월남으로 떠납니다.

　이 편지를 접하시고 놀라실 어머님을 생각하면 저도 가슴이 아픕니다. 말씀 안 드리고 가려 했으나 만에 하나라도 잘 못되면 어머님 가슴에 대못 질을 하는 결과가 될지도 모른다는 생각에 용서를 바라오며 글을 올립니다.

　죽고 사는 것은 모두 하늘의 뜻이오니 너무 심려치 마시옵소서. 저는 이미 여러 번 죽었다 살아난 봄이므로 월남전에 참가하더라도 별탈 없이 돌아올 것입니다.

　도착하는 대로 다시 글월 올리겠습니다. 안녕히 계십시오

불효자　올림 〉

이런 편지를 받은 어머니는 뜬눈으로 밤을 새우시고 다음날 당장 부대로 찾아오셔서 부대장을 만나 절대로 보낼 수 없다고 사정을 하여 부대장의 동의를 구하였다.

어머니는 울면서 말씀하셨다.

"지금까지 너희들만 바라보며 살아 왔는데 네가 어미 가슴에 이렇게 못을 박을 수 있단 말이냐? 내가 살면 얼마나 더 살겠다고 내 속을 이리 아프게 한단 말이냐? 만약 네가 고집을 부려 그리로 간다면 그 날로 나 역시 이 세상 사람이 아닐 테니 그리 알거라 "

"어머니, 제 생각이 너무 짧았습니다. 용서해 주십시오"

막내는 경솔한 자신의 행동에 죄스러움을 금치 못했다. 전쟁터에 가서 학비를 벌어올 생각을 할게 아니라 공부를 더 열심히 하여 장학금을 탈 생각을 하는 게 바른 생각이었다.

"어머니는 자식을 위하여 머리도 잘라 팔고, 길거리에서 야채 장사도 하시고, 무거운 연탄도 마다 않고 나르셨는데 자식은 생각한다는 게 학생 본연의 임무인, 하라는 공부는 팽개치고 돈을 벌겠다는 짧은 생각을 하고 있는 것이다. 그것이 어머니를 생각하는 참된 효도인지 아닌지 생각도 아니하여 보고서".

자식은 생각이 간단하고 부모는 생각이 깊으심을 새삼 느꼈다.

부모는 자식을 위하여 뼈와 살을 깎아도 아픈 줄 모르는데 자식은 부모를 위하여 무엇을 하고 있단 말인가?

작은 약속 하나도 이런 저런 핑계를 대가며 제대로 지키지 못하는 것이다.

11. 자식을 가슴에 묻고

　큰아들은 시골에서 오순도순 재미있게 살고 있었다.

　이웃 아낙들은 이런 원주 댁을 복 많은 노인네라며 부러워하였다. 비록 시골 살림이지만 농사로 치자면 쌀만 백여 가마나 하는 대농이 되어 있었고, 자연 관내에서도 그의 존재를 차츰 인정해 주기 시작했다. 이 마을에 처음 들어 올 때 으스대며 집성촌을 이루고 살던 언씨네도 지금은 이 집 눈치를 보며 살아가고 있는 것이다.

　초등학교 운동회 때도 본부석 앞에는 큰아들 이름 석자가 새끼줄에 나부끼고 있었다. 이제 어머니의 바램은 당신자신도 마찬가지지만 큰아들도 건강하게 잘 살고, 가지고있는 재산 잘 지키면서 죽을 때까지 큰 도움은 못 주더라도 어려운 이웃 생각하며 평범하게 사는 것이었다. 그렇게만 된다면 큰 아쉬움은 없을 것 같았다.

　그러나 아직도 받아야 할 업보는 더 남아 있었는지, 57세의 건강하던 큰아들이 어느 날 갑자기 기침을 하기 시작하고 그때부터 해수 천식 병을 얻게되면서부터 고통과 슬픔의 그림자는 서서히 어머니를 향하여 또다시 다가오고 있었다.

　어느 닐 큰아들은 밭에 나가 뽑아놓은 콩 포기며 고추 대를 지게에 가득 지고 해가 떨어진 한참 후에 집으로 돌아오다가 냇가에서 땀으로 뒤범벅이 된 몸을 씻으려고 물 속으로 들어갔다. 역시 계절은 속일 수 없는지 며칠 전과는 판이하게 물이 차가웠다.

　대충 몸을 씻고 집으로 오는데 기침이 몇 번 나오더니 으실 으실 춥기도 하였다. 찬물에 목욕을 해서 감기가 온 줄 알고 대단찮게 생각했으나 차츰 가래도 생기고 숨이 차기도 했다. 민간 요법으로 고쳐 보려고 이 약 저 약 해 먹었으나 별 차도가 없었다.

사실 그 병은 담배 때문에 생긴 병인 줄은 까마득히 몰랐다.

큰아들은 어려서 횟배를 앓아 그때 어른들이 담배를 피우면 가라앉는다 하여 한 두 번 피우기 시작 한 것이 그만 습관이 되어 지금까지도 끊지를 못하고 피우고 있었다. 시골서 무슨 돈이 많아 고급 담배를 사서 피우겠는가? 싸구려 일수록 독하고 몸에는 해로웠다. 그러니 기관지며 폐가 탈이 나지 않으면 이상할 정도였다. 삽으로 막을 일을 미련하고 우둔하여 가래로도 못 막을 지경까지 몰고 오게 된 것이다. 그러나 큰아들의 병이 당신과 같은 단순히 숨찬 병으로만 알고 유전자를 자식에게 물려 준 것 같아 당신 탓으로만 여기고 있었다. 그러나 당신 자신도 젊어서 남편 잃고 홧김에 피우기 시작한 담배 때문에 기관지가 나빠지고 결국은 천식으로 발전 한 사실은 전혀 모르고 있었다.

70년대 이전까지만 해도 시골에서 피우던 담배는 그야말로 최하급이었다. 풍년초라 하여 담배 잎 썰어 말린 것을 신문지 같은 종이에 둘둘 말아 피웠으니까. 풍년초는 그나마 담배제조 회사에서 나온 제품이지라 좀 나은 편이었지만, 형편이 더 어려운 사람들은 담배 잎 말리는 건조 장에서 몇 잎 가져다가 잘게 썰어 그냥 둘둘 말아 피웠으니 얼마나 독하였겠는가?

그것이 몸에 얼마나 해로운지는 전혀 알 수도 없었고 또 알려고도 하지 아니하였다. 그래서 50만 넘으면 기침을 심하게 하고 가래가 나오고, 드디어는 기관지 천식으로 발전되었는데도 타고난 체질이 약해서 그러려니 하고 생각했던 것이다.

"넌, 어찌 병까지 나를 닮아 이 고생을 하느냐? 네 병을 내가 떠 안을 수 있다면 얼마나 좋겠니?"

큰아들은 오히려 자기 때문에 어머니께서 염려하실 까봐 여간 근심이 되는 게 아니었다. 한번 기침이 나기 시작하면 금방 숨이 넘어갈듯 파랗게 자지러지니 연로하신 어머니께서 걱정이 이만 저만이 아니시려니 생각하고 불효를 끼치지 않으려면 무슨 약을 먹던지 간에 빨리 나아야겠다고 마음을 단단히 먹고 부단히 노력을 하였으나 이미 몸은 벌레 먹은 고목처럼 무너져 내리기 시작하였던 것이다.

소생하기란 하늘의 별을 따는 것만큼이나 어려운 일이었고, 그것은 정말 기적이 아니고는 불가능한 일이라고 의사는 말하였다.

병원에 입원하는 회수가 잦아지고, 농사도 못 짓고, 비싼 병원 비는 시골 살림으론 감당하기 어려울 정도였다. 형제들이 도와주는 것도 한계가 있었다. 결국 시골 살림을 모두 정리하고 서울로 오기로 결정을 하였다.

위급한 상황에서만 응급실을 찾았고 완쾌를 위해서 병원에 입원하는 일은 결국 포기하고 말았다.

'어려서 이사와서 있는 정 없는 정 들대로 들은 조양리, 삶의 터전, 즐겨 밟던 논밭의 흙이며 풀 한 포기 나무 한 그루까지 가지 말라고 잡는 것 같았다.
큰아들은 만감이 교차해 왔다.
인생은 연극이라 더니 정말 연극 인 듯 싶었다.
'여름 장마철에 빤짝하고 햇볕이 나듯이 불과 몇 년 동안은 행복하다 싶더니 벌써 운이 다 했단 말인가? 수많은 역할 중에서 딱 한번 맡는 주인공인데 왜 나는 울면서 한 생을 보내는 역할을 맡은 것일까?
왜 나는 불행한 역을 맡는 주인공이 되었을까?'

커다란 허무가 엄습해 오고 꿈은 산산조각이 되어 떠내려갔다.

'이 세상에 잠시 왔다 가면서 나는 누구를 만나, 무엇을 이야기 하고, 무슨 일을 하다가 가는가? 밥만 축내고 가는가? 아니면 이웃과 싸움만 하다가는 것인가?'

사람은 누구나 태어날 때 천부적 소질을 하나씩 가지고 태어나, 이를 잘 가꾼 이는 아름다운 향기 나는 꽃을 피우고, 게으른 이는 꽃도 피기 전에 비실비실 말라 죽여버려 흔적도 없이 사라지게 하는지도 모를 일이었다. 남는 것이 있다면, 별 의미도 없는 묘비에 새겨진 이름 석자뿐이리라.

덜커덩 덜커덩, 삐거덕 삐거덕/노을진 산골에/빈 수레 하나 간다
먼동이 틀 때 일어나 재 넘어가더니/이제사 무얼 얻어 싣고 오는가
어떤 알곡은 몰라서 버리고/어떤 알곡은 무거워서 버리고
이것저것 다 버리고/빈 몸으로 간다
쭉정이 몇 알 싣고/그것이 다 인 냥/덜커덩 덜커덩 요란스럽게
빈 수레 하나 집으로 돌아간다

〈빈 수레에 실려 中에서〉

'그래, 인간은 누구나 갈 때는 빈손으로 가는 것이다
아쉬움도 미련도 다 버리고 가는 게 인생인 것이다
그렇지만 지나온 세월들은 너무나 힘들고 숨차고 허무했다.
너무나 억울했다. 그렇게 열심히 살아온 삶인데 때로는 몰라서, 때로는 알면서도 힘에 부쳐 스스로 포기하며 분수에 맞게 살아온 삶이 아니던가?'

아마도 큰아들은 이런 생각에 밤잠을 설쳤을 것이다

큰아들이 시골집이며 땅을 처분하고 서울로 온 지도 벌써 2년째로 접어들었다. 시골에 살 때는 제법 시골 부자 소리도 들었다. 그러나 우물 안의 개구리 마냥 동네 안에서만 듣는 소리였다. 흙과 더불어 살아온 순진한 농부가 어찌 세상 넓은 줄 알기나 하겠는가? 자식들 결혼시켜 살림 내 주고 나니 별반 여유도 없었다.

곶감 빼 먹듯이 땅을 한자리 두 자리 팔아 쓰기 시작하고 결국은 서울서 간신히 집 한 채 장만 할 돈만 가지고 서울로 올라왔다.

평생을 일만 해온 아들은 몸이 극도로 쇠약해져 더 이상 버틸 힘이 없었다. 몇 푼 안 되는 재산이나마 다 까먹기 전에 죽었으면 좋겠다고 하던 그가 막상 죽음이 눈앞에서 아른대니까 두려움에, 고통에 시달려, 나 좀 살려 달라고 애원을 하는 것을 보면 가슴이 예리한 칼에 찢기듯 아파 왔고 차마 눈뜨고 볼 수 없는 광경이 벌어지기도 하였다. 이럴 때 어머니의 심정은 어떠했을까? 가슴에 수없이 많은 비수가 날아와 꽂히는 아픔이며 할 수만 있다면 대신 죽어주고 싶은 생각뿐이셨을 것이다.

병약한 큰아들은 그 좋아하던 담배와 술을 입에 대 본지도 벌써 2년은 더 된 듯 하였다. 그 좋아하던 술과 담배, 이제는 옛 친구가 되어 있었다. 그런 아들이 어느 날 저녁 어머니와 이야기를 하자며 세월 속에 묻혀버린 옛 추억을 끄집어내었다.

"어머니, 술 한잔하시겠어요? 오늘따라 술 생각이 나네요."

"웬 술이야, 몸 생각을 해야지. 지금까지 잘 참아왔는데"

"딱 한잔만 하고 싶습니다. 어머니한테도 한잔 따라 드리고 싶고요. 어머니 앞에서 죄스런 말씀이오나 이제 앞으로 얼마나 더 살겠어요?"

그 자신도 남은 세월이 얼마 안 된다는 것을 알고 있는 듯 했다. 그렇다. 언제 죽을지도 모르는 자신과 큰아들.

이미 병은 깊어 질대로 깊어졌고 회복하기를 기대하기는 너무 늦었다는 사실을 알고 있는 어미가 어쩌면 마지막이 될지도 모르는 아들의 청을 거절 할 수 있으랴!

오늘따라 시시콜콜한 이야기까지 하며 옛 날 일을 회상하고 있었다. 세월이 빠르다는 둥, 허무하다는 둥.

정말 회한의 세월이었다. 덧없는 인생이었다. 한낮 꿈이었다. 지난 세월들이 주마등처럼 깜박거렸다. 사람은 누구나 한 백년을 살고자 하나 그것은 인력으로 되는 일이 아니었다.

밤이 이슥해서 아들은 건너갔다

"어머니 편히 주무세요, 저는 이만 가서 자겠습니다"

이것이 아들과 나눈 마지막 대화였다. 큰아들은 그날저녁 자다가 그냥 죽었다. 그 누구도 그의 죽음을 지켜 주지 못하였다. 죽을 줄 알았으면 밤이라도 새워가며 얘기라도 더 할걸… 건강을 생각하여 잡지 않고 가서 자도록 내버려둔 것이 철천지 한으로 남을 줄이야 상상이나 했겠는가?

큰아들은 어머니의 가슴에 대못 질을 해놓고 떠나가 버렸다.

"어찌 네가 죽느냐? 나이 많은 내가 죽고 젊은 네가 살아야지, 하느님도 너무 하시다." 어머니는 몇 날 며칠을 울고, 기절하고 또 울고 하시었다.

평생을 호강 한번 못하고 죽도록 일만 하다 환갑도 못살고 허무하게 죽다니….

조실부모하고 세 번씩이나 장가가는 기구한 팔자, 어미를 두고 앞서가는 큰 불효자, 그러나 자식의 주검을 눈앞에 둔 어미의 심정은 죽은 자식이 살아오기만을 기다리는 허황된 꿈이라도 꾸고 싶었다. 아들이 살아오는 조건으로 대신 죽어라 하면 당장이라도 죽을 수가 있을 것 같았다.

놀러 한번 못 가보고, 먹고 싶은 것 한번 마음놓고 못 먹어보고, 그 흔한 자가용 한번 못타보고, 좋은 술집 가서 술 한번 제대로 못 먹어보고, 평생을 흙 냄새, 땀 냄새에 묻혀 살더니 이제는 나이 들어 약 냄새에 묻혀 살고, 결국은 저렇게 떠나가고 있구나. 불쌍하고 가련하여 땅을 치며 통곡하고 하늘을 보며 원망한들 무슨 소용인가? 한번 가면 다시 올 수 없는 이 길. 이것이 인생이 아니던가?…

어느 날 저녁이었다. 그 날 저녁도 내내 큰아들 생각만 하다가 잠이 들었다.

죽은 큰아들이 고급 자가용을 몰고 와서 어머니를 모시고 놀러 간다고 했다. 옷도 잘 입고 신수도 훤했다. 아들은 차를 몰고 어느 큰 강가에 다다랐다. 끝도 안 보이는 강을 건너야 하는데 배가없어 발만 동동 구르다 잠이 깨었다. 꿈이었다. 어느 부자 집 아들로 다시 한번 이 세상에 환생하여 호강이라도 했으면 좋겠다고 생각했다. 아들 생각에 밤잠을 이룰 수가 없었다. 무슨 뜻일까? 환생이란 정말 있는 것인가? 환생을 한다 해도 다른 몸을 빌어 태어날 것이므로 알아 볼 수는 없겠지만 비록 남의 집 자식으로 태어날망정 축복 받기를 바라는 것이 부모의 마음이 아닐까?

"어미 가슴에 못질을 한 네가 무슨 염치로 꿈일망정 날 찾아와?"

또다시 눈물이 앞을 가려 밤을 꼬박 새웠다.

저승은 정말 있는 것일까? 죽으면 그것으로 모든 것은 끝인가?

그러나 저승이 꼭 있기를 바랬다. 보고싶은 얼굴이 너무도 많은 탓에.

그러나 먼저간 사람은 안 늙고 나중 간 사람은 늙었을 것이니 어찌 서로 알아볼까 하는 염려도 되었으나 다른 한편으로 보면 육신은 흙에 두고 영혼만 가서 만날 것이니 크게 근심 할 바도 아니라는 생각도 들었다. 영혼은 영원히 병들지도 늙지도 그리고 죽지도 않을 터이므로.

12. 왕자와 거지

막내는 대학을 졸업하고 은행에 취직한 평범한 봉급쟁이가 되었다. 어느 날 중학교 친구가 직장으로 찾아 왔었다고 했다.

그 애 친구는 시골에 살면서도 귀공자처럼 행동하던 아이, 깔끔한 교복에 흰 양말을 바쳐 신은 그는 체육시간에도 옷에 흙이 묻을까 그게 근심이었으며, 어쩌다 공이 날아오면 옷을 더럽힐세라 운동장 밖으로 도망을 가곤 하던 친구였다고 했다.

〈"야, 이게 누구야, 정말 오랜만일세"

"그래 참 오랜만이다. 내가 며칠후면 미국으로 교육을 받으러 가거든. 가기 전에 한 번 보고 가려고"

그 친구의 차림새는 은행원을 뺨칠 정도였다. 예나 지금이나 그 깔끔함은 변화가 없었다. 구두는 얼마나 광이 나는지 자동차 백미러만큼이나 내 얼굴이 훤히 비치고 있었다.

그리고 10여 년이 지나도록 까맣게 잊고 살았다.

그런데 어느 날 느닷없이 은행으로 또 그가 나타났다.

"미국 갔다더니 언제 온 거야"

"음, 그게 말야…"

면접에서 떨어져 못 가게 됐으며 그 후로 어느 정치가의 뒤를 쫓아다니다가 그가 낙선하는 바람에 돈만 날리고 요즘은 끼니조차 때우기 어렵게 되었다고 했다.

그 때 막내는 쌀 한 가마와 연탄 500장 살 돈을 기꺼이 주었다고 했다. 그리고는 소식이 뚝 끊겼다.

5.6년쯤 지났을까, 하루는 그 친구한테서 전화가 걸려 왔다.

30분내로 갈 테니 어디 가지말고 기다리라고 하면서.

한참 후에 은행 문으로 거지 하나가 들어오고 있었다.

거지 중에서도 상 거지였다. 머리에는 까치집이 몇 개씩 지어졌고, 옷에서는 냄새가 얼마나 지독히 나던지 옆에 갈 수가 없을 정도였다.

솔직히 막내는 챙피스러워 몸둘 바를 몰랐다고 했다. 깨끗함을 생명으로 하는 은행에 거지 친구가 찾아왔으니 많은 고객들의 시선이 쏠리는 것만 같아 죽을 맛이었다고 했다. 얼른 밖으로 끌고 나가 우선 먹을 것을 사주고 주머니 돈 닥닥 긁어 손에 쥐어 주었다고 했다. 그리고 매달 한번씩만 들르라고 했다.

그랬더니 이 친구 봉이라도 잡은 듯 3일이 멀다하고 찾아와 소리소리 지르며 돈을 달라고 행패를 부리기 시작했다. 정말 괴로운 나날이었다. 문만 열고 누가 들어오면 또 그 친구일까 하여 깜짝 깜짝 놀랄 지경이었다. 3개월쯤 지나서 막내는 시골로 전근이 되어 그 지점을 떠나가게 되었다. 그 친구가 믿고 왔다가 다른 곳으로 간 것을 알면 얼마나 서운할까 하는 생각에 5만원을 청경한테 맡겨놓고 그 친구 찾아오거든 너무 야단치지 말고 따뜻하게 잘 좀 해주라고 당부까지 하면서.〉

이런 이야기를 듣고 나서 어머니는 이런 말씀을 하셨다.

"얘, 모든 것은 때가 있다. 낮이 있으면 밤이 있고, 산이 있으면 골짜기가 있고, 꽃이 필 때가 있고 질 때가 있고 하듯이 우리 인생도 마찬가지다. 베풀 때가 있고, 도움을 받을 때가 있다. 베풀 때는 대가를 바라지 말고 순수한 마음으로 베풀거라. 그것이 복을 만드는 일이다. 너에게 도움을 청한다는 것은 네 형편이 그 사람보다는 낫다는 증거이다. 베푸는 것에 절대 인색하지 말거라 .네가 베풀 수 있는 형편인데 베풀지 않았다면 그것은 부끄러운 일이다. 남에게 부끄러워하기 이전에 네 스스로에게 먼저 부끄러워 할 줄 알아야 한다. 얄팍한 지식, 쥐꼬리만한 권력, 돈 몇 푼 쥐었다고 자만하거나 남을 우습게 여기면, 더구나 너의 작은 이익을 위해서 남을 이용하려 든다면 이 얼마나 부끄러운 일이냐?

부끄러움을 안다는 것은 양심이 살아 있다는 증거이다. 세상에는 개같은 짓을 하고도 부끄러워하기는커녕 오히려 자랑삼아 당당하게 행동하는 사람들도 많다. 양심의 작용, 그 결과로 나타나는 것이 부끄러워하는 마음이다. 너는 절대 그렇게 살지 말거라. 그리고 저 마을 입구에 있는 고목을 보거라. 풍상에 시달리고, 뇌성벽력에 가지가 여기저기 잘려 나가도 불평 한마디 없잖니?

새들이 똥을 싸도 그만, 몸뚱이를 파내고 집을 지어도 그만이잖니? 또 바다를 보거라. 가장 크고 위대하지만 저 자신을 낮추고 있기 때문에 더러운 강물도 다 받아주는걸 봐라. 시뻘건 강물이 천지를 삼킬 듯 도도하게 흘러가지만 결국 바다에 이르러서는 그 위세를 잃고 곧 바다물에 동화되어 흔적조차 없어지는 걸 보거라. 큰그릇이 되려면 항상 아량과 여유와 관용이 있어야 한다. 너도 항상 이점을 명심하고 살거라.”

그렇다. 利他의 마음, 그것이 우리의 삶을 아름답게 만들고 행복하게 만드는 것이리라. 대부분의 사람들은 利己의 마음을 갖고 살기마련이다. 이 세상 사람들이 모두 이타의 마음을 갖는다면 아마도 지상 천국이 되리라는 생각도 들었다. 이러한 마음은 욕심을 버리는데서 비롯

되며 욕심을 버리자면 양보와 자기 희생이 따르지 않고서는 이루어 질수 없는 일이다. 즉 형이하학적 사고에서 형이상학적 사고로 바뀌지않고는 절대 이루어 질 수 없는 것이다. 행복은 먼 곳에 있는 것도 아니다. 산에 오르는 사람은 산 위에 올라 기뻐한다. 그러나 산에 올라숲은 보지만 숲 속에서 벌어지고 있는 수많은 신비는 지나치기 일쑤다. 수많은 생명들이 조화를 이뤄가며 사는 작은 모습에서도 즐거움을느낄 수 있다면 그것 또한 큰 행복이다.

또 가난하고 출세는 못 했을 망정 정의롭고 비굴하지 않게 살고 있으면 그가 곧 왕자요, 부자이며 권세를 쥐었다 해도 인색하고 야비하게 살면 그가 곧 거지이다.

그래서였을까? 옳지 못함을 보면 참지 못하고, 잘못을 인정하면 즉시 사과하고, 배고픈 이가 손을 내밀면 뿌리치지를 못 하고, 집에 거지가 찾아와도 절대 문전 박대를 하지 않으시던 어머니, 그것이 진정한 어머니의 본심이었을 것이다.

13. 대 홍수

1999년 어느 날, 죽음을 눈앞에 두신 어머니는 이런 말씀을 하시었다. 빨리 죽어야 너희들이 편할 텐데 IMF인가 뭔가 때문에 아직 못 죽겠다고 하였다. IMF가 뭔지도 모르는 노인이시지만 온 세상이 모두 IMF땜에 죽겠다고 하니까 이 어려운 때 죽으면 자식들 고생된다고 하여 한바탕 웃은 적이 있었다.

강원도 산골에 있었을 때는 차라리 편했다 보는 것도 없고 듣는 것도 없고 이웃들도 사는 형편이 비슷하여 누구와 비교 할 일도 없었다. 신문 보는 집이 있나? 라디오 있는 집이 있나?, 어쩌다 5일만에 한 번서는 장날에나 가서 아는 사람 만나 하나, 둘 귀동냥 해 듣는 것이 전부였다. 해가 지면 밤이요, 창문이 훤해지면 낮이 온 것이니 들에 나가 일이나 하면 되는 일, 이야기를 해봤자 농사짓는 이야기나, 애들 혼사 이야기 같은 일상을 살아가는 평범한 이야기 말고는 할 말도 별로 없었다. 세상 돌아가는 것을 아나, 정치를 아나, 다람쥐 체 바퀴 돌 듯 반복되는 일의 연속이 산촌의 삶이었다.

그러나 여주로 이사를 나온 후부터는 상황이 달라 졌다. 애들이 커가는 이유도 있었겠지만, 돈 쓸 일이 많아졌다. 이래선 안 되겠다 싶어 농사 말고 다른 돈벌이가 없을까 궁리를 해보았다. 농사철에는 농사에 매달려 옴짝달싹 할 수 없었으나, 겨울 같은 농한기에는 일거리를 찾으면 있을 것 같았다. 겨울철에 할 수 있는 일 거리를 만들기 위해서 농사 내용도 바꾸어야 했다. 목화를 심어 옷감을 짜리라 맘먹었다. 봄, 가을로 누에도 열심히 쳐서 명주실도 많이 만들어 두었다. 겨울이면 큰아들과 둘째는 사랑채에서 가마니를 짜고, 윗방에서는 옷감을 짜는 베틀소리가 밤이 깊어 가는 줄고 모르고 흘러나오고 있었다.

그 동네에는 지독한 노랑이 영감이 살고 있었다. 음성 장호원의 고린자비 영감보다도 더하면 더했지 못 하지는 아니하였다. 이 영감은 자식이라고는 외동딸 하나밖에 없었는데, 그 귀여운 딸 마저 머슴보다도 더 심하게 부려먹었다. 봄철에 보리밭에 거름을 줄 때면 옆집에서 겨우내 모아둔 소피를 겉보리 몇 말 주기로 하고 퍼다가 보리밭에 뿌리곤 했는데, 그 집에서 막걸리에 물 타듯 도랑물 퍼다 섞었을까봐 코를 벌름거리며 진짜인지 가짜인지 냄새를 맡아보았다는 믿기 어려운 이야기까지 파다하였다. 그리고는 가짜라고 생트집을 잡아 값을 깎기도 했다고 하였다. 그런 집에서 연장을 빌린다는 것은 하늘의 별 따기보다도 더 힘든 일이긴 했어도 원주 댁에겐 과부라 그랬는지 그래도 인심을 써 주긴 했다. 그 대신 막걸리라도 반드시 한 주전자 사들고 가야 하긴 했지만.

어느 날 그 영감한테 연장을 빌리러 갔다가 돈을 벌기 위해서 어떻게 해야 하느냐고 슬쩍 물었더니, 일도 열심히 해야 하지만 안 쓰고 절약하는 게 최고라고 했다. 고린 자비처럼 지독해야 하고, 돈 되는 일이라면 발가벗고 30리를 뛰고도 남을 만큼 체면을 무시하고 창피를 무릅써야 한다고 했다. 당시에는 이 말이 진리였다.

그러나 사실 이 〈돈〉 때문에 신세 망치는 일이 어디 한두 번인가? 최근의 예만 봐도, 이 〈돈〉 때문에 부모 자식간에, 형제간에, 이웃간에도 원수 되는 일이 얼마나 많으며 패가 망신 하는 사람이 또 얼마나 많은가? 부모도 죽이고, 남편도, 죽이고, 철없는 것들이 원조 교젠가 뭔가 하며 부끄러운 줄 모르고, 높은 지위에 올라 존경받고 명예롭던 사람들도 하루아침에 철창 안에 들어가 콩밥으로 살고 ,스승과 제자간에도 불신이 생기고 하는 게 아닐까? 자본주의 사회에서 〈돈〉의 소중함을 무시 할 수야 없겠지만 재산을 축적하는 과정에서 양심도 팔고, 영원 할 것처럼 권력을 휘두르며 남의 것을 강제로 뺏다가 신세 망친 사람도 있지만은 반대로 아직까지 뻔뻔스럽게 길거리에서 오히려 큰 소리 치며 사는 파렴치한 인간은 얼마나 많은가?

소위 선진국이라 말하는 다른 나라에 비해 우리 나라만 유독 권력형 비리라든가, 부정한 방법으로 돈을 모았다고, 신문에 대서 특필되고, 이처럼 비난받는 이들이 많은 이유는 뭘까? 〈돈〉이라면 불을 무서워하지 않는 불나비처럼, 물. 불 안 가리고 덤비는 인간은 도대체 그 속이 어떻게 생겨 먹었을까 ?

제천에 가면 의림지라는 연못이 하나 있다. 4월이 되면 송사리만 한 물고기가 잡히는데 이곳 사람들은 이 물고기를 공어(空魚)라고 불렀다. 이때 잡히는 놈들은 속이 훤히 다 들여다보이기 때문에 속이 검은 놈인지 아닌지, 먹을걸 먹었는지 못 먹을걸 먹었는지 다 알 수가 있었다. 우리 사람들도 일년에 한번만이라도 이 공어 처럼 투명하게 그 속마음을 다 들어내 보일 수만 있다면 정말 깨끗한 세상이 되리라 싶었다.

그러나 이 같은 부정 부패와 비리가 사라지고 양심 있는 사회가 되리라는 기대는 마치 한강변에 모래알이 싹트기를 바라는 것과 무엇이 다르랴! 사람들은 모두 백만 장자처럼 맘이 들떠 있어 아낄 줄 모르고 흥청망청 대고 샘물 솟아나듯 무한정 생기는 줄 알지만 세상일이 꼭 그런 것은 아니다. 빚더미에 올라앉아 있는 줄도 모르고 부자인양 착각하며, 양심 있는 학자의 진정한 충고 한 마디를 귀담아 듣지 않고 일축해 버린 그들에게 돌아갈 선물은 아픔과 눈물 외에 또 뭐가 있겠는가? 곳간에 쌓아둔 곡식을 생쥐가 다 파먹어, 껍데기만 수북한데 도 그럴 리 없다며 큰소리 펑펑 치던 어느 날 곳간 문을 열어 보니 아무 것도 남은 게 없어 나죽겠으니 살려 달라며 이웃집으로 달려가 사정사 정 하는 지경에 다다르고 만 것이다. 쥐꼬리만큼 도움을 준 이웃은 모 든 요구를 들으라며 협박하고 말 안 들으면 집 마저 차압하겠다고 공 갈을 쳤다. 거덜난 주인은 딸린 식솔들이 불쌍하여 밥그릇 숟가락 젓 가락까지 모두 내 주었다. 〈돈〉을 빨리 벌어 다시 사면된다고 위안을 했으나 이미 때는 늦어 길거리에는 배고픈 식솔들이 구걸에 나섰고, 통곡 소리가 여기 저기서 흘러 나왔다. 그러나 이 와중에서도 살금살 금 도둑 질 하여 제 배만 채우는 짐승만도 못한 자들도 꽤나 있었다.

1997년 11월 .소위 IMF라는 게 쳐들어 왔다. 민초들은 IMF라는 게 무엇인지도 잘 몰랐다. 교과서대로 알고 있던 그들은 뭔가 잘못 돼도 한참 잘못 된 것이라 생각했다. 그래서 금 모으기 운동에 너도나도 앞 장을 섰다. 선량한 백성일 수록 모든 걸 다 내놓았다. 힘있는 자 일 수 록 제것이 아까워서 감추어둔 금송아지는 내놓지 않았다고 했다. 대한 민국의 애국자라 자칭하는 사람, 이 사회의 최고 리더라고 잘난 체 하 는 사람, 이 나라의 최고 자리를 탐내는 사람일수록 돈 낼 때는 조용 했다. 그들은 별안간 빈 털털이가 되어 버린 것처럼 입을 다물고 조용 했다.

IMF. IMF는 참으로 많은 변화를 가져 왔다. 경제질서가 재편되는, 세계화의 한 과정이긴 했어도 나라 전체가 술렁였다. 대 홍수로 하루 아침에 직장을 잃은 가장들은 참담하였고, 길거리에는 수많은 노숙자 가 정든 가족과 헤어져 거지생활을 하고 있었다.

6.25전쟁이 총알로 사람을 죽였다면, IMF는 돈으로 사람을 죽였다.

달라(US $)가 세상을 좌지우지하였다. 미국의 경제논리를 따라 세상이 바뀌는 것 같았다. 미국은 모든 가치관의 중심이며 정의를 심판하는 잣대였다. 한 나라의 문화, 정서 특성 등은 모두 쓰레기통에 넣어야 되었다.

잘 나가는 은행이나 기업에서도 명퇴라는 미명하에 직원들을 마구 잘라 내었다. 회사 경영 상태가 부실하여 뼈를 깎는 아픔을 감수해 가며 인건비 절감을 통한 이익 증대를 꾀하지 않을 수 없기 때문에 감원을 해야만 한다던 일부 CEO나 그 경영진들은 자기들의 연봉을 억대로 올리거나 스톡옵션을 받는데는 무척이나 아량(?)이 넓었다. 반면에 회사 경영을 정상화시키기 위해서 자기의 급여를 일원 한 장 안 가져가는 CEO도 있었다. 그는 잘려나간 직원이나 그 가족과 아픔을 함께하겠다는 진실과 양심이 있었기 때문이었다. 역사는 시간이 흐른 뒤에 정확히 나타날 것이다. 양심과 비양심은 당장은 힘의 논리에 의해서 판단되는 것처럼 보이지만은 양심이 비 양심한테 진 적은 지금까지 한 번도 없었다. 마치 명퇴를 시키지 않으면 시대에 뒤떨어진 무식한 경영자라는 낙인이라도 찍힐까봐 경쟁적으로 도입하였다. G.E사의 잭 웰치 회장이 쓴 책은 현대판 바이블이었다. 그 책을 안 읽은 경영자는 무식하고 뒤쳐진 경영자가 되는 것이다. 그의 경영철학을 이해도 못하면서 권력의 눈치를 봐가며 부화 뇌동 하는 사이비 리더는 제 양심도 팔아먹은 채 앞장서서 뛰어 다니고 있었다. 허기야 지금까지 세상을 약삭빠르게 눈치 것 살아온 그들이 이런 찬스를 놓칠 리가 있을까 마는.

일류 회사마다 미국인이나 미국회사에서 근무했던 소위 젊은 에리트 계층이 자리를 대신 하였다. 너도나도 덩달아 춤을 추는 판국에서 한국의 중견 세대들, 특히 40~50대의 사람들은 모든 분야에서 낙오자라도 된 기분이었다. 그러나 좀더 사려 깊은 경영자였다면, 국가 관리였다면, 국가관과 철학 있는 지도자였다면 길거리에서 방랑자 생활을 하는 노숙 자와 그 가족의 아픔을 생각하였다면, 그들의 아픔을 달래 줄 길이 없을까, 꼭 이 같은 길을 택해야만 했는가 하고 한번쯤은 깊이 생각해 봤을 것이다.

경영자들은 노조의 핑계를 대겠지만 과연 그들은 얼마나 진지하게 그들과 대화를 나누었는가 반성해볼 필요가 있다. 〈리더〉를 외치면서도 정작 자신들은 고통이 따르는 힘든 상대와는 대화를 나누는데 상당한 거부감을 가지고 있었을 것이다.

아래 직원은 사명감과 리더쉽이 없다고 펄펄 뛰면서 정작 키를 쥐고 있는 자신은 노조가 꼴도 보기 싫다며 출근도 다른 곳으로 하는 경영자도 있었다는 게 사실인지도 모른다. 그러면서도 자신만이 잭웰치의 후계자라도 된 듯 착각하고 있는 것이다.

IMF는 〈정〉이라는 미풍양속을 파게 시켜 버렸다. 친구도, 동료도, 심지어 친인척까지도 모른 척 살아가는 세상으로 만들어 버렸다.

툭하면 IMF시대에 그렇게 사는 사람이 어디 있냐고 하면서 〈정〉마저 약탈해 갔다. 모두 다 그런 것은 아니지만 직원의 목 자르는 게 구조 조정의 전부인 것처럼 해놓고 그로 인해 생긴 이익은 마치 경영을 잘해 생긴 성과인 듯 떠들며 생색내기 바쁘다. 어디 그뿐이랴. 수십 조씩 공적 자금을 쏟아 부었는데 그 돈이 다른 곳으로 새 버리고 그래도 누구하나 책임질 사람은 없다고 한다. 공적 자금이 아니라 공짜 자금인 모양이다. 주인 없는 공적 자금은 공유자원의 비극을 맞고 있는 것이다. 마치 불 판 위에서 익어 가는 불고기처럼 먼저 먹는 사람이 임자인가? 회사 돈을 제 목숨 하나 오래 붙어 있겠다고 로비자금으로 물 쓰듯 가져다 쓰면서도 양심의 가책은커녕 그런 사실이 누설될까, 관련

된 직원은 영전시키고, 대신 열심히 일한 다른 직원을 적당한 기준을 만들어 희생양으로 삼는 것이다. 그런 엉터리 기준을 만든 직원은 수고했다며 등을 두드려주고.

이런 것이 세상 살아가는 처세술이요, 요령일까?

IMF는 애들 과외공부를 위해서 젊은 엄마가 밤거리에서 몸을 팔게 하고, 10대 소녀들이 유흥비를 마련하기 위해 원조 교제를 하게 하는 지경에까지 이르고, 있는 자는 더 많이 갖고, 없는 자는 더 적게 갖게 만들었다.

외제 승용차에 해외 골프 나들이에, 수 백 만 원 짜리 양주에, 없는 자는 제가 바보라 그렇지, 있는 사람들에게는 이 사회에 어떤 아픔이 있더라도 아무런 관계도, 관심도 없는 것처럼 보였다. 음식점에서는 손도 대보지 않은 음식물이 쓰레기 통으로 마구 들어가도 아무렇지도 않은 무관심 속에 있었다. 과연 IMF를 맞고 있는 국민인지 아닌지 구분하기 어려웠다. 음식물 쓰레기가 년 간 수 조원에 이른다는 보도는 도저히 납득이 되지 않는 이야기 거리였다. 먼 곳이 아니더라도 당장 제 목숨을 담보로 맡긴 채, 하얀 쌀밥에 고기 국이 그리워 물 설 고 낯 설은 이국 땅을 헤매는 북녘 동포들이 있지 않은가? 배고파 죽겠다고 아우성치는 형제를 옆에 두고서 흥청망청 낭비하는 이유를 도저히 이해하기 힘들었다. 이 나라를 이끌어 가는 수많은 지도자, 지식인 ,그리고 자칭 진보성향의 리더라고 주장하며 기성세대의 퇴진을 요구하고 있는 그룹들은 다 무얼 하고 엉뚱한 일에 심혈을 기울이고 있는지 알 수 없는 일이었다. 모두가 말장난하는 사람들이 자기 이익을 추구하기 위해서 무식한 백성을 현혹시키는 위장 전술의 하나일지도 모른다는 생각이 들었다.

또 IMF 시대에는 제 분야에서 일인자를 요구했다. 누구의 입에서 먼저 나왔는지는 모르지만 〈신 지식인〉 이라는 용어가 튀어 나와 사회를 떠들썩하게 만들었다. 무엇이 진정한 신지식인지도 모르면서 이상한 직업의 소유자들까지 신지식인의 타이틀을 거머쥐겠다고 야단법석을 떠는 어처구니없는 일까지 벌어졌다. 구 지식인이건 신 지식인이건 간에 철학이 있어야 할텐데 철학은커녕 굶주린 짐승 마냥 도덕이고 양심이고 다 팽개쳐 버리고 오직 하나 돈 버는 일에만 혈안이 되어 있으니 이런 것이 우리 삶의 질을 높여 줄 것인지는 두고 봐야 할 일이었다.

또 무슨 전문가는 그리 많은지 하루아침에 대학 교수가 되고 하루 아침에 유명한 강사가 되어 수 백 명씩 모아놓고 강연을 하지만 처음부터 끝까지 웃기다 끝내는 엉터리 유명인사(?) (그도 그럴 것이 샘이 깊어야 퍼낼 물도 많은데 야트막한 샘물 서너 바가지 퍼내고 나면 퍼낼 물이 없으니 옆에 흐르는 도랑의 오염된 물이라도 퍼다 채워야 하니까), 또한 많은데 이들이 과연 평생을 몸바쳐 연구해온 학자들보다 더 훌륭하여 삶의 질을 월등히 높여 줄 것이라는 기대감 때문에 인기가 좋은 것인지, 아니면 누구 말처럼 시대의 조류가 그래서 그런지는 모르지만 하여간 세상은 참으로 많이 달라진 것만은 틀림 없는 사실이었다.

굴뚝 산업은 별것 아니고 벤처가 최고라며 벤처벤처 한다. 벤처 산업이 첨단 산업 임에는 틀림없으나 너나 나나 모두 성공하는 것도 아니며 더구나 이상야릇한 것까지 벤처라고 아우성이니 한심한 일이기도 했다. 굴뚝이건 벤처 건 함께 공존하며 하모니를 이루어야 바람식한 일일텐데 그와는 반대로 벤처산업을 해야 이 시대에 맞는 사람으로 치부되고 그렇지 않으면 낙오자나 구 시대의 사람으로 낙인이 찍히는 세상이 된 것처럼 느껴졌다.

결과는 몇 십 년에 한번 있을까 말까하는〈 게이트〉인가 뭔가 하는 비리가 쏟아져 홍수를 이루는 세상이 되었다. 마치 장마철에 태풍 올라오듯 심심하면 한 건씩 올라왔다. 모두 등에는 든든한 빽을 지고 다니는 특성이 있었다.

이런 현상이 우리가 맞고 있는 IMF의 현 주소였다.

〈게이트〉, 우리 나라에는, 특히 서울에는 동대문, 남대문 서대문 광화문,...등 큰문이 하도 많아서 게이트 사건이 자주 터지는 걸까? 시중에는 때지 않은 굴뚝인데 연기가 나고, 투명한 옷을 입은 것도 아닌데 그림자만 있고 실체는 안 보인다는 풍문이 비누방울처럼 날아다니다가 터지곤 하였다. 남을 비방할 목적으로 날조된 유언비어이거나, 아니면 입에서 입으로 건너다니면서 맹꽁이 배처럼 부풀려진 헛소문이라면 그나마 다행이었다.

중국 고사에 기산지절(箕山之節)이란 이야기가 있다.

요임금 시대에 허유라는 사람이 더러운 소리를 들었다하여 냇물에서 귀를 씻고 있는데 그의 친구 소부라는 사람이 소에게 물을 먹이러 왔다가 더러운 귀 씻은 물을 어찌 소에게 먹일 수 있느냐 며 되돌아갔다는 이야기는 그 사실 유무를 떠나서 우리에게 시사 하는바가 크다. 요즘은 어떤가? 제 이익만을 위하여 제 입으로 더러운 말을 마구 생산해 내면서도 부끄러움을 모르는 시중 잡배 같은 짓거리를 보면 앞날이 염려되지 않을 수 없었다.

차라리 방송이나 신문을 안보면 뱃속이라도 편하리라는 생각도 들었다.

우리 어머니도 마찬가지지만, 글이 짧은 일부 노인들은 IMF가 쳐들어 왔다고 하니까, 무슨 전쟁이라도 일어난 것으로 착각을 한 것인지도 모를 일이었다. 〈전쟁〉, 요즘 젊은이들은 특히 전쟁을 경험해 보지 않은 세대들은 어쩌면 국어 사전적인 의미로 밖에 이해를 않을 지도 모른다. 전쟁하면 그 옛날 6.25 당시 피난 가던 일이 먼저 떠올라서, 지금도 몸서리가 쳐지는 노인들이다. 그런데 나라에 돈이 없어 IMF가 쳐들어 왔다하니 그 전쟁에서 반드시 이기라고 금목걸이며 금반지며, 아까워하지 않고 금 모으기 운동에 열심히 동참한 것이다. 그런 국민의 마음은 아랑곳없이 그 고통을 어루 만져주기는 고사하고 신문에 대서특필되는 특수계층(?)의 몇몇 인물들은 아픈 상처에 칼을 들이대고 쑤시고 있는 것 같아 더욱 분노를 사게 만들었다. 원주 댁도 아끼던 금반지 하나를 내놓았다. 방송마다 다투어 가며 금 모으기 실황을 방영하고 온 국민은 힘을 모아 하루빨리 거덜난 살림을 다시 일으켜 세우자는 데는 그 누구도 이유를 달수가 없었다. 그러나 일시적 현상이었다. 요즘말로 떳다방 같은 현상이었다. 옛 어른들이 말씀하기를 〈냄비근성〉이니 〈쉬 덥는 방이 쉬 식는다〉느니 했는데 어쩌면 그리도 잘 맞아 들어가는 표현인지 놀라울 따름이었다.

병환으로 정신이 혼미하시던 어머니는 이런 IMF 전쟁이 곧 6.25전쟁의 아픔으로 착각됐기 때문에 병원에는 환자가 가득하고, 길거리엔 차량의 행렬이 분주한 걸로 오해를 하고 계시는 것이다.

6.25때 길거리에서 개처럼 죽어간 시신들, 누구하나 거들떠보지도 않던 그런 주검들이 떠 오른 것이다.

들판에서 거적 대기나 짚단을 덮어 눈이 하얗게 쌓인 채로 버려진 시신들. 개들마저 킁킁거리며 냄새를 맡고, 그럴 때마다 혹시라도 굶주린 개가 시신이라도 물어뜯을까 염려되어 개를 쫓고 있던 모습은 아직도 뇌리에 생생하게 남아 있으셨던 모양이다. 자식도 친인척도 제 살기 위해 인륜마저 무시하고 떠나가던 그때가 어찌 차마 잊혀질리 있겠는가? 언젠가는 큰 구덩이에 한꺼번에 묻혀 버리겠지… 짐승의 죽음보다도 못한 죽음이 아닐 수 없었다.

그때 각인 된 모습이 지금 IMF전쟁이 터지자 어머니의 뇌리에서 영화 필름처럼 술술 풀려 나오고 있는 것이다. 이런 전쟁통에 죽기는 싫었다. 개만도 못한 죽음이 될 테니까 IMF 땜에 못 죽겠다고 하셨던 것이다.

사실 막내도 IMF덕분에 지금은 집에서 여가를 즐기고 있지만 한창 일 할 나이에 날 벼락을 맞은 것이었다. 청천벽력이라 더니 아마 이 같은 경우를 두고 하는 말인가 보다. 용비어천가를 부르는 합창단(?)에 가입을 했던지, 아니면 조금만 비굴했더라면 목은 붙어있었을 테지만 그렇게 살고 싶지는 않았다고 했다. 그러나 할일 없이 놀고 있는 바람에 나이가 60이 가까워오도록 노모의 마음을 편치 않게 만들어 드리고 있으니 오직 죄스런 마음뿐이라며 몸둘 바를 몰라했다.

14. 거짓 왕국

막내가 대학 2학년 신학기가 시작되던 2월이었다.

등록금을 마련하기 위해서 어머니는 시골로 내려 가셨다.

큰형과 상의 한 끝에 집에서 농사철에 쓸려고 키워오던 황소를 팔기로 하였다. 그때 황소 한 마리면 재산목록 1호에 들어가는 큰 돈 이었다. 구정 전이라 소 값도 괜찮고 쌀을 내다 파는 것 보다는 이득이 있었다. 구정 전에는 쌀값은 똥값이고, 소 값은 금값 인데 구정만 지나면 이와는 늘 반대가 되곤 하였다.

그 다음 장날 어머니는 일찌감치 소를 끌고 쇠 장터로 가서 팔았다. 그 길로 곧 바로 서울로 향하였다. 집에서 궁금해 할 큰 아들 생각은 조금도 안하고.

마장동 시외버스 터미널에서 내려 이문동 가는 버스를 타려고 하는데 늦은 시간이라 그런지 사람들이 무척 많았다. 초만원 버스에 간신히 몸을 비벼 넣고 이문동 까지 갔다. 버스에서 내려 허리에 찬 돈이 잘 있나 싶어 만져보니 아, 이게 어찌된 일인가?

하늘이 노랗게 되면서 현기증이 일어 길옆에 쓰러지시고 말았나. 한참 후에 간신히 정신을 차리고 파출소를 찾아가 돈을 찾아 달라고 애원을 하였다. 무슨 재주로 그 돈을 찾겠는가?

파출소 직원은 처음에는 어수룩하게 생긴 시골 아주머니가 하는 말을 귀찮아하는 눈치였으나. 나중에는 최선을 다해 보겠다고 다소 안심이 되는 말을 하였다. 이를 어찌 해야 한단 말인가?

집으로 돌아오신 어머니는 한숨만 쉬시면서 걱정에 쌓여 계셨다. "어머니, 혹시 누가 알아요, 하느님이 도우셔서 다시 찾을 수 있을지. 너무 상심 마세요. 하늘이 무너져도 솟아 날 구멍이 있다는데요."

그 다음 날 어머니를 모시고 막내는 시골로 내려갔다.

자초지종을 듣고 난 큰형은 엎질러진 물이니 할 수 없다며 너무 상심 마시라고 하였다. 막내는 〈아르바이트〉라도 해서 그 돈을 벌겠다고 했으나 큰형은 쓸데없는 생각 말고 더 열심히 해서 장학금이라도 받을 각오를 하라고 했다.

그때 어머니의 마음은 얼마나 아프셨을까? 그 후부터 어머니는 사기꾼 빈둥거리며 놀고먹는 건달 도둑들을 더욱 미워 하셨다.

성한 몸뚱이 갖고 열심히 벌어먹지 왜 남의 등을 쳐 먹고 사느냐고 하시면서.

특히 신문지상이나, TV에 나오는 내노라 할만큼 잘 알려진 인사들이 쇠고랑을 찰 때는 더욱 화를 내시었다.

"천벌을 받을 놈들, 배웠다는 놈들이 양심도 없나보다. 차라리 거렁뱅이로 살지"

요즘 세상은 양심이 없는 사람들이 버글버글 하나보다.

무슨 벤처 사기로부터 시작하여, 공적자금 비리사건, 선거 때마다 쏟아지는 헛 공약들, 대형 금융 사기사건, 카드깡 사기사건, 미성년자 성상납 사기사건, 광고 사기, 피라밋 사기, 뜨는 인기연예인 만드는 사기, 쓰리꾼, 야바위 꾼, 도박사기, 경마, 경륜, 경정사기에 이르기까지 우리사회는 엄청난 사기꾼들이 판을 치고 있다. 우리 나라 역사상 지금처럼 많은 사기꾼도 없었을 것이다. 이런 사기꾼들의 유형에는 한 가지 같은 공통점과 한 가지 다른 공통점이 있다. 같은 공통점은 하나

같이 말을 잘 하여 선량한 사람들의 마음을 도둑질 해 가는 것이고 다른 공통점은 같은 죄, 같은 법률적용을 받으면서도 〈끗발이〉좋은 사람일 수록 죄가 가볍게 된다는 것이다.

국민의 이익을 위해 하다보니 결과가 이렇게되었다는 변명이 큰 도둑의 말이요, 배고픈 거지에게 빵을 사주려고 했다는 것이 쫌 씨들의 변명이었다. 사실 이 사회에 더 큰 손해를 입히고 국가의 장래를 어둡게 한 자들이 더 큰 벌을 받아야 마땅하지 않을까?

이 사회를 끌고 가는 책임은 누구에게 있는 것일까?

전부는 아니라고 하더라도 지식인, 지도자들의 책임이며 몫이 아닐까? 조그만 회사의 사장에서 자칭 지식인이며, 지도자급에 속한다고 착각하는 사람에 이르기까지 이들의 양심이 살아 있어야 이 사회는 미래가 있는 밝은 사회가 될 것이고 그렇지 않으면 죽음을 기다리는 사회, 암울한 사회가 될 것이다. 어찌 리더라는 사람이 자기 이익부터 생각하는 소인배 같단 말인가?

〈남이 하니까 나도 한다〉가 아니라 〈남이 할 망정 나 하나만이라도 하지 말자〉라는 확고한 철학이 있을 때 이 사회는 살맛 나는 사회가 될 것이다. 출세 좀 덜 하면 어떤가? 돈 좀 덜 벌면 어떤가? 양심을 팔아먹는 비열한 짓은 하지 말자.

못 배운 우리 어머니였지만 이런 확고한 신념은 어쩌면 잘 난 체 하는 사람들보다 더 훌륭하시었다.

훌륭하신 교육자였고, 독립군으로 싸우진 않으셨서노 그에 못지않는 애국자이셨다. 어머니가 살아 생전에 자식들에게 이르실 때는 그저 흘러가는 소리도 여길 때도 있었다 그러나 떠나시고 난 후 지금 생각해 보면, 하신 말씀이나 몸소 실천해 오셨던 행동 하나하나는 모두 진실이셨고 당신의 확고한 철학이셨다.

제 3 부

15. 딸 며느리

드디어 막내의 결혼 날자가 내일로 다가왔다.

방 한 칸 제대로 장만 해 줄 돈이 없어서 제 누이의 집으로 신혼 살림이 들어왔다. 조카도 데리고 있을 겸, 주인 눈치 안보고 제집처럼 편히 살 수 있으니 남 보기에는 돈 안 들어 좋을 성싶지만 어머니의 마음은 편치를 아니 하였을 것이다. 물론 시골에 있는 땅이라도 팔아서 방 한 칸 얻어 주자고 하면 반대할 큰아들은 아니었으나, 막내는 어떤 이유로도 약속을 어길 수 없다며 극구 반대를 하였던 것이다.

"그래, 너희들은 아직 젊고 능력 있으니 지금은 힘들더라도 알뜰살뜰 모아 살림 늘어나는 재미를 보며 살아가거라"

며느리는 그렇다 치고 사돈댁 볼 면목이 없었다. 자격지심에 눈물이 쏟아졌다. 이런 사정을 아는 며느리는 결혼 예물도 반지(금반지)하나만 받고 신혼 여행도 온양온천을 택하였다. 젊은이들은 누구나 제주도로 신혼 여행을 가려고 야단들이었지만 며느리는 그 돈 아껴서 집 장만하는데 보태자고 하였다. 이런 검소한 마음이 앞으로 살아가면서 만날 세파에도 때가 묻지 않으면 좋으련만.

결혼식이 끝나고 당일 시골로 내려가 농네 산치들 한번 너 하고 다음날 가방하나 달랑 들고 온양으로 향하였다. 버스가 산모퉁이를 돌아 갈 때 어머니의 마음은 또 한번 저려왔을 것이다. 며느리는 이런 까닭에 귀여움과 사랑을 받기는 했어도 속으로는 많이 울기도 했을 것이다.

막내가 신혼 여행에서 돌아오자 시어머니는 철없는 며느리를 빨리 가르쳐야 한다는 이유로 함께 살기를 원했다. 어린 나무는 처음부터 잘 휘어잡고 가지치기를 잘해야 하는 것과 같은 원리였다. 막내는 대학까지 공부 시켜주는 조건으로 어떤 재산도 물려받지 않겠다고 하였다. 그도 그럴 것이 얼마 안 되는 논밭을 아들 셋이 나누어 가지면 서로 못 살 것은 뻔하기 때문이다.

결혼하여 살림을 날 때도 숟가락 하나 더 가지고 나오지 않았다. 아들의 이런 점을 잘 알고 있는 원주 댁은 그래도 손에 흙 안 묻히고 펜대 굴리며 평범한 월급쟁이로 먹고살게 된 것이 천만 다행이라고 생각하였다. 그러니 새 며느리를 하루빨리 잘 가르쳐야 알뜰한 살림을 할 것이고, 그래야 빨리 안정을 찾을 것이며 그것이 곧 아들이 고생을 덜 하게 되는 지름길이라는 확신을 가지고 있었던 것이다. 아들이 출근하고 나면 살림 교육이 시작되었다. 그 교육이 나쁠 리야 없지만 갓 시집 온 며느리에게는 잔소리요 시집살이인 것이다.

"집안에서 일어났던 일은 어떤 것이건 간에 남편한테는 말하지 말거라. 남자는 직장 일에만 충실하면 되는 것이고, 안 살림은 여편네가 하는 것이니, 남자는 집안 일을 몰라도 된다."

이 첫 마디가 매일 반복되는 교육의 첫 시작이었다. 모든 교육의 핵심은 아끼며 살라는 것이었다. 낭비를 없애고 근검 절약 하는 것만이 여자의 미덕이라고 하였다. 일주일에 한두 번 가는 목욕도 너무 자주 간다며 돈을 아끼라고 하였다.

아침밥 먹고 나면 빨래하고 다시 점심하고 청소하고 다시 저녁하고, 이것이 새 며느리의 하루 일과표였다. 그 일과가 차질 없이 진행되기 위해서는 시어머니라는 선생님이 늘 옆에 따라 다녔다. 그래도 며느리는 겉으로는 전혀 내색을 하지 않았다.

어떤 날은 잠 잘 때도 일어나 앉아 아들 며느리 자는 모습을 지켜보기도 했다. 상상조차 할 수 없는 일이라 요즘 젊은 여자들 같으면 기절 초풍하고 당장 보따리 싸 들고 친정으로 도망 갈 일이지만 막내며느리는, 홀 시어머니의 그런 심정을 이해하려고 무던히 애를 썼다. 또 잘 참아 주었다. 귀여운 아들을 다른 여인에게 뺏긴 것 같은 홀로된 노모의 심정을 이해 해 주고 있는 것이다.

한번은 이런 일이 있었다.

갓 시집 온 며느리는 울어야 할지 웃어야 할지, 참으로 이해하기 힘든 사건이 발생하였다. 그 날 며느리는 마침 외출을 하고 집에 없었는데 점심때가 되었을 즈음에 망가진 밥상이나 칠이 벗겨진 장롱을 칠해 준다며 소리치고 다니는 칠장이가 돌아다니고 있었다. 원색에 가까운 고운 색을 좋아하는 어머니는 며느리가 해온 〈장농〉이며 〈서랍옷장〉의 색상이 산뜻하지 못하다고 늘 생각하던 터였다. 며느리가 해온 농의 색깔은 짙은 갈색이었는데 마침 잘 됐다 싶어 그 칠장이를 불러 들였다.

"여보 이 농이며 옷장 색깔 좀 바꿔 주시오. 아주 환한 색으로. 맘에 안들면 돈 못 받아가요?"

"예, 염려 마시오. 내 먹고 하는 일이 이건데…"

그 칠장이는 불그스름한 색을 권하였다. 보기에도 괜찮을 성싶었다. 아니 며느리가 해온 장, 그것도 시집 온지 얼마 되지도 않는 며느리의 장롱을 며느리와 한마디 상의도 없이 바꿔 버리는 시어머니가 이 세상에 또 어디 있단 말인가?

더 예쁘게 칠한 색은 엉망이 되어 보기가 가관이었다.

외출에서 돌아온 며느리는 까무러칠 번하였다.

"얘, 햇볕에 바래서 새로 칠한다고 했더니 그냥 둘걸 그랬나 보다"

며느리는 울음이 왈칵 솟구쳐 올랐다. "예뻐요, 어머니"

꾀까달스럽게 생긴 외모와는 달리 시어머니가 무서워서 그랬건, 순진해서 그랬건, 아니면 시집살이는 여자의 운명이라고 체념을 해서 그랬건 간에 위기를 잘 넘겼고, 일반적으로 세월이 흐르면서 깊어져 가기 쉬운 고부간의 갈등은 오히려 신뢰와 사랑으로 바뀌어 가고 있었다. 사람들은 참으로 이상한 일이라고들 하였다. 요즘 색시가 어쩌면 저럴 수가 있느냐고 하면서.

신혼 시절 깨가 하루저녁에 서 너 말씩은 쏟아져야 할 판인데, 깨는 커녕 인내하기 힘든 시집살이에 눈물이 서 말씩 쏟아졌다. 그러나 그것이 힘들던 아니던 간에 잘 참아주고 오히려 친정 어머니처럼 대해준 막내며느리에게 참으로 고맙다는 생각을 했다. 며느리의 그러한 생각이 진심인지 체면치레상 하는 짓인지는 몰라도 표면상으로는 고마운 것임에는 틀림이 없었다. 세월이 흐르며 고부간에는 남다른 정이 쌓이고, 전생의 연분이라며 며느리는 시어머니를 정성껏 모셨다. 오히려 딸보다도 대하기가 더 편한 며느리가 되었다. 연분, 참으로 알 수 없는 일이다. 불가에서 말하는 삼 생, 수 십 생, 수 백 생의 인연을 가진 전생의 만남이 아니라도, 알 수 없는 것은 잘 모시겠다는 생각이 마음 속 저 깊이서부터 울어 나와 하는 것이지, 억지로 체면상 해서는 안 되는 일이었다.

우리는 하루에도 수많은 사람들과 만나고 헤어진다. 길가다 만나는 사람, 업무상 만나는 사람, 음식점에서, 술집에서 우리는 알게 모르게 너무나 많은 사람들과 만나고 헤어진다.

우리가 보통 〈인연〉 이라고 하는 이 만남 중에는 〈좋은 만남〉도 있고, 〈나쁜 만남〉도 있다. 인생이 살아가는 한 과정을 놓고 이러쿵저러쿵 말장난을 한다고 할 지는 모르나 부모 자식으로 만남, 부부로 만남, 스승과 제자로 만남, 친구로 만남, 한 직장 동료로 만남 같은 것은 참으로 소중한 만남이요 이야말로 남다른 인연으로 가지고 만나는 것이다.

어떤 만남은 상처를 주지만, 어떤 만남은 아름다운 삶의 향기가 되기도 한다. 아마도 막내며느리와의 만남도 후자에 속하는 인연일 것이다. 말하자면 딸 며느리의 관계였다.

딸 며느리? 딸이면 딸이고 며느리면 며느리지 딸 며느리란 무엇인가? 시어머니 입장에서 볼 때 때로는 딸처럼 귀엽고 친근감이 가서 흉허물없이 마음에 있는 말을 그대로 전할 때도 있고, 때로는 미운 며느리처럼 시집살이를 시키고 싶은 경우도 있을 것이다. 며느리 입장에서 보면 때로는 친정엄마처럼 응석도 부리고 싶고 때로는 시어머니의 티를 내어 어딘지 모르게 어색하고 마음이 확 쏠리지 않아 전혀 애정을 느낄 수 없는 경우도 있을 것이다. 아마 이 두 사람의 관계도 이와 같았다. 어머니는 가끔씩 며느리와 함께 시장을 보러 가거나 백화점엘 가거나 동네 목욕탕을 가기도 했다. 시장이나 백화점에는 같이 다닐 수 있다손 치더라도 공중 탕을 함께 가기란 그리 쉬운 일은 아니었다. 사람들이 딸이냐고 물으면 아니라고 했다가 이내 맞다고 했다.

때로는 딸이기도 때로는 며느리기도 한 것이 사실이기에 다른 사람들 앞에서는〈딸 며느리〉라고 불렀다.

막내며느리는 어려서부터 천주교회를 다니고 있었다

결혼 할 당시 비신자인 남편과는 교회법대로 하면 결혼을 할 수 없었으나 결혼 후에 세례를 받기로 약속을 하고 관면혼배를 먼저 받았다. 며느리는 양의 탈을 쓴 이리가 되지 않으려고 늘 기도와 참회, 고해성사를 통하여 자신을 성찰하고 힘을 얻었다.

시어머니와 큰 갈등을 겪지 않은 것도 아마 이 같은 신앙이 밑바닥
에 깔려 있었기 때문인지도 모른다.

그러나 결혼 후 10년이 지나도록 남편은 약속을 지키기는커녕 오히
려 못 나가도록 은근히 압력을 넣기도 하였다.

"여보 약속 안 지켜요?"

"무슨 약속?"

"관면혼배 받을 때 약속 말 야요"

"그 약속 폐기처분 된 게 언젠데 아직도 그 이야기요?"

그러나 며느리는 더욱 하느님께서 온 가족을 성전으로 인도해 주시
라고 기도를 하였다.

그러던 어느 해 추석날 저녁 이상한 일이 벌어졌다. 추석 명절을 세
기 위해서 어머니는 삼일 전쯤 먼저 시골로 내려가 계시었다. 추석날
시골에 내려가서 어머니를 뵈었을 때는 매우 건강하신 모습이었는데
서울로 올라온 막내는 그 날 저녁 참으로 이해 할 수 없는 꿈을 꾸었
던 것이다.

〈대학엘 다니다가 방학이 되어 털털거리는 버스를 타고 시골엘 내려
갔는데, 큰 형님 혼자서 구덩이를 파고 계셨다.

"형님, 왜 여기다 구덩일 파고 계셔요? 누가 돌아가셨나요?"

"야 이 녀석아, 어머니가 돌아 가셨는데, 이제야 온단 말이냐? 넌 어
찌 그리도 집안 일에 무관심하냐?"

큰 형님은 막 화를 내셨다. 서럽게 울기도 하면서.

또 그 옆을 보니 평소에 없었던 낯선 묘가 하나 있었다. 잔디도 잘
자라고, 잘 가꾼 묘였다.

"형님 저것은 누구 묘인데 여기다가 썼지요? 남의 밭에다가!"

"원주에 계시던 아버지 묘를 이장해 온 거란다."

깜짝 놀라 깨보니 꿈이었다. 너무도 선명한 꿈이었다. 마치 생시에 일어난 일처럼 기억에 뚜렷이 남아 있었다. 아침밥을 먹으며 아내에게 꿈 이야기를 했다. 꿈은 꿈일 뿐이라며 어제 낮에 건강하신 모습을 뵙고 왔는데 무슨 일이야 있겠냐며 너무 근심 말라고 하였다.

그 날 아침 다른 날보다 더 일찍 직장에 출근하여 자리에 앉아 책상 서랍을 열려고 하는데 전화벨이 울렸다.

"여보세요?"

"여보 어머니가 돌아가셨대요."

"누가 그래? 어디서 연락을 받았는데?"

"전보가 왔어요. 모친 사망이라고…"

전화 속에서 흐느끼는 여인은 아내였다. 세상에 이럴 수가….

꿈이 생시였나? 생시가 꿈인가? 분명 꿈은 아니었다.

직장에는 휴가원을 제출하고 집으로 달려가 부랴부랴 친인척에게 연락을 하고 처와 어린애들을 데리고 고속버스에 올라 고향으로 향하였다.

이렇게 허무할 수가 있는가? 알 수 없는 눈물이 막 쏟아졌다.

"애 아빠, 만일 어머니가 살아나시면 당신 교회 나갈 겁니까? 나하고 약속할 수 있어요? 예수님은 죽은 자도 살리었잖아요. 당신도 하느님을 믿을 수 있냐 구요?"

눈을 감고 온갖 상념에 젖어있는 울고만 있는 남편에게 아내가 뜬금 없이 이런 말을 하였다.

그러면서 아내는 흐느껴 울며 하느님께 어머니를 살려 주시라고 간절한 기도를 하고 있었다.

"어머니가 살아 계시면 백 번이라도 가지, 가고 말고. 어머니를 살려 준다는데 교회 안 나갈 자식이 어디 있겠소?"

과연 하느님의 능력은 절대적이신가?

제발 살아 계시기만을 간절히 바라면서 믿지도 않는 하느님께 은근히 기대를 걸었다.

버스가 마을 입구에 다다르고, 내리자마자 집으로 달려가는데 별일이 없을 것 같은 생각이 들었다. 시골서는 큰 일을 당하면 사람들이 분주히 왔다 갔다 하고, 음식 만드느라 연기도 나고, 큰 차일도 치고, 해야 하는데 너무나 조용한 모습이 이상했다. 대문을 열고 들어가니 어머니가 마당에서 파를 다듬고 계셨다.

"아니 너희들 웬일이니? 어제 올라간 애들이 왜 또 왔어?"

귀신이 곡할 노릇이었다. 분명 사망 전보를 받고 왔는데 살아 계시다니. 꿈인지, 생시인지 구분을 할 수가 없었다. 너무 긴장한 탓에 허상을 보고 있는 것일까?

돌아가신 어머니가 정말 다시 살아 나셨나? 아니면 안 돌아가신 걸까? 우리가 오는 동안에 아내가 한 기도를 하느님께서 들어주신 것일까? 하여간 살아 계셨다.

마을에 전화한대 없을 때였으니 눈으로 보는 것만이 확인하는 유일한 길이었다.

직장의 상사와 동료들, 그리고 친구들이 업무를 마치고 밤중에 이곳까지 찾아올 생각을 하니 정말 끔찍했다. 부랴부랴 우체국까지 뛰어가서 서울로 여기저기 연락을 하여 밤중에 손님 오는 것은 막을 수 있었으나 내일이 또 걱정이었다.

반가움에 온종일 웃다 울다 하는 소동이 벌어졌다.

다음날 직장에 출근해보니 벌써 몇몇 친구들은 부의금을 보내왔다. 되돌려 주며 상황 설명을 하느라 진땀을 빼긴 했어도 이 얼마나 웃기는 일인가? 영화에서나 있을법한 이야기가 내 현실 앞에 펼쳐져 있으니 아무리 생각해도 우습기만 하였다.

우리 속담에도 '백문이 불여일견'이란 말이 있고, 서양 속담에도 '보는 것이 믿는 것'이란 말이 있는 것으로 보아 동서양을 막론하고 이런 실수는 있었던 것이라고 농담반 진담반 넘기고 말았다. 아마도 평생을 살면서 어머니 이야기만 나오면 이때의 에피소드가 생각나 웃고 있을 것이다.

어찌 되었건 오보로 생긴 일이긴 해도 묘한 방법으로, 오묘하신 섭리로 못난 놈을 교회로 인도하시는 하느님을 믿고 그때부터 막내는 교회를 나가기 시작했다.

16. 아름다운 준비

  며느리는 25년여를 시어머니와 함께 살아오면서 때로는 갈등도 있었고, 연민의 정도 느낀 것도 사실이다. 숨찬 병 때문에 병원 응급실 문을 두드려 자식들이 놀란 것도 여러 번이었고, 그럴 때마다 자식들은 불쌍한 어머니 생각에 애가 타서 밤을 지새기도 했다.

  이처럼 미운 정 고운 정 들대로 든 어머니가 지금 저 세상 길을 홀로 떠나가시려고 아름다운 준비를 하고 계신 것이다. 이 세상에 오셔서 묶고 있던 수많은 끈을 하나하나 풀고 계신 것이다.

  살아오시는 동안 거미줄보다도 더 많이 얽히고 설킨 이 세상의 연에 묶인 끈을 풀기가 이리도 힘드시다는 말인가?

  불과 이틀 전, 그 날도 가족들이 다 모여 있었는데, 그 동안 죽음의 강을 몇 번씩 넘나들던 분이 언제 그랬었나 싶을 정도로 정신도 맑으시고 저녁도 미음이지만 조금은 잡수시어 가족들은 큰 근심을 안 하고 이런저런 이야기를 하고 있었는데 불쑥 이런 말씀을 하셨다.

  "애, 작은애야, 내 송편이 먹고 싶으니 어데 가서 1개만 사 오너라"

  "예 알았어요, 어머니, 지금 가서 당장 사 가지고 올게요, 조금만 기다리세요"

  미음도 제대로 소화를 못 시키시는 분이 어떻게 하시려고 그러시는지. 밤늦은 시간이지만 시장 골목을 다 뒤져 송편을 사다 드렸다.

  사다드린 송편을 반정도 잡수셨다. 아마도 그 날 저녁 그것을 사다 드리지 못했다면 두고두고 후회를 했을 것이다.

  며느리는 대소변 수발하는 일을 그리 힘들거나, 께름칙하게 생각지 않았다. 그것도 이상한 일이긴 했다. 자기애들이 어릴 때도 안 그랬는데 시어머니의 대소변은 자연스런 현상이라 하니 얼른 납득이 가지 않았다.

무엇이나 먹고 싶다면 넉넉하게 드렸다. 소주까지도 달라고 하면 겁도 없이 드렸다. 사시면 얼마나 사신다고 먹고 싶은 것을 안 드리느냐 하는 것이다.

"어머니 진지 드셔야지"

"나, 안 먹을래"

"그래도 먹어야 돼. 그래야 빨리 힘을 얻고 났지. 빨리 나으면 구경도 다니고…"

그래도 시어머니는 애기처럼 고개를 흔든다.

며느리는 강제로 미음을 떠 입에 넣어 드린다. 평소 좋아하던 자반을 얹어서.

"아 아 한번만 더. 아유 잘 잡숫네. 아무 염려 말고 많이 잡숴. 먹고 싶은 것 말하고…"

아마도 속 모르는 사람이 이런 대화를 들으면 딸인지, 며느린지 분간하기 힘들었을 것이다. 딸은 엄마한테 반말을 한다. 그것은 어머니를 무시해서가 아니라 밑바닥에 사랑이 깔려 있기 때문에 가장 친한 사이라는 표현이며 이런 말투는 오히려 더 다정 다감함을 느끼게 되도록 만드는 것이다.

이 모두가 가식 없는 진심일 것이다. 하느님 앞에 감히 거짓말은 못할 테니까.

아들들은 잡숫고 나서 소화를 못 시키면 또 고통스러워하시니까 적게 자주 드리라고 하지만 막내며느리는 달랐다. 얼마나 사신다고 잡숫고 싶은 것을, 또 맛있게 잡수시는 것을 보고 어떻게 조금만 드리느냐 하는 것이었다.

긴 병에 효자 없다고 사경을 헤매며 고통스런 신음 소리를 들을 때면, 자식들은 말한다. 한 백년, 아니 무한정 사시는 게 아니니까 고생 그만 하시고 빨리 돌아가시라고, 그게 복 받으신 것이라고.

그럴지도 모른다. 그러나 가본 적 없는 저승을 어찌 혼자 가시라고 감히 자식들이 말 할 수 있는가? 그런 말은 모두 저희들이 편 하자고 하는 소리이다.

옛말에 부모에게 효를 하고자 하나 이미 부모는 안 계시더라 하는 말이 있다. 돌아가신 후에 아무리 애달 퍼 한들 무슨 소용이 있으며 제사를 아무리 잘 지내 드린다 한들 무슨 소용이란 말인가?

사람들은 이를 두고 철이 났다고 하는지도 모르겠다. 효는 살아 계실 때 해야 하는 것이다. 따듯한 물 한 모금이라도 정성껏 드릴 때 그것이 진정한 효가 아닐까?

옛날 어른들은 혼정신성(昏定晨省)의 예를 올렸다.

즉 저녁 주무시기 전에 부모님 침소를 찾아 뵙고 밤사이 편히 주무시기를 문안드리고, 아침이면 일어나자마자 지난밤 편히 주무셨는지 여쭙는 일을 당연한 도리로 여기어 하루도 거르지 않았다. 그러나 요즈음은 과연 이같이 하는 자식이 몇 이나 되는지 알 수 도 없겠지만 오히려 본척 만척 남처럼 살고 나 있지 않은 지도 모를 일이었다. 밥 먹을 때 숟가락 하나 더 놓는다는 심정으로 상을 차린다면 이는 효가 아니다. 무엇을 드시면 기력이 좋아 지실까 한번쯤 생각하고 배려하는 마음이 있어야 마땅한 도리라 생각된다.

병중에 먹을 수 있는 힘도 없는 부모에게 진수 성찬을 차려 드리면 그것이 효일까? 이웃에서 보면 효를 하는 것처럼 보일지는 몰라도 그것은 진정한 효는 아닐 것이다. 잡숫지도 못하는 진수성찬이 무슨 의미가 있단 말인가?

부모의 마음을 편하게 해드리며, 늘 염려하고, 그리워하는 마음 , 따뜻하고 공손한 말 공대, 이런 것이 진정한 효가 아닐까?

어머니는 평소에 콩 반쪽이 생겨도 자식 생각을 하는데 자식이 어찌 부모에게 효를 다 하고 있다고 감히 생각을 할 수 있단 말인가?

부처님 말씀 중에 부모은중경 편을 보면 이런 말씀이 나온다.

어머니 뱃속에서 보호받은 은혜/낳으실 때 괴로움을 겪으신 은혜/아기 낳고 모든 시름 잊으신 은혜/ 좋은 것만 가리어서 먹여주신 은혜/마른자리 젖은 자리 가려주신 은혜/젖먹이며 다독거려 키워주신 은혜/더러운 것 세탁하여 청결케 하신 은혜/집을 떠나 먼길 가면 잊지 않은 은혜/자식 위해 거짓으로 악업 지은 은혜/어른 돼도 끊임없이 걱정하신 은혜

어머님의 은혜가 태산같것만 자식은 그것을 모른다. 마치 숨쉴 때 공기의 필요성을 못 느끼듯이.

어머니는 자식을 위해서는 악업까지 지으시는 것도 마다하지 않으신다고 이미 석가모니께서도 말씀하시지 않았는가?

어려서는
젖 물리시고
귀여워서 등 토닥이시며
건강하게 자라거라 큰 사람되거라
자나깨나 소원하며 사시던 어머니
커서는
종아리 때리시며
올바른 사람 되라 비굴하지 말거라
회초리 자국 만지시며 마음 아파 우시고

돈도, 재산도 명예만 못하다며
자나깨나 이르시며 사시던 어머니

다 큰 어른이 돼서도
지나온 발자취 더듬어 주시면서
과음하지 말거라 양심 팔지 말거라
진솔한 삶만이 보람된 것이라며
마지막 길에서도 가르치신 어머니

우리는 평소 이런 핑계, 저런 핑계로 부모님께 소홀히 하며 살기가
십상이다. 돈을 번다는 핑계로, 출세를 하기 위해서는 할 수 없으니 조
금만 기다리라는 핑계로, 명예를 얻기 위해서, 바쁘다는 핑계로 부모
생각을 소홀히 하고 오히려 부모님이 이해해 줄 거라는 생각을 갖고
살기 일쑤다. 자식이 잘 되기 위해서 그리 하는데 왜 부모님께서 이해
를 못하겠냐며, 부모에게 일방적인 양보와 사랑을 요구하고 있는 게
자식들이 하는 말이며 태도일 지도 모른다.
　고통 중에도 깜빡 잠이 들곤 하셨는데 그 순간에도 꿈을 꾸시는지
꿈 이야기를 하셨다. 기억조차 희미한 옛날에 핏덩이로 죽은 아들녀석
이 아장아장 걸어와 엄마 품에 안기는 꿈이었다.
　어미를 얼마나 그리워했으면 이제 죽음을 눈앞에 둔 어미가 반가 와
서 꿈에 나타나 암시를 하고 있을까? 그것도 반세기가 지난 지금에 와
서야 ……
　꿈을 깬 노인은 까마득한 옛 생각이 떠올랐다.

　강원도 산골에 살 때 넷째로 태어난 놈이 1년도 채 못되어 죽은 일
이 떠 오른 것이다.

〈어린 딸에게 동생 잘 보라고 일러놓고 들로 일을 하러 나갔다 돌아와 보니 어린애가 불덩이였다. 먹은 것이 체했나 싶어 낮에 무얼 먹였냐고 물었더니 엄마가 시키는 대로 흰 죽 끓여 미음만 먹었다고 했다. 겁에 질린 딸애는 처음에는 아무 일도 없었다고 하더니, 어린애가 점점 죽어 가는 모습을 보고 나서야 사실대로 말을 하였다.

"엄마, 사실은 낮에 놀다가 애를 거꾸로 떨어뜨렸는데 그때 큰돌에 머리를 부딪쳐 숨도 잘 못 쉴 정도였어"

딸애는 울면서 말했다. 원주 댁은 죽어 가는 핏덩이를 안고 의원을 찾아 뛰었으나 이미 때는 늦어 버렸다. 그 어린것을 안고 얼마나 울었는지 모른다 일년도 채 못 살면서 이 세상엔 무엇 하러 왔는가?〉

커서 죽으나 어려서 죽으나 부모 마음은 같은 것이다. 다만 정이 덜 들었을 뿐이지. 자신의 팔자는 참으로 기구하였다. 세월이 흐르면서 그 애 생각은 까마득히 잊고 살았는데 지금 와서 꿈에 보이는 이유는 무엇일까? 말 못하는 어린것이 얼마나 엄마를 원망했으면 이 세상 삶을 얼마 남겨 두지 않은 엄마한테 나타난 것일까. 저승에서나마 어미 품이 그리워서 그런 것은 아닐까 아니면 곧 찾아갈 어미가 반가워서 미리 암시를 주는 것일까? 아마도 한이 돼서 그렇겠지……

핏덩이가, 남편이, 시동생이, 시아버지가, 그리고 큰아들이 죽음으로서 모든 슬픔은 막을 내릴 것인가, 아니면 아직도 더 아픔이 남아 있는 것일까? 애정 시대에 태어나 나라 없는 설움도, 6.25전쟁의 아픔도, 과부로서 타향살이의 눈물까지 평생 한번 있을까 말까 한 파란만장한 사건들이 왜 나에게는 이리도 많단 말인가?"

어머니의 병세는 날로 악화되어, 죽음의 그림자가 해지는 서산의 산그늘처럼 덮쳐오기 시작했다. 어떤 날은 자식들도 몰라봤다. 어머니, 아버지를 수도 없이 찾으며 빨리 죽게 해 달라고 애원도 하시었다. 해

는 이제 지기 시작하는데 언제 날이 새느냐고 물을 때면 옆에서 보는
자식들의 마음이 아프고 또 아팠다.

　몸 여기 저기에 욕창이 생겨 고름이 쏟아지고, 퉁퉁 부은 다리에서
는 땀 같은 물이 마구 흘렀다. 죽는 순간까지도 고생을 하고 계신 어
머니 앞에 자식들은 그냥 울기만 하였다. 너무나 불쌍하고 가련했다.
한 여인의 운명이 어찌 저럴 수가 있단 말인가? 전생에 죄가 많아서인
가, 살아 지은 죄를 다 보속 받고 가기 위함인가? 지금의 이 고통이 살
아 생전 알게 모르게 지은 죄를 다 용서받고 하늘에서 영원한 평화를
얻기 위한 이승에서의 마지막 벌을 받고 있는 고통이라면 얼마나 좋을
까. 죄를 가지고 가면 지옥에 가실 테지만 죄를 다 털고 가시면 천당
에 드실 테니까.

　아들도 며느리들도 차츰 그 자리를 피하고자 했다. 차마 눈으로 볼
수 없었기 때문에. 다른 깊은 뜻이 있었는지는 모르나 하여간 전과는
무언가 조금은 달랐다.

　그들의 마음속엔 빨리 돌아가시기를 바라는 마음이 점점 깊어져 가
고 있는 게 솔직한 바램이었는지도 모른다.

　어느 시인의 시 한 수 가 생각났다.

　　　----　　미운 정　　---

　당신께서 고통으로
　밤잠을 설치시면
　그것은 저에겐 아픔이었습니다
　아픔은 고통을
　고통은 미움을

당신께서 머물던 자리
지금은 텅 빈 채
저를 맞고 있습니다
하늘이 맺어준 모자의 정을
어찌 인간의 힘으로 뗄 수 있습니까 ?

텅 빈자리에서
당신의 음성은 허공을 맴돌고
당신의 허상이 아른 대고 있습니다

육신은 떠났으나
영혼은 아직도 저를 사랑하고 계시기에
"어머니" 하고 불러 봅니다

저런 고통으로 사시느니 차라리 돌아가시는 게 축복이라 생각해 본
적도 있었다. 아니 그렇게 되시길 바랬다고 하는 게 솔직한 표현이다.
　사람은 누구나 영원 할 수 없다. 한번 가는 길에 어떤 이는 복이 많
아 잠자는 듯이 자식들의 애통 속에 가고, 어떤 이는 복이 없어 자식
들이 빨리 죽기를 바라는 가운데 가고, 세상은 참으로 공평하지 못하
였다.
　의사도 노환이라 어쩔 도리가 없다고 했다. 고통이라도 덜어 드리라
며 진통제 몇 알을 넣어 처방하는 게 전부였다.
　참으로 야속했다. 일반인이 알기에 의사는 못 고치는 병이 없을 줄
알았는데 환자를 대하는 냉정한 모습은, 아무리 직업이 그럴 수밖에
없는 것이라 해도 너무나 야속하고 차갑게 느껴졌다.

살고 죽는 일은 하느님만이 하실 수 있는 능력이다.

잠시라도 고통이 멎으면 당신의 죽음을 알기라도 하시는 듯 말씀하셨다.

"애야, 열심히 살어, 남과 다투지 말고, 미워하지 말고 불쌍한 사람들 도와주고 살어. 그리고 하나 명심할게 있다. 절대 술 은 많이 먹지 말거라. 술은 악마의 피다. 처음엔 사람을 기분 좋게 만들어놓고 차차 취하게 만들어 비참하게 부셔진 인간의 모습을 보고 즐거워한다. 악마의 장난으로 흐트러진 모습을 보고 사람들 역시 비웃으며 즐거워할텐데 그렇게되면 누가 너를 신뢰하고 따르겠느냐?

나 이제 얼마 안 남았어. 오늘 저녁이 될지 내일이 될지는 모르지만 오늘 내말 명심하고 지금부터는 내 곁을 절대로 비우지는 말거라"

"네 어머니, 명심 할 테니 염려 마시고 편한 맘으로 계세요"

당신의 죽음을 미리 알기라도 하시는 것처럼 귀를 바짝 갖다 대야 알아들을 만큼 아주 작고 힘없는 목소리로 말씀 하셨다.

자식이 뭐 길래 이런 마지막 순간까지도 걱정을 하시며 불안해 하시는 걸까?

잠시 침묵이 흘렀다. 눈을 감으시고 추억을 더듬고 계셨다. 사람은 누구나 이 세상에 온 이유가 있을진대 나는 무엇 하러, 왜 왔다 가는가? 큰 족적을 남기진 못했어도 어느 것 하나 내세울만한 것이라곤 아무 것도 없었다. 그러나 보잘것없는 길가의 잡초도 그 의미가 있듯이 왔다가는 이유가 있었을 것이다. 가져갈 것도, 두고 갈 것도 없는, 올 때처럼 빈손으로 가는 생, 세상에 잠시 머무는 동안 잠깐 빌려쓰고 나서 제자리로 되돌려 놓고 가는 것이 삶이란 것이었다. 다만 하나 동행자를 잃고 자식만을 위해서 살다 가야하는 운명이 자신의 삶의 목적이며 의미였는지도 모른다고 생각하셨을까?

왜 그런 말씀을 하셨을까? 두고 가는 다 큰자식이지만 못 미덥고, 미지의 세계로 혼자 가시기 두려워서 그래셨을까, 아니면, 당신의 마지막 모습을 자식들이 못 볼까봐 그래셨을까? 죽음이 임박해서도 자식들 걱정에, 자신의 인색함을 후회라도 하듯, 말씀하시던 어머니, 아니 운명의 순간까지도 당신의 고통보다는 자식들 걱정에 더 마음이 편치 않으시던 어머니, 어머니의 사랑은 이런 것이다.

함께 갈 수 만 있는 길이라면 어머니의 손을 잡고 도란도란 이야기를 하며 저승 문까지 모시고 갔으면 좋으련만 함께 할 수 없는 길 참으로 죄스럽고 애통했다.

아들은 어느 책에 서인가 읽어본 예스키모 여인의 자식을 사랑하는 애절한 마음이 떠올랐다. 줄거리는 대강 이러 하였다.

〈죽음을 앞둔 노모는 자식이 자기 때문에 안 해도 될 고생을 하고 있는 게 안쓰러워 빨리 죽기를 결심하고 아들에게 마지막이라며 유언을 한다. 어머니의 유언을 꼭 지키겠다는 아들의 대답을 듣고 싶은 여인은 말을 계속하며 강요한다.

아들은 어머니에게 마지막 효도를 하고 싶어 그 유언을 꼭 지키겠노라 약속한다.

어머니는 자기를 북극곰이 다니는 길목에다 내다 버릴 것을 요청하며 이것이 마지막 유언이라 고 말한다. 그리고는 곡기를 끊고 꼿꼿이 앉아 있었다.

할 수 없이 아들은 울며 어머니의 유언을 거절하지 못하고 아직 숨쉬며 살아있는 있는 노모를 곰이 다니는 길목에 내다 놓고 슬픔에 운다. 불효인지, 진정한 효도인지 알 수는 없지만 어머니의 마지막 소원을 들어준 것이다.

눈이 하얗게 쌓인 길가, 곰이 다니는 길목에서 노모는 허기진 곰이 빨리 나타나기만을 기다린다.

저만큼 흰 곰 한 마리가 서서히 다가오고, 노모는 곰에게 간절한 부탁을 한다.

"곰아 반갑구나, 빨리 와서 나를 잡아먹거라, 그러면 가난한 우리 아들 죽은 어미 장례 치를 걱정도 안하고, 언젠가는 살진 너를 잡아 배불리 먹으리라. 내 아들, 며느리, 손자들이 너를 잡아먹는 날 나는 너를 통해 그들의 양식이 되고, 그들의 몸 속에서 그들과 함께 한 몸을 이루며 즐겁게 살 것이다.">

곰을 통하여 서라도 자신을 죽여 자식을 배불리고 싶은 심정이 바로 어머니의 진정한 마음이요, 사랑이 아니겠는가?

비단 에스키모 여인의 모정을 말하지 않더라도 우리 어머니들인들 어찌 그만 못 하겠는가?

우리 어머니들은 춘삼월 봄날에 장을 담그시면 서도 가족의 안녕을 빌고 객지에 나간 자식들이 잘 되기를 빈다. 어머니는 때와 장소를 가리지 않고 자식 잘되기를, 집안 평안하기를 기도하며 평생을 사시는 것이다.

장맛이 좋아야 집안 일이 잘 된다며 부정 타지 말라고 장독 둘레에 금줄을 매어놓고 장맛 좋기를 기원하신다. 그런 마음이 두고두고 장맛에서 배어 나와 맛있는 음식을 만들고 그 음식은 가족의 건강을 지킨다. 이런 마음이 진정 어머니의 참 사랑이며 대가 없는 바램이다.

가정의 평화요, 가족의 건강이요, 살신성인의 자비이다. 곧 어머니 마음이다.

배가 아플 때도, 열이 펄펄 끓을 때도, 어머니의 손은 항상 약손이었다. 하늘에서 내린 의술을 지닌 명의였다. 어머니의 사랑은 진실 그 자체이기 때문에 자식의 어떤 병도 아픔도 치유할 수 있는 것이다. 기차 길에서 놀고있는 아이가 위험에 처하면 어머니는 기꺼이 자신의 목숨을 내어줄 정도로 사랑의 본질 그 자체가 아니던가? 이렇게 사랑이 극진하기 때문에 어머니는 눈에 넣어도 아프지 않은 자식이라 말씀하고 계신 것이다.

70먹은 자식이 염려되어 90을 넘긴 노모는 늘 불안하다. 차 조심해라, 천천히 먹어라, 술 많이 먹지 마라 하시며 평생을 걱정 속에 살고 계신 것이다. 조물주께서 여자를 창조하실 때 〈자식사랑〉이라는 원자재를 쓰셨기에 이처럼 위대하시지 않을까 생각해 본다. 그래서 어머니의 기도는 곧바로 하늘을 감동시켜 그 뜻을 이루는 게 아닐까? 이런 것이 바로 어머니가 믿고 계신 종교였다

어느 시인은 이렇게 노래하였다.

〈그리움〉
분 냄새 나지않는
엉겅퀴 손 끝에서

모정의 고운 향을
빈소반에 숨겼더니

님 가신 뒤
진수성찬은
향내 없는 꽃밭일레

그렇다. 옛날에 어머니께서 차려주시던 밥상, 비록 섬섬옥수 같은 고

운 손으로 만드신 반찬은 아니라도, 엉겅퀴 줄기처럼 일에 시달려 거칠어진 억센 손였지만 어머니의 손끝에서는 자식 사랑의 뜨거운 모정이 샘 솟아나 몇 가지 안 되는 반찬에 보리 밥 뿐인 밥상일 망정 손가락을 쪽쪽 빨며 맛있게도 먹었었다. 그러나 어머니가 돌아가시고 난 후, 지금은 아무리 잘 차려진 진수성찬일 망정 정성과 사랑이 들어가지 않았기 때문에 옛날의 그 맛을 전혀 느낄 수가 없는 것인지도 모르겠다.

어른이 되어서도…… 이하 전과같음……

- 中石의 詩 中에서 -

어른이 되어서도 이런 어머니의 거짓 없는 사랑을 자식들은 깨닫지 못하고 늘 부족함을 느끼거나, 자연의 당연한 섭리요, 부모의 의무쯤으로 간단히 생각하고 있는 것은 아닐는지… 아니 반대로 더 큰 무슨 대가를 바라고 있는 것은 아닐는지…

17. 저승의 그림자

그러니까 5년 전, 혈압이 좀 높던 어머니는 방에서 일어나시다가 현기증을 느끼며 방바닥에 털썩 주저앉는 일이 발생했다. 곧바로 병원으로 가서 치료를 받았으나 당시 골다공증이 심한 88세의 노인은 엉치뼈에 약간의 금이 가는 일이 발생하게 되었다.

병원에서는 연로하여 수술이 어렵다고 했다. 마취를 시키다가 쇼크사를 일으킬 수도 있다고 하였다. 위험을 감수하라는 의사의 말에 겁이 난 자식들은 짧은 생각에 수술을 하지 않고 한약으로 고칠 생각을 하였다. 휠체어를 타면 생활하는데 큰 지장은 없을 것 같기에. 그래도 자식들의 마음은 늘 불안하여 얼마 못 사시고 돌아가실 것만 같은 생각이 들어서 친손 외손 가릴 것 없이 온 가족이 모여 즐겁게 해 드리려고 가족 야유회도 많이 가졌다. 산골짝 맑은 계곡도, 활기 넘치는 백화점까지도 가시고 싶다는 데는 어디나 모시고 다니면서 한없이 해드리려고 노력했다. 특히 온천을 자주 모시고 다녔다. 수안보, 앙성, 이천에 있는 온천을 주로 많이 다녔다. 그 무렵 내가 살던 이웃에는 안드레아 형제가 있었는데 나를 위하여 그들 부부는 친어머니 모시고 다니듯 나를 참 많이 도와주었다. 정말 고마운 분이시다. 온천 욕을 자주 하면 좋다고 하여 조금이라도 빨리 효험을 보아 빠른 치유가 되시기를 바라면서. 당신도 그렇게 즐거워하시며 낫을 수 있다는 자신감에 차 있었지만 결국은 모두가 물거품이 되고 말았다.

세월이 지나면서 자연 치유되는 일도 혹 가다 있기는 하다고 했다.

온갖 민간요법의 처방과 한약을 써 봤으나 효과를 거두지 못하고, 어머니는 그때부터 한쪽 다리를 영영 쓰지 못하게 되시었다. 화장실 출입부터 움직이는데 다소 불편 할 뿐 어떤 고통도 느끼지 않았으나 일어서서 걷는 일은 어렵게 되었다. 그러나 식사는 종전처럼 잘 하시었다.

그래도 자식들은 그때 수술이나 해볼걸 그랬다고 두고두고 후회를 하였지만 이미 엎질러진 물이었다.

당신 자신도 어떤 때는 죽던 살던 수술이나 해 볼걸 그랬다고 후회 섞인 말을 하기도 했다. 일년쯤 지나서 어머니의 원도 풀고 자식된 도리로 후회라도 하지 않으려 다시 병원을 찾았으나 역시 어렵다는 의사의 말에 단념을 해야 했으니 영원히 자식들의 가슴에 응어리로 남아 있을 일인 줄 누가 예상이나 했을까?

어머니는 젊어서 놀란 가슴 때문에 그랬는지, 아니면 평생을 힘든 일을 하셔서 그런지 아니면 담배 때문인지 하여간 40대 후반 들면서부터 숨찬 병을 얻게 되었다. 숨이 차오르기 시작하면 금방이라도 숨이 끊길 듯 하였다. 그럴 때마다 병원 신세를 져야 했지만 타고난 체력이 대단하여 금새 회복하시곤 하였다.

"나는 언젠가 이병으로 죽을 거다. 막내 동이 장가나 보내고 죽어야 할텐데…"

어머니는 유언인 듯 걱정인 듯 늘 이런 말을 하시던 어머니는 30년 가까이 이 병으로 고생을 하시었다. 1년에 한 두 번은 반드시 그 병으로 고생을 하고 자식들을 놀라게 하였다. 집에는 비상시를 대비하여 응급 약품이 떨어지지를 않았고 오랜 세월이 지나면서 가족들도 처음과는 달리 크게 놀라지도 않게 되었다.

어찌 보면 일상의 습관처럼 되어 버린 탓에 가족들은 큰 걱정을 하지 않게 된 것이었다.

가족들은 늘 〈늑대와 양치기 소년〉이야기를 하였다.

"저러시다가 진짜 돌아가실 때는 자식들도 못 보시고 돌아가시지…"

이 같은 병으로 고생하던 어머니는 연세가 더 드시면서, 특히 90을 넘기시면서 현저하게 몸이 날로 쇠약해져 가셨다. 그러던 어느 날 새벽 숨이 차오르기 시작했고 금방 큰 일이 생길 것만 같은 정말로 긴급한 상황이 벌어졌다. 93세가 되시던 해였다.

드디어 죽음의 사자가 찾아온 듯도 하였다. 가쁜 숨은 턱밑까지 차오르고 혈압도 180에서200사이를 오르내렸다. 그 고통에 "나 좀 살려달라" 애원하는 광경은 차마 볼 수가 없었다.

의사는 1시간 내에 운명하실 것 같으니 가족들을 빨리 불러모으라고 했다. 이미 연세가 93세를 넘기신 터라 의사의 그런 말도 일리가 있었고 가족들도 모두 긴장을 하였다. 그러나 채 하루가 안되어 기력을 회복하고 기적적으로 다시 살아나시었다. 그런데 정신에 이상이 생기신 것 같았다.

"애, 너 어디 갔다 이제 오니? 저렇게 군인들이 몰려가는데 잡혀가면 어떡하려고.. 총알이 팽팽 날아다니는데 총에 맞으면 어쩔려고 돌아다녀?" 병실에 있던 가족이 화장실만 다녀와도 전쟁 중에 어딜 쏘다니냐고 걱정을 하셨다.

자식들은 오열하였다. 자식들이 어려서는 자식 걱정에 어머니가 우시더니 이제는 어머니 걱정에 자식들이 울고 있는 것이다. 의사는 치매 끼가 있는 것 같다고 했다.

멀쩡하시던 분이 엉뚱한 소리를 하면 자식들의 마음은 더 아팠다. 지금까지 고생하며 살아오신 인생 전체를 잃어버리는 것 같은 생각에 마음이 더 아픈 것이다. 그 옛날 6.25전쟁 때 고생하던 일이 왜 별안간 떠오르는 것일까? 병원 침상은 시골 어느 초등학교 교실에 부상당한 환자들이 와있는 야전 병원으로 길가에 바쁘게 다니는 많은 차량은 군인 트럭으로, 많은 행인들은 피난민들로 착각하고 있는 것이다. 의사고 간호사고 몸에 손을 대지 못하게 하였다. 그들이 자신을 죽이려고 한다는 것이었다. 오직 아들과 딸만이 옆에 있도록 했다.

그나마도 다행인 것은 아들, 딸, 며느리는 알아보시었다.

자식들은 기억을 되살리고 싶어, 지금은 전쟁중이 아니라는 것을 인식하도록 무던히 애를 썼다. 최근의 일부터 시작하여 추억 있는 아주 오래 전 이야기를 차근차근 더듬어서 기억을 되살리려고 온갖 정성을 기울였다. 화장실 좀 다녀오겠다고 해도 당신을 혼자 두고 멀리 갈까봐 절대로 밖에는 나가지 말라고 하였다. 전쟁터에 붙들려 가면 죽을지도 모른다고 하셨다.

큰아들을 전쟁터에 내보내고 그때 얼마나 놀랐으면 수 십 년이 지난 지금 까지도 뇌리에 저렇게 깊이 박혀 있는 것일까? 하얗게 다 지워진 기억 속에 왜 그때 일만이 되살아 나 가족들의 애를 태우고 있는지 알 수 없는 노릇이었다.

“애야, 큰형은 어디 가고 안 보이니?”

“네?”

잘 못 들었나 해서 다시 물었다.

“누구 말씀이세요?”

“네 큰형 말이다. 나이도 많아 싸움도 못할텐데 또 군에 붙들려 가면 어떻게 하려고?”

“아니, 어머니, 큰형은 벌써 죽었잖아요. 생각 안 나세요?”

벌써 큰아들이 죽은 지도 13년이란 세월이 지나가고 있었다.

아들의 죽음 때문에 땅을 치며 통곡하던 기억마저 하얗게 사라져 버리고 사랑하는 자식이 위험한 전쟁터에서 하루빨리 집으로 돌아오기를 기다리시는 어머니의 심정.

쏟아지는 눈물을 무슨 재주로 막을 것인가?

알 수 없는 일이었다. 큰아들이 나이 먹어 전쟁에 나갈 수 없다는 것을. 의학적으로 이런 일이 가능한지는 모르나 마치 잠재하고 있던 의식이 타임머신을 타고 과거로 돌아가 옛날을 살고 있는 것처럼 보였다.

담당 간호사가 와서 "할머니 내가 누군지 아세요? 아픈데 없어요?" 하며 친절히 대하면 우리 며느리 삼자며 퇴원할 때 같이 가자고 하였다. 간호원이 환자의 마음을 편히 해 주려고 " 네, 할머니 알았어요" 하면 그 말을 철석같이 믿고 아들 며느리한테 자랑스럽게 이야기를 하시니 어느 아들 장가보내려고 하시는지. 아마도 첫 번째 며느리를 내보내고 홀아비나 다름없는 큰아들이 새장가 들까, 못 들까하는 불안하고 초조한 마음이 얼마나 크셨으면, 그리고 하루 빨리 새장가 가기를 얼마나 학수고대 하셨으면, 그때 얼마나 한이 맺히셨으면, 지금까지도 그런 생각이 뇌리에서 사라지지 않고 남아있는지 정말 가슴이 메어왔다.

병실은 밤만 되면 더욱 적막했다. 보호자들도 환자 옆에서 새우잠을 자고 침상 위의 전등불도 가물가물 조는지 희미하게 보였다. 산소 호흡기 소리만 고요한 적막을 깨는데 노인은 시골 살 때 화로 불에 된장찌개 끓는 소리로 착각을 하고 다 졸아붙으니 그만 끓이라고 성화가 심하시다. 입에 물고 있는 산소흡입기는 당신을 위해 준비한 푹 삶은 돼지 뼈로 아시는지 푹 삶아야 물렁한데 덜 익었다며 늙은 노인이 어떻게 먹으라고 이런걸 주느냐고 화를 막 내시기도 하셨다.

"어머니 돼지 뼈가 아니라 병이 빨리 나으라고 치료하는 기구에요. 가만히 물고 계세요."

보호자들은 답답하여 정말 미칠 지경이었다.

환자는 누구나 신경질적이고 인내심이 없다. 〈답답하다. 갑갑하다〉
하며 팔에 꽂고 있는 닝겔 주사바늘을 빼 버리기가 일쑤다. 그러면서
내가 왜 여기 와 있느냐며 어서 집으로 가자고 할 때는 정말 미칠 지
경이었다. 아무리 달래도 소용이 없었다. 그럴 때면 보호자는 화가 나
고 짜증이 난다. 금방 후회를 한다. 환자니까 그런 것인데 멀쩡한 사
람이 인내심이 부족한 것임을 이내 깨닫게 된다.

차라리 죽는 게 편하다고 생각하는 환자를 왜 이해하지 못하는 것일
까?

두 팔 두 다리를 침대에 묶어 꼼짝 못하도록 할 때 힘이 없는 노인
은 한동안 애를 쓰다가 힘에 부쳐 척 늘어지면 가족들의 마음은 한없
이 아팠다.

그러던 노인이 꿈만 같게 완전히 본 정신으로 돌아 왔다. 5일만에
집으로 퇴원을 하였고 의사는 응급 상황이 발생해도 조치를 잘 할 수
있도록 처방을 잘 해 주었다. 다만 각종 진찰과 검사로 몸이 지쳐 있
었다.

"얘, 내가 미쳤었나, 왜 그런 엉뚱한 소리를 했을까? 이상한 일도
다 있네!"

당신 자신도 자기의 이런 행동을 믿지 않았다. 잠을 자다 꿈을 꾼 듯
하다며 이상한 일 이라고 했다. 가족도 의사도 이웃도 모두 악몽을 꾸
다 깬 것처럼 믿기 지 않는 상황이 생긴 것이다.

정말 기적 같은 일이 일어났다. 병원에서 퇴원하고 보름 가까이 물
과 약간의 미음 외에는 잡숫지를 못했다. 젊은 사람도 하루만 안 먹으
면 기운이 없어 죽을 판인데, 93세의 노인이 어찌 버틸 수 있단 말인
가?

기력은 날로 쇠퇴해지고 한 달을 넘기지 못할 것 같았다. 그러나 기적은 또 일어났다. 기력을 차츰 회복하더니 불과 며칠만에 완전히 기력을 되찾고, 식사도 잘 하셨다. 정말 대단한 체력을 가지신 분이었다. 물론 이때부터 대소변을 받아 내는 일은 계속되었지만 죽음의 그림자는 먼 곳에서 강을 건너지 못하고 바라만 보고 있는 듯 싶었다. 잡숫고 싶다는 것은 무엇이나 다 해드렸다. 금방 또 먹을 것 달라고 야단이시고. 대소변을 보는 회수도 잦고 양도 많아 옆에서 간병하는 딸자식들도 그 고통을 함께 감수해야 했다. 자식이 부모를 얼마나 사랑하며 공경하고 있는지 확인이라도 하시려는 듯.

그러나 노인의 기력은 알 수 없는 일이었다. 좋아졌다, 나빠졌다 하는 일이 반복되면서 서서히 한 발 자국씩 어딘 가로 다가서고 있었다. 마치 하늘에 띄워놓은 연줄을 당겼다, 풀었다 하듯이. 그러면서도 늘 자식을 걱정을 하시었다. 밤이면 고통에 밤잠을 설치는 횟수가 잦아들고, 어머니, 아버지를 찾으시기 시작했다. 하느님도 찾으셨다. 빨리 데려가 달라고 애원도 하셨다.

〈저 힘없는 노인이 얼마나 고통스러우면 저러하실 까?〉

자식들의 마음은 괴롭고 아팠다. 저 고통소리를 안 들으면 얼마나 좋을까? 전처럼 건강을 회복하실 수는 있을까

막내는 하느님께 이런 기도를 하였다.

"하느님, 죄인은 저 입니다. 저에게 벌을 주시고 어머니의 고통을 없애 주십시오, 주님은 모든 것을 주관하시는 분이시니, 주여 저를 벌하십시오. 저는 젊기 때문에 어떤 고통도 참을 수 있습니다. 하느님, 제 어머니는 하느님이 아시는 대로 청상 과부 되어 자식들 키우느라 죽을 둥 살둥 고생한 죄밖에 없습니다. 이웃에 넉넉히 베풀지는 못했어도 인색한 여인은 아니었습니다. 과부를 불쌍히 여기시고 늘 사랑 하셨던

주님, 자비를 베푸소서 아멘."

밤이면 몇 번씩이나 일어나 고통으로 잠 못 드시는 어머니의 손을 잡고 울며 기도하였다. 그럴 때면 어머니는 잠시 편해지시는지 잠을 드시곤 했다.

막내의 가슴은 천 갈래 만 갈래 찢어지고 있었다. 밖으로 나와 남모르게 울었다. 밤하늘의 별들만이 그 심정을 헤아리는 듯 싶었다. 이제는 잠숫는 것도 현저히 줄어드시고, 욕창도 심하고, 어떤 때는 물도 입에 대지 않으셨다. 몸은 나무 삭정이 마냥 뼈만 앙상하게 남으셨는데, 팔 다리는 뚱뚱 부어 삶아놓은 호박처럼 쑥 쑥 들어갔다.

혼수에 빠져들기 시작 하셨다. 먼저 가신 어머니, 아버지, 시어머니, 시아버지, 사랑했던 남편, 그리고 큰아들까지 만나기라도 하시는 듯 돌려 가며 이름을 부르셨다.

조상 님들의 영혼이 고생하는 어머니의 고통을 볼 수 없어 데리러 오셨는지, 아니면 갈 때가 되어 헛소리를 하고 계신지는 몰라도 어머니는 꼭 죽은 사람 이름만 부르며 찾고 계셨다.

어머니는 이 세상 사실 적에 묶고 있던 끈을 하나하나 끊으시며, 혼자 지고 가시던 무거운 짐도 하나씩 내려놓고 계시는 중이였다. 애지중지 아끼던 육신마저 이 흙에서 얻은 것이니 제자리로 돌리시려는 듯 미련 없이 그냥 두고 갈 준비를 하고 계신 것이다. 자식들 쫓아오면 어떻게 하나 싶어 자식들의 정 마저 자르고 계신 것이다.

침묵이 흘렀다. 모든 끈을 다 푸신 것 같았다. 누에가 허물을 벗듯이 영혼은 육신을 벗고 있었다. 어느 누구도 말 할 수가 없었다.

어머니의 마지막 가시는 길에 배웅을 나온 자식들은 마지막 인사를 올렸다.

〈어머니!〉하는 울부짖음과 흐느낌이 어머니의 영혼을 따라 갔지만 이미 어머니는 이 세상 어디에고 계시지를 않았다.

어머니는 휘적휘적 홀로 길을 떠나셨다. 돌아 올 수 없는 강, 그 강을 건너신 어머니는 바람처럼 허공으로 사라져 버리신 것이다. 삶과 죽음이 이렇게 가까이 서 이웃하며 살았단 말인가?

자식도 소용없었다. 아니 그 누구도, 그 어느 것도 진실은 아니었다. 짧은 꿈이었다.

자식들은 울며 시신을 붙잡고 통곡을 하였으나 아는 체도 아니 하셨다. 살아 계실 때는 자식들 걱정에 밤잠을 설치셨는데 지금은 도대체 눈길조차 안 주시니 옛날의 어머니 사랑은 모두 거짓이었단 말인가? 그것은 어머님이 아니셨다. 허상이었다.

평생을 입고 계시던 어머님의 옷이었다. 그 옷 마저 벗으시고 올 때 그대로, 그 모습으로 가신 것이다.

자식들은 〈어머니〉하고 흐느껴 울며 허상을 잡고 애달픈 척 했지만 가식일 뿐이었다. 마음이 어머니 가슴에 가 닿지를 아니하고 거리를 두고 있었기 때문이었다. 오히려 〈잘 돌아 가셨어요〉하는 심정으로 체면 때문에 낡은 헝겊 조각을 잡고 울고 있었는지도 몰랐다.

삶과 죽음이 이렇게 가까운 줄은 정말 몰랐다. 백지 한 장 차이도 안 되었다. 아니 그 몇 만 분의 일도 안 되었다.

있는 것은 모두 없는 것이요, 없는 것은 모두 있는 게 우리의 삶인 지도 모른다.

오는 세월 흙에 섞어 생명을 잉태하고 가는 세월 흙에 묻어 숙음을 잉태한다. 지금 있는 것은 모두 흙 속으로 사라지고, 지금 없는 것은 모두 흙 속에서 생겨난다.

때문에 흙은 생명이며 죽음이니 있고 없는 것은 애당초부터 있는 것도 아니며 또한 없는 것도 아니다.

그렇다. 어머니의 죽음은 죽음이 아닌 만큼 꼭 서러운 일만도 아니
다. 기쁨일 수 도 있다. 어쩌면 슬픈 일도 기쁜 일도 아닌 것일 수도
있다. 낮과 밤이 하나이면서 다른 모습으로 반복해 오듯이 생(生)과 사
(死)도 존재했다가, 존재하지 않았다가 하는 순환 과정의 하나 이리라.
이것이 곧 삶이 아닐까?

생의 안팎, 마치 내가 남편이며 아버지이며 아들이며 사람들이 불러
주는 이름이 모두 같은 〈나〉이면서 다르게 불려짐과 무엇이 다르단 말
인가?

18. 색즉시공

2001년 11월 22일 밤 9시 40분

원주 댁은 자식들이 지켜보는 가운데 파란 만장했던 이승의 삶을 착착 개어 접어놓으시고 영원한 저승의 삶을 택하시어 길을 떠나셨다. 불과 이틀 전 만 해도 이승에 계시던 어머니가 영원한 과거 속으로 몸을 숨기신단 말인가? 두 번 다시 되돌아 올 수 없는 길인데 무엇이 그리 급한지 삼일만에 장례절차를 끝내기로 결정이 되었다.

병원 영안실로 모셔진 시신은 이미 사람의 육신은 아니었다.

하나의 물건처럼 냉동실에 넣고 분향소로 올라온 가족들은 사진 한 장 걸어놓고 울고만 있었다. 의사의 사망 진단서를 발급 받고 나서야 입관 절차가 치러졌다. 이제 이 세상에 사시던 어머니의 모습을 마지막으로 보라는 절차였다. 염리사는 두 명이었다. 정성껏 시신을 솜으로 닦아내고 수의를 입히고 온 몸을 천으로 꽁꽁 묶었다. 얼굴만을 조금 남겨두고 나서 어머니의 마지막 모습을 보라는 염리사의 말에 가족들은 다시 한번 흐느껴 울었다.

그런 상황에서 노자 돈을 놓으라며 염리사들은 자기의 이익을 끝까지 챙겼다. 영안실 사용료에 포함시키면 될 일을 아니 이미 포함되었을 터인데 구태여 지금 이 순간에 또 노자 돈 운운하는 이유는 무엇일까? 상주들의 약점을 최대한 이용하는 것 같은 생각에 고마운 생각이 들다가도 얄밉다는 생각을 떨칠 수가 없었다. 한쪽은 슬퍼 우는데 한쪽에선 돈을 보고 기뻐하는 상황이 동시에 벌어지고 있으니 이것이 인간의 양면성이 아닐까?

적당하다 싶을 만큼 돈이 나오니까 그제서야 얼굴을 마저 덮으며 가족들을 위로하는 척 하였다. 주검을 앞에 놓고 흥정하는 장사꾼에 지나지 않았다. 사람들은 세상을 인간 본연의 모습대로 순수하게 살아갈 수는 없는 것인가?

이제는 죽은 모습마저도 감추어져 있었다. 이승과 저승에 놓여진 찰나의 다리를 이미 건너가신 어머니는 뒤돌아 볼 틈도 없이 그 자리에는 암흑보다도 더 검고, 하늘보다도 더 높은 장벽이 이미 드리워져 있었다. 영원히 다시는 찾을 수 없는 곳으로 숨어버리신 어머니셨다.

삼일 째 되든 날 자식들의 오열 속에 장례는 치러지기 시작하였고, 고향 마을에서는 호상(好喪)이라며, 장례식이라기보다는 반대로 잔치집 같은 분위기였다.

노제(路祭)는 마을 회관 앞 넓은 마당에서 시작되었다. 마을 회관 뒤로는 그 옛날 살던 집 자리에 낯선 양옥집 한 채가 옛 주인의 죽음도 모른 채 묵묵히 지켜 볼 따름이었다.

꽃상여가 아름답게 꾸며지고 관을 그 위에 태웠다. 아니 어머니를 꽃가마에 태웠다.

어머니의 영혼은 지금 이 광경을 지켜보시며 즐거워하실 까, 아니면 한 많던 생이 서러워 흐느껴 울고 계실까? 평생을 흙에 묻혀 사시던 마을, 삶의 온갖 희비애락과 번뇌가 함께 서려 있는 곳, 조양리.

그 옛날 마음을 아프게 했던 수많은 사건들, 그 당시에는 죽느냐, 사느냐 하는 엄청났던 일들이 지금 와 돌이켜 보면 한낮 꿈이요 애들 소꿉장난이었다. 말 그대로 무상이었다.

2년 전쯤 거동이 불편하시던 어머니는 죽기 전에 고향 땅 밟아보는 게 소원이라 하셔서 막내가 휠체어를 차에다 싣고 이곳 회관으로 모시고 와서 옛 친구들과 정담을 나누시도록 자리를 마련한 적이 있었다. 방안에서 감옥 아닌 감옥살이를 하시던 어머니가 마치 소풍 나온 애들처럼 즐거워하시던 모습이 눈에 선 하였다. 그런데 지금은 싸늘한 시체가 되어 누워 계시니 꽃가마보다 더한 것을 타고 계셔도 서러움이 북 바쳐 오르실 것 같았다. 어머니의 영혼은 마을 여기 저기를 둘러보고 계실지도 모를 일이었다.

까마득한 옛날, 당신의 눈에서 피눈물이 나게 했던 사람들, 〈독〉씨네 집안도 〈언〉씨네 집안도 그 마을에선 뿌리째 삭아버려 흔적조차 없어졌고 힘들고 지칠 때 찾아와 위로 해주던 친구들도 모두 떠나갔다.

논밭에 다니느라 신발이 다 닳도록 넘나들던 고샅길, 그 옆에 살짝 건드리기만 해도 와르르 무너질 것 같던 가난에 지친 토담집도, 그 집에서 맛있게 풍겨 나오던 된장찌개 끓던 냄새도 허공으로 사라졌다. 소 몰고 다니던 오솔길은 자동차 길이 되어 새까만 아스팔트로 깔끔하게 옷을 바꿔 입었고, 쩍쩍 갈라진 논에 물을 조금이라도 더 대려고 물꼬를 틀며 싸우던 논두렁도 없어지고, 개울 건너 누에치던 뽕나무밭은 하얀 비닐 하우스가 들어서서 쏟아지는 겨울 햇살을 주워 담고 있었다. 어느 것 하나 옛것은 없었다. 황소에 쟁기 메워 구성진 가락을 뽑아내던 농부대신 탈탈대는 경운기 소리 요란하고, 송사리 놀던 냇물도 없어졌다. 처음 이곳으로 이사와서 시루떡 괴어놓고 막걸리 잔 가득 채워 잘 되게 해달라고 축원하며 울던 곳, 일에 지친 영혼과 육신을 편히 쉬게 했던 정든 집도 간데 없다. 수 백 리 길을 날아온 까치가 고향소식 전해주며 쉬어 갈 것만 같던 울 밖의 대추나무 역시 흔적조차 없었다.

어머니의 영혼은 얼마나 쓸쓸하실까? 마을 여기저기를 아무리 살펴보아도 옛 모습은 찾을 길이 없었다. 저 멀리 앞산과 세봉산 만이 그래도 옛 모습과 비슷했으나 세봉산 그곳에는 볼썽사납게 러브호텔이 산자락 한 모서리를 비웃듯이 깔고 앉아 세월의 무상함을 대변하고 있었다.

그래서 일까, 상여 앞에 놓인 어머니의 영정은 웃으시는 것 같기도 하고, 우시는 것 같기도 했다.

그런데도 사람들은 호상(好喪) 이라며 즐거워하고 있으니 삶과 죽음은 본연의 모습이 과연 같은 것인지도 모를 일이다.

말이 삼일이지 불과 하루 반밖에 안 되었는데 벌써 꽁꽁 언 땅속에다 묻으며 호상 이란 말로 위로를 삼는 것인지… 살아 있는 사람들이 정말 너무나 매몰차고 차갑게 느껴졌다.

마을 입구에서 장지까지는 불과 3백m밖에 안 되었으나, 마을 사람들은 꽃상여를 만들어 어머니를 태우고 마을을 한바퀴 돌고, 그것도 부족하여 마을 앞 논밭전지를 다 돌고 나서 들판을 가로질러 장지로 향하였다.

"아, 어 호 오!
1909년, 정월 생 청풍 김씨
정명 100살을 못 채우고 북망산천 가는구나
에, 헤이! 청산 가네, 청산 가네 일가친척 행상 행하 모다 잊지 못할 혈족
이 세상 벗님네들, 그리운 갑인들과
아 ~ 옛 놀던 추억이 모다 꿈이로구나
에이 ~ 애탄 개탄 살던 세간 ,안 먹고 가며 쓰고 갈까
에이 ~ 간다간다 나는 간다 북망산천 나는 간다

어~호 어이 어 어이 가리 넘차
북망 산천 머다더니 문전 산이 북망산이네
황천수가 머어다더니 한번 가면 못 오는고
일가친척 있건 마는 어느 일가가 대신 갈꼬

명사십리 해당화야 꽃이 진다 서러 마라
명년 삼월 돌아오면 너는 다시 피련마는
우리 인생 한번가면 다시 오지는 못 하리라
명정 공포가 앞을 서니 황천길이 분명 쿠나
앞동산에 두견새야 너도 나를 기다린다
뒷동산에 접동새야 너도 나를 기다린다
두견 접동아 울지 마라 나도 너를 찾아간다
인제 가면 언제 오나 돌아올 날이나 일러보자
동방 화개 문풍지에 꽃이 피거든 내가오지
말머리에 뿔이 나면 이 세상에 다시 올까
까마 구에 힌 머리 지면 이 세상에 다시 올까
석상에 진주 박아 싹이 나면 다시 올까
병풍안에 그린 장닭 나래치고 꽥꽥 울면 다시 올까

상수잡이의 구성진 가락에 자식들뿐만 아니라 구경 나온 마을 사람
들도 모두 눈물 바다를 이루었다. 어떤 이는 복이 많다고 하였고, 어
떤 이는 한도 많은 분이라고 했다.

어머니가 돌아가시기 일주일전 둘째 아들은 동네 큰일에 들렀다가 우
연히 동네 상여가 다 망가져서 새로 장만해야 된다는 소리를 들었다.

어머님 생각에 상여를 사서 기증하겠다고 약속을 하고 그 상여가 도
착한지 하루만에 어머니는 저승길을 결심하셨는지, 깨끗한 꽃가마를
타고싶으셨는지, 하여간 때를 찾고 계시다가 때가 오자 바람 따라 휠
휠 날아가 버리신 것이다. 우연 치고는 참으로 묘 하기는 했다. 5년이
넘도록 수 없이 죽음의 문턱을 넘나드시던 분이긴 했어도 이렇게 서둘
러 돌아가실 줄은 예상도 못했던 일이다.

어머니
불효자를 용서 하 십 시요
제가 잘 못해도
제 종아리를 때릴 힘도 없으신
당신의 기력

먼 훗날
하늘에서 당신을 뵈오면
그때는
제 종아리를 힘껏 때려 주 십 시요
잘못 키운 자식을 요

이제
당신이
먼길을 가시고 나면
철부지는 아무 일도 없었다는 듯
또다시 세상을 허허웃고 살겠지요

어린 핏덩이보다도
더 힘이 없으신 당신을 보며
먼 훗날 천국에서나마
자식 사랑 가득한
당신의 매를 맞고 싶습니다.
〈천국에서 맞는 종아리 중에서〉

아들은 그 옛날의 어머니가 그리웠다. 억세고, 종아리 때리며 잘못을 꾸짖으시던 어머니가 그리웠다. 지금의 어머니 모습은 너무나 연약해 보였고 슬프고 안타깝고 불쌍한 것이다. 어머니가 가실 시간을 불과 몇 시간 남겨두고 아들은 이제서 야 비로소 현실을 제대로 깨달은 것이다.

용서를 빌어도 용서할 기력이 없으신 어머니, 잘못한 자식을 때려주고 싶어도 때려 줄 기력이 없으신 어머니, 가슴을 치며 통곡한들, 돌이킬 수 없는 현실 앞에 자식들은 그저 넋을 잃고 있을 뿐이었다.

사진 뒤에 숨으신 어머니는 말씀이 없으셨다.

"이제 모두 끝났다" 하는 음성만이 허공을 맴돌 뿐이었다.

어머니는 지금 살아 생전의 업보를 싸 가지고 하느님 앞으로 나아가고 있는 것이다. 가난한 과부의 동전잎 하나가 예수님의 마음을 감동시켰듯이, 억척스럽긴 했지만, 목마른 자, 병든 자, 헐벗은 자를 못 본 채 아니했던 과부를 하느님은 더 사랑하시고 계실 것이다.

장례를 치르고 온 날 저녁 막내 가족은 모여 기도를 하였다.

〈 전능하신 천주 성부

––– 중략 –––

하느님 아버지, 아버지께서는 말씀 하셨습니다.

진실로 뉘우치고 통회하라고. 오늘 한 여인이 한 많은 생을 마감하고 주님 곁으로 갔습니다. 그 여인은 38세의 꽃다운 나이에 과부 되어 한 생을 살면서 고생이란 고생은 안 해 본 것이 없습니다.

남편도 먼저 갔습니다. 큰아들이 사랑의 보금자리를 만드는 것에 실패하는 아픔도 보았습니다. 결국은 사랑하던 그 큰아들도 먼저 보냈습니다. 그 여인의 가슴에는 타버린 재만 그득 했습니다. 주님, 불쌍한 영혼을 받아 주옵소서. 주님은 가난한 과부의 마음을 사랑 하셨습니다.

어머니가 살아 있을 때, 억세고 인색하게 살았는지 모릅니다. 주님 보시기에 마땅치 않고, 용서 못할 일이 있는지도 모릅니다. 그러나 주님 그 여인이 한일은 모두 남편 잃고 혼자되어 이 험한 세상을 살아가기 위한 연약한 여인의 피치 못할 몸부림이었습니다. 용서해 주시옵소서. 주님 아무리 나쁜 사람이라도 한가지 잘 한 것은 있지 않겠습니까?

주님께서는 말씀 하셨습니다. "타락한 도시 소돔에 열 명만이라도 죄가 없고 진정 회개하는 사람이 있다면 그들을 보아서라도 그 도시를 멸망시키지 않겠다"고 하신 주님의 말씀을 저는 기억하고 있습니다. 주님 판단하시기에 살면서 많은 죄를 지었지만 한가지만이라도 잘 한 것이 있는 것으로 판명되면 다른 모든 허물 덮어 주시고 주님 나라에 들 수 있도록 허락하시옵소서. 주님께서는 말씀 하셨습니다.

'목마른 자에게 마실 물을 주고, 헐벗은 자에게 옷을 주고, 굶주린 자에게 먹을 것을 주고, 병든 자를 위로하고, 감옥에 갇힌 자를 위로 하는 것이 곧 나에게 해준 것이다' 라고.

주님 어머니가 살아 계실 때 하다 못해 지나가는 거지에게 밥 한술 준 것, 목마른 나그네한테 물 한 모금 준 것, 울고 있는 사람에게 위로의 말 한마디 한 것, 이보다 더 작은 일 하나라도 두루 찾아내시어 주님 마음에 드시는 일을 하였다고 생각되시면, 사하심을 만드소서.〉

눈물로 뒤범벅이 된 가족들은 절대자이신 주님께 의탁하는 길 외에는 방법이 없었다.

3년 전 막내 집에 계실 때 수녀님 한 분이 병문안 차 오신 일이 있었다.

언제 죽을지 모르니 이승에 살면서 알게, 모르게 지은 죄를 용서고, 얼마나 더 살지는 모르지만 하느님을 알고 하느님의 자녀 되었음을 인정받고 살다가 편한 마음으로 죽음을 맞이할 수 있게 해 달라고 해서 수녀님께 특별히 부탁하였던 것이다. 그 날 십자 성호를 긋고 대세를

받았다. 천주교가 뭔지는 잘 몰라도 하얀 미사보를 쓰고 살면서 지은
죄 용서 받기를 원한다며, 〈아멘〉하고 따라 했다. 눈물이 핑 돌았다.
막내가 다니는 천주교인이 되면 죽어서도 천당에서 같이 만나리라 생
각되었다.

　세례명은〈마리아〉이었다. 몹시 기뻤다. 평생을 무신론자처럼 살아온
억센 한 여인이 이제 이승의 생을 얼마 안 남겨두고, 하느님을 알고 하
느님께 자신을 온전히 내 맡기며 지은 죄 용서 받는다 하니 죽을 날을
얼마 두지 않은 자신은 축복 받은 것이라며 행복했다. 죽음이 무섭지
도, 두렵지도 않을 것 같았다. 죽음은 새로운 시작을 하는 것을 의미
하니까. 물론 그 이후 한번도 성당엘 가거나 기도문을 외운 적은 없었
다. 기도문을 외울 수도 없을뿐더러 기도하는 방법도 모르고, 아픈 다
리 때문에 바깥출입이 쉽지 않았기 때문에 더더욱 성당에 가는 일은
불가능 한 일이었다. 다만 아들 내외가 기도 할 때 끝에 가서 〈아멘〉
하고 따라하는 것이 전부였다

　그러하시던 어머니가 이제 그 한 많고 눈물로 얼룩진 인생을 마감하
고 계신 것이다. 살아서 쓰시던, 애착으로 가득 찼던 물건을 다 쓸어
버리시며 아무 것도 가져가실 것이 없음을 아시고 알몸으로, 아니 그
육신 마저 두고 가시고 있는 것이다.

　그러나 막상 장례식이 끝난 후 딸과 둘째 아들의 뜻에 따라 영혼을
절에다 맡겼다. 본인의 뜻과는 아무런 관련도 없었다. 막내의 마음은
매우 울적하였다. 형제간에 그런 문제로 불화가 생기는 것을 원치 않
았기 때문에 말없이 그들의 뜻을 따른 것 뿐 이었다. 막내는 또다시 죄
를 짖고, 불효를 하는 기분이었다.

　막내는 오늘 어머니를 절에 모시고 뒤돌아 온 것이 영 마음에 찜찜
하고 개운치를 못하였다.

〈절〉이라고 해서 잘못된 것이거나 자식으로서 도리를 잘못 한 것은 아니지만 돌아가신 어머니의 뜻을 모르는 것이 안타까울 뿐이었다.

부처님도 한 가련하고 불쌍한 여인의 영혼을 위로해 주시고 좋은 곳으로 인도해 주실 거라고 믿으면서도 천주교인이라는 사실 때문에 찜찜해 하고 있는 것이다. 어머님은 살아생전에 스님들 목탁 치고 염불할 때면 꼬박꼬박 시주를 하셨으니 어쩌면 부처님께 공덕을 더 쌓았는지도 모른다. 부처님이 갖고 계신 장부책에 어머님의 이름 석자가 적혀 있을 테니 말이다. 큰아들 군에 갔을 때는 더 많은 시주를 하고 스님께 특별 부탁까지 하신 어머니가 아니신가. 그럴 때마다 스님이〈나무관세음 보살〉하면 마치 부처님이 소원을 들어주신 것 같아 하루종일 마음이 편하셨다는 어머니였다. 그런 공양 덕분에 큰아들은 털끝 하나 다치지 않고 무사히 제대를 한 것일지도 모른다.

이런 생각을 하면서 막내는 위안을 삼았다.

어머니

바람결에 실려온 작은 씨앗이
척박한 땅에 뿌리를 내리듯
이 풍진 세상을 눈물로 사시다가
바람 따라 홀연히 떠나가신 어머니
하늘이 맺어준 모자의 인연을
꿈엔들 잠시라도 잊을 수 있으리까

꽃다운 나이에 홀로 되시어
세상의 온갖 유혹 수절로 지키시고
타향살이 서러움에 눈물 삼키시며

비바람 역경에 당신 몸 찢기어도
자식들에 희망 걸고 억척으로 사시면서
가슴에 맺힌 한을 삭이시던 어머니

반 백년 세월을 애간장 태우시며
매정하게 떠난 님을 원망도 해 보고
애절한 그리움에 혼절까지 하신 심정
거칠어진 손으로 아버지 손을 잡고

이제사 영영 그 길을 따르시니
자식들 눈에 밟혀 차마 어이 가십니까?

어머님 평안히 잠드소서
천국에는 고통도, 근심도, 슬픔도 없답니다
이승에서 못 누리신 행복 그곳에서 누리소서
밤이면 별빛으로 세봉산에 노시고
낮이면 햇빛으로 정든 고향 비추소서
불효자는 오늘도 어머님 생각에
뜨거운 눈물이 그치질 않습니다.

불가에서 말하는 인연이 없었다면 어떻게 부모 자식간으로 만날 수 있을까? 이런 인연은 억겁의 인연으로 만나는 것이다. 어느 책에서 보니 일 겁은 천지가 개벽하여 또 다시 개벽 할 때까지가 일 겁이라고 했다. 또 다른 일설에 의하면 일 겁이란 시간은 가로 천리, 세로 천리, 높이 천리 되는 큰 바위가 있고 천년에 한번 하늘의 천사가 내려와 찰나를 춤추고 올라가는데 천사의 얇은 옷깃에 스친 그 바위가 다 닳아 없어지면 일 겁이라 했다. 이런 오랜 시간이 만 번을 반복하면 그때야 비로소 부모 자식의 인연으로 만난다고 했으니 이 얼마나 소중한 인연인가? 그러나 자식들은 하늘이 맺어준 이 같은 연을 무시하고 제 마음대로 해석하고 마음대로 행동하기 일쑤다.

그래도 어머니는 불평도, 서운함도, 없으신 순수한 사랑만으로 자식을 대하고 계신 것이다.

아마 하느님의 사랑도, 부처님의 자비도 어머니의 마음과 똑같지 않으실까 하고 생각해 본다

세월이 흐르면서 어머니를 잊을 거라 생각했었다. 그러나 정 반대였다.

가슴에 쌓인, 애련한 정도, 세월 따라 삭힐 거라 생각했지만 그것은 오히려 정 반대였다.

방안 구석구석 배어있는 어머니의 체취도 부는 바람에 실려 갈듯 싶었지만 오히려 더 강하게 다가왔다.

내 가슴에 조금 남아있던 어머니의 온기도 서서히 식을 거라 생각했지만 식기는커녕 더욱 뜨겁게 전해왔다.

세월이 흐르고, 바람 불어도 어머니는 웬일인지 내 맘속에서 가시지를 않고 그리움이란 옷으로 갈아입으시더니 그 옛날 그랬던 것처럼 이 놈이 정말 당신을 사랑하고있는지 내 가슴에서 피어나고 있는 당신에 대한 사랑을 확인하고 계시었다.

그러나 세월이 흐르면 모든 것은 다 잊혀지게 마련이다.

고운 정도 미운 정도, 기쁨도 슬픔도 세월의 흐름 속에 떠내려가 바다에 이르면 흔적도 없이 사라지게 마련이다.

그러나 어머니의 음성과 체온과 사랑의 향기는 아직도 방안을 맴돌며 남아있었다. 앞으로도 영원히 살아 숨쉬고 계실 것이다.

자식이 살아 숨쉬고 있는 한 어머니의 사랑은 조금도 변치 않으리라. 그리고 그리워하리라, 대답 없는 메아리인 줄 알면서도.

19. 재회

　"어머니 안녕히 주무셨습니까? 93년 동안 한번도 덮어보시지 않던 황금 이불을 덮고 주무신 지난 이틀밤 잠자리는 얼마나 불편 하셨습니까? 오늘은 어머님께서 홀로 길을 떠나 신지 5일째 되는 날 입니다. 그 멀고 험한 길을 어머님 혼자 가시다니 이 불효자의 마음은 천 갈래 만 갈래 찢어지고 있습니다. 그러나 그나마 다행인 것은 54년간이나 이별하고 사시던 아버님께서 지금은 어머니 곁으로 오셔서 함께 계시오니, 두렵고 무서운 길, 한번도 가보신 적 없는 길이지만 너무 걱정은 하시지 마십시오. 아버님은 오래 전에 그 길을 가 보신 길이라 너무나도 잘 알고 계실 것이며, 험한 일 마다 않고 지금까지 고생하며 살아오신 어머님의 거친 손을 살포시 잡으시고 잘 인도해 주시리라 믿습니다. 꽃다운 나이에 헤어지신 후 너무 오랜 시간이 흘러가서 지금은 만나 뵈어도 잘 아실런지, 낯 설 지는 않으실런지 모르겠습니다.

　아마도 아버님은 어머님의 소식을 접하고 수억 만리 먼 길을 단숨에 달려오셔서 어머님을 위로하고 고통도, 근심도 없는, 이 세상 보다 비교할 수 없을 만큼 좋은 저 세상 이야기를 들려주고 계시 리라 믿습니다. 사랑하는 처자식을, 아니 노부까지 외면한 채 인력으로서는 도저히 거부할 수 없는 상황에서, 눈물을 머금고 떠나야만 했던 아버지는 가장으로서 의무와 책임을 늦게나마 다 하기 위해서 속죄하는 마음, 용서를 청하는 마음으로, 먼길을 단숨에 달려 오셨을 것입니다. 이승의 시공을 뛰어넘는 두 분의 사랑에는 조금도 변함이 없으리라 믿습니다. 아니 오히려 그 동안 인력으로는 만날 수 없었던 그리움과 애틋함이 더 큰 불꽃이 되어, 숭고한 재회의 만남이 되시고도 남으리라 믿습니다.

제가 성장해 오면서 어머님께 들은 이야기 중 아직도 제 가슴을 뭉클하게 만드는 이야기는 다음과 같은 이야기였습니다.

아버지가 돌아 가셨을 때 어머니는 하늘이 무너지는 허탈과 아픔을 느끼셨고 장차 민들레보다도 연약한 여인의 몸으로 험한 세상을 어떻게 살아가야 할지 그 생각을 하면 눈앞이 캄캄했다고 말씀하시곤 하셨습니다. 해가 떨어져 날이 어두워지기 시작하면 일터에서 돌아온 남편이 "여보, 나왔소"하는 것 같은 환청에 사로 잡혀 방문을 열어 본 것이 수 백 번이고, 자다가도 문을 두드리며 문을 열어 달라고 하는 남편의 음성을 듣고, 한 밤중에도 뛰어나가 문을 열어 보면 아무도 없는 텅 빈 그곳에 달빛만이 쏟아져 내리던 때가 어디 한 두 번 이였겠냐고 말씀하시곤 했습니다. 그럴 때마다 땅속에서 〈나 죽지 않고 살아 있으니 나 좀 꺼내 달라고 소리치는 것〉같고 그런 생각은 혹시 살아 있을지도 모른다는 황당한 생각으로 이어져 밤이건 낮이건 마다 않고 산소로 달려가 보면 아무 것도 없었던 그곳에 애달피 우는 산비둘기와 이름 모를 풀벌레 소리만 처량하게 들려와 땅을 치며 통곡 하셨다는 이야기는 아직도 제 마음을 아프게 하고 코 잔등이 시큰하게 만들곤 합니다.

이른 아침 앞마당 대추나무 가지 위에서 까치라도 울고 가는 날이면 마치 먼 길을 떠났던 남편이 돌아 올 것 같은 착각으로 하루종일 무슨 소식인가를 애타게 기다리고 있었고, 해가 서산에 떨어지면 그 기대는 산산이 깨져 허공으로 사라지고, 미칠 것 같은 그리움에 쏟아지는 눈물을 주체 할 수 없었다는 말씀도 들었습니다. 그런 날은 하루종일 눈물이 마르지 않고, 그런 모습을 볼 때마다 동네 사람들이나 집안에서는 젊은 어머니가 수절하기 어렵겠다고 근심을 하였고, 홀 시아버지는 혹시 며느리가 잘못 될까봐 노심 초사 하셨다는 이야기도 들었습니다."

2001년 11월 22일 밤 9시 40분. 한 많은 생을 마친 우리 어머니.

강원도 깊은 산골에서 가난하고 배고픈 집안의 막내딸로 태어나 학교 근처는 구경도 못하고, 오직 산과 물과 하늘만 보고자란 여인, 16세의 어린 나이에 시집와서 38세라는 꽃다운 나이에 남편 잃고 홀로 되어 코흘리개 어린것들을 데리고 객지로 이사 나와 평생을 눈물 속에 사시던 분, 여성다운 외모와는 달리 성격이 불같고, 괄괄하고, 옳지 못한 일을 보면 참지 못하는 성격, 비록 연약한 여자의 몸으로 태어나긴 했지만 어떤 남자보다도 더 하면 더 했지 못 하지는 아니 하였다. 그러나 그런 삶은 힘겨운 짐을 지고 한 세상을 살아가기 위한 연약한 여인의 피치 못할 몸부림이었을 것이다. 그러치만 한편으론 불쌍한 이를 보고 한번도 그냥 지나친 일이 없고, 정에 약하고, 눈물도 많은 여인이며, 자식 사랑이 유별날 정도로 남다른 어머니기도 했다.

20. 49재

엊그제는 눈이 내리면서 산과 들에 하얀 눈 꽃밭을 만들어 놓았다. 사람들은 그 꽃을 보며 아름답다 말 하지만 그 꽃은 추위 속에서 피는 꽃이다. 홀로 향기도 없으면서 아름답게 피기 위해서 들짐승과 풀 나무에까지 고통을 주고 있는 것이다.

언젠가 어머니께서 말씀 하셨다. 눈 꽃 같은 인생은 되지 말라고. 잠시의 영화일 뿐 햇살이 퍼지거나 바람이 조금만 불어도 흔적도 없이 사라질 운명이 곧 눈꽃이라며.

그래서 어머니는 눈꽃을 아주 싫어하신 것은 아니지만 아름답다는 표현을 하지는 않으셨다. 하늘은 이런 마음을 알아주기라도 하는지 어제 저녁만 해도 영하 10도를 오르내리던 날씨가 아침 햇살이 퍼지면서부터 놀랍게도 날씨가 풀려 마치 봄날과도 같았다. 온 천지에 따사한 햇살을 마구 쏟아 붇고 있어 음지에 남아 있던 잔 설 마저 맥없이 녹아내려 시골길은 매우 질퍽거렸다

원경사는 마치 사람이 팔을 벌리고 있는 형상이라 더욱 아늑하였다. 뒤로는 큰산은 아니라도 노성산 봉우리가 우뚝 솟아있고, 좌우로는 좌청룡 우백호처럼 산줄기가 뻗어내려 상당히 평온한 분위기를 만들고 있었다.

어머니 영혼을 이곳에 모신지도 벌써 49일이나 되었다. 죽은 영혼이 명부전에 나아가 42일 동안 이생의 삶을 하나하나 비춰보고 7일간은 잘잘못을 가리는 재판을 받기 때문에 49재라 부른다고 했다. 그 동안

스님은 대자 대비하신 부처님께 어머니의 이승에 사실 때의 죄를 용서해 주시라고, 이승의 미련 때문에 구천을 떠돌며 방황하지 않으시도록 계속하여 염불을 해 주셨다.

처음 이곳에 영가를 마련하고 영정을 보니 외롭고 쓸쓸하여 우시는 것 같았으나 오늘 와 다시 뵈니 웃고 계신 것처럼 보인다. 사람은 누구나 착각과 모순과 갈등 속에서 평생을 살고 있는지도 모른다. 영정이 울고 웃으며 표정이 바뀔 리 없건마는 보는 이의 감정에 따라 그 모습이 달라져 보이고 있는 것이다.

스님이 말씀 하셨다.

사람이 죽으면 서러워서 울면서도, 장례를 위한 잔치를 하기 위해서 죄 없는 돼지의 목숨을 빼앗으며(돼지를 잡으며) 즐거워하고 있는 모순 속에 살고 있는 것이 인간이기도 하다고. 또 사람들은 권력 때문에, 재산 때문에, 출세를 위하여 한 순간도 갈등을 격지 않으며 살수가 없는 것이라고. 이번 일만 해도 그렇다.

죽은 부모의 시신을 옆에 놓고 불교 식 장례절차냐, 천주교 식 절차냐를 놓고 가족간에 보이지 않는 갈등을 빚고 있으니 참으로 아이러니가 아닐 수 없다.

스님은 극락왕생을 기원하는 제를 올리기 시작했다. 먼저 부처님께 큰절을 올리고 나서 목탁을 두드리며 극락 정토에 왕생함을 허락하시도록 염불을 하였다.

다음은 영혼이 더 이상 자신의 몸은 이승의 몸이 아니라는 사실을 깨닫고 빨리 천상에 오르도록 기원하는 발원 제가 시작되었다.

영혼은 죽고 나서 얼마동안은 자신의 죽음을 받아들이지 않는다고 한다. 자기육신이 보여 그리로 다시 들어 가고자하나 이미 육신은 썩기 시작하여 들어갈 수가 없어 방황하게 된다고 했다.

이승에 살 때의 온갖 애착, 미련, 증오, 욕심에 사로잡혀 울면서 구천을 헤맨다고 한다.

스님은 영혼을 목욕시키는 정결례를 행하였는데 이는 부처님 전에 심판을 받으러 나가면서 흠 없이 깨끗한 모습으로 예를 갖추어 나가게 함이요, 평생에 아끼던 모든 것을 모아 불태우는 것은 이승의 인연을 끊고 빨리 천상에 오르기를 바라는 예식이라 했다. 즉 해탈의 경지에 들기를 바라는 의식 절차였다.

〈 살생한 죄, 사음 한 죄, 망어 한 죄, 기어한 죄, 이간 한 죄, 악담 한 한 죄, -- 중략 -- 오랜 세월 쌓인 죄들 참회하오니 …… 〉

죽음이란 나들이 나올 때 입은 옷을, 나들이가 끝나고 집으로 돌아가 다시 본래대로 옷을 바꿔 입는 것과 똑같다고 했다. 즉 죽음도 삶의 다른 모습일 뿐이다. 즉 삶의 연장선상에 있는 또 하나의 다른 점일 뿐이다. 동전의 앞면과 뒷면과 모양은 다르나 동전임에 틀림없듯이 죽음도 이와 같을 것이다. 마치 물 속에 있던 애벌레가 어느 날 물 밖으로 나와 허물을 벗고 날개를 다는 순간부터 푸른 창공을 난다는 것을 모르듯이.

삶의 실체를 놓고 오랜 세월동안 종교인, 철학자, 사상가 그 외에도 많은 선각자들로부터 논쟁이 있어 왔으나 아직까지도 명확한 답을 얻지 못하고 있는 것도 사실이다.

분명한 것은 죽어봐야 그 실체를 알 수 있다는 사실이다.

이제 49를 지내는 것을 끝으로 탈상도 했다. 예선 같았으면 3년 성을 치렀을 것인데. 모든 것이 너무나 빨리 지니 가고 있었다. 웬일인지 자식된 도리를 다 못하는 것만 같아 죄스런 마음을 떨칠 수가 없었다.

어머니는 이제 이 세상에는 존재하지 않으신다. 영혼도 육신도. 다만, 사진 한 장이 빛을 바래가며 역사의 뒤안길을 쫓아 올 따름이었다.

삶은 한 줄기 바람입니다 / 어디서 왔다가 어디로 가는지 / 한 평생 쉬지 않고 / 그려보고 / 지우고 / 칠해보고 / 발라보고 / 짓고 / 허물고 / 불후의 명품을 남기기 위해서 / 발버둥치며 / 아옹다옹합니다.

- 중석의 詩 중에서 -

이것이 인생이 아닐까?

계절은 어느새 봄을 재촉하여 꽃을 피우기 시작했다. 만물이 소생한다는 봄이 왔건만 어머니는 다시 오신다는 소식이 없었다.

절기가 일러서 그런지 아니면 기상 변화가 생겨서 그런지는 몰라도 예년에 비해 봄은 너무나 일찍 찾아왔다. 쏟아지는 봄 햇살에 진달래는 벌써 만발하였고 물오른 나뭇가지에는 새싹이 파릇파릇 머리를 내밀고 봄처녀 오시는 길을 바라보고 있었다.

연두색 치마를 입고 나온 실버들은 가냘픈 몸매를 봄바람에 맡긴 채 하늘거리며 춘향이처럼 그네를 타고 있고, 하얀 나비 한 쌍도 아지랑이 타고 놀러왔는지 나풀거리며 봄을 즐기고 있었다. 산소 옆 큰 미루나무 위에서는 까치 한 쌍이 집수리에 분주하고 앞산에서는 춘정을 못이긴 장끼가 목청 돋워가며 사랑을 찾고 있었고 세봉산 골짜기 어디선가에서도 뻐꾸기의 사랑 찾는 소리가 애절하게 들려오고 있었다.

온 가족이 모여 어머니를 그리워하는 시비를 세우며 조촐한 한식 행사를 하고 있었다.

〈어머니〉

그리워라
꽃가마 타고 가신 어머니

이 세상 사실 적에
묶인 인연 끊으시고, 무거운 짐 벗으시고
애틋한 정만 두고
떠나가신 어머니

춘삼월에
두견새 노래하고
솔바람에 실려, 꽃 한 송이 피어나면
반기오리다 보고싶은 어머니
- 불초자 -

　산소 앞에 이름도 알 수 없는 노란 꽃 한 송이가 수줍은 듯 고개를
숙이고 따스한 봄 햇살에 살포시 웃고 있었다.
　시비 뒷면에는 아래와 같은 글귀가 보는 이의 심금을 울리고 있었다.

〈 想慈母斷髮爲書
　　不肖子熱淚迷眼 〉

〈인자하신 어머니께서 사랑하는 자식에게 책 한 권을 사 주 기 위해
서 소중하게 간직해오시던 쪽진 머리를 잘라 파신 것을 생각하면, 불

효자는 뜨거운 눈물이 앞을 가려 그치지를 않습니다.〉

　누가 먼저 시작했는지는 모르나 어느새 다 함께 어버이의 은혜를 부르고 있었다.

　　〈낳으실 제 괴로움 다 잊으시고
　　기르실 제 밤낮으로 애쓰는 마음
　　진자리 마른자리 갈아 뉘시며
　　손발이 다 닳도록 고생하시네
　　하늘아래 그 무엇이 넓다 하리요
　　어머님의 희생은 가이없어라.

　　어려선 안고 업고 얼러 주시고
　　자라선 문 기대어 기다리는 맘
　　앓을사 그릇될사 자식 생각에
　　고우시던 이마 위에 주름이 가득
　　땅 위에 그 무엇이 높다 하리오
　　어머님의 정성은 그지없어라

　　사람의 마음속엔 온 가지 소원
　　어버이의 마음속엔 오직 한가지
　　아낌없이 일생을 자녀 위하여
　　살과 뼈를 깎아서 바치는 마음
　　인간의 그 무엇이 거룩하오리
　　어머님의 사랑은 지극하여라 〉

　그리움으로 물든 노래 소리는 조용한 메아리가 되어 산으로 들로 퍼
져 나갔고, 저 가슴속 깊이서 울컥하고 솟구치는 어머니에 대한 상념
(想念)은 새삼 가족들을 오열하게 만들었고, 그 흐느낌은 아지랑이에
실려 너울너울 허공으로 날아가고 있었다.

어머니의 종교

인쇄일 초판 1쇄 2002년 09월 25일
　　　　2쇄　2010년 08월 15일
　　　　3쇄　2018년 07월 15일
발행일 초판 1쇄 2002년 10월 1일
　　　　2쇄　2010년 08월 20일
　　　　3쇄　2018년 07월 18일

지은이 김 흥 렬
발행인 정 진 이
발행처 새미
등록일 2005.03.15. 제17-423호
서울시 강동구 성내동 447-11 현영빌딩 2층
Tel:442-4623~4 Fax:442-4625
www.kookhak.co.kr
kookhak2001@hanmail.net

ISBN 978-89-5628-027-1 *03800
가 격 9,000원

* 새미는 국학자료원의 자매회사입니다.
* 저자와의 협의하에 인지는 생략합니다.
*잘못된 책은 구입하신 곳에서 교환하여 드립니다.